小学館文庫

就職先はネジ屋です

上野　歩

小学館

就職先はネジ屋です　目次

第一章　スーツ

1

「おい、本気か？」

リクルートスーツの彼が驚いて訊《き》いてくる。

「うん」

三輪勇《みつわゆう》はしらっと応えた。ユウもジャストひ膝丈《ひざ》スカートのリクスー姿だ。

「ミツワネジを受けるって、おまえ、自分の実家の会社の採用募集に正式エントリーするってことか?」

信じられない、といった顔の麦野良平《むぎのりょうへい》に向けて、「だから、そう言ってるじゃない」と返す。そして、丸テーブルに載っているコーヒーの紙コップを取り上げた。

9号館五階に張り出したアトリウムにいた。ガラス張りの開放的な空間に陽射しが降りそそいでいる。梅雨の晴れ間の昼下がり。周りの席では、まだ就活と関係ない一年生や二年生がお気楽そうにしゃべったり笑ったりしている。

「あのさ、ユウ、いくら第一志望に落ちたからって投げやりになってないか?」

良平にそう言われ、少し傷つく。

「あ、ワルイ」

「その〝ワルイ〟は、あたしの傷口をえぐったことについて? それとも、実家の会社が受ける価値もないって言ったこと?」

「〝投げやり〟ってさ、そういう意味じゃないって」

イケメン優等生の良平が困った表情になる。それを見ていたら、くすりと笑ってしまった。

「なんだよぉ」

良平もほっとしたように笑う。

キャンパスは横浜市内の丘陵にある。アトリウムの天窓が開いていて、吹き込む風がユウの肩までの髪を揺らす。風は濃い緑のにおいがした。ユウは、その香りを胸いっぱいに吸い込む。すると、なんだかほっとした。ひどく落ち込んでいた気分が、ほんのちょっと癒される思いだった。

ユウは第一志望だった商社を最終面接で落ちた。その報告と今後の相談のために、先ほどまで大学の就職課を訪ねていた。

「そうか」

と就職部就職課のベテラン職員、石渕《いしぶち》が難しい表情をした。

「サイレントのあとでお祈りが来たわけだね」

と訊き返され、「はい」とユウは応えた。〝サイレント〟とは、「一週間後に連絡します」と面接官に言われたにもかかわらず連絡がなかったことを意味する。〝お祈り〟もしくは〝お祈りメール〟は、企業から送られてくる不採用通知の末尾が〈今後のご活躍をお祈り申し上げます。〉〈充実した学生生活を送られることをお祈りします。〉という一文で締め括《くく》られていることから、就活学生が自虐と皮肉を込めて不採用通知をそう呼び、いつしか不採用そのものを意味するようになった。今では就職課の職員も自然と使っている。

就職課の面談ブースで、石渕とユウは向かい合って話していた。ずんぐりして四角い顔の石渕は、ユウの父と同じくらいの年齢だろう。五十歳前後といったところ。父のほうが背が高くてスマートだ。だが、石渕のほうが父より仕事ができそうだ。なにより頼りがいがある。

「サイレントの間に、三輪さんからは連絡してみた？」

「面接結果の連絡がなかなか来ない場合は、企業に結果連絡の問い合わせメールを送ってみるのもひとつの方法だよ、と、相談した際に石渕にアドバイスされていた。

「問い合わせのメールをしました」

「そしたら？」

「〔選考に時間がかかってしまい申し訳ありません。もうしばらくお待ちください。〕と返信がありました」

彼が無言で頷《うなず》く。石渕は物腰が柔らかく口調は優しいが、常に目が笑っていない。

ユウは続けた。

「で、結局十日目にお祈りが来ました」

ふう、と石渕が息をつくと腕組みした。

「どうやら、きちんと選考してたみたいだな」

「でしょうか？」

ユウは不満たらたらだ。

「まず、その感じだとね」

確信を持って石渕が応じる。

「ああ……」

思わずまた嘆き声を上げてしまう。幼い頃からディズニー映画が大好きだった。それが成長するに従いハリウッド映画を観るようになり、英語に興味を覚えて大学は英語英米文学科に進んだ。二年生の時、交換留学プログラムで五ヵ月間オレゴンで学び海外志向が本格化、就職先を商社に絞った。まあ、ミーハーといえばそうなるかもしれないけど、自分なりに夢と希望を抱き、真剣に決めた進路だ。就活も恐ろしく真面目《まじ》目《め》に取り組んだ。第二、第三志望の企業へのアプローチは早々に撃沈したが、第一志望は最終面接まで残った。やはり、一番強く求愛した先には思いが届くのか、これも縁と感じていたところが、儚《はかな》く散ってしまった。

「私もとても残念だよ」

石渕がつくづく言葉をもらす。

「ところで、なにか気がついたところはあるかい？」

ユウは目を上げた。

「それ、敗因てことですか？」

石渕が気まずい表情になる。職業柄、失敗例のサンプルが欲しいんだろう。こちらとしては、他の就活生のロイター板《ばん》になってやるつもりなどさらさらないが、今はぼやきたい気分でつい話してしまう。

「親の職業を訊かれました」

するとと石渕が、「ははん」という顔をした。どうやら彼も察したらしい。

「だけど、面接でそんな質問て、していいものなんですか？」

彼が胸の前で組んでいた腕をほどいた。

「職業安定法では、応募者の適性や能力とは関係ない事柄で採否を決定しないことが定められている。そのため、家族状況や生活環境など、把握すればどうしても採否決定に影響を与えることを訊くのは違法になる可能性もある。だが、現実的には多くの企業がそれを訊いている。大企業、一流企業ほどそうだ。家庭環境に注意を払うし、親が健康かどうか知りたいのは、介護で休まれたり辞められたりするのを警戒してのことだ。親の職業を訊くのはライバル会社に勤めていないかを確認する意図もある」

「じゃ、やっぱり！」

確信した。自分が不採用になったのは、やっぱりこのためなんだと。

「三輪さんは応えたのかい？　ご実家が、ご祖父《そふ》さまの代から続く製造業の会社を営んでいると？　ご両親が社長であることも？」

「社長は両親ではなく、母です」

きっぱりと言い返す。まったく、まったく――ママのせいであたしは自分の進みたかった道を閉ざされたんだ。希望を奪われたんだ。ほんとにいい迷惑だよ。どうしてくれるんだよ。ママと、うちの会社のせいで……。

「たぶん、きみは面接でこう訊かれたんじゃないかな〝家業を継ぐつもりはありますか？〟と」

石渕がこちらを見る。

「ええ、そう訊かれました」

と返事した。

「そしてきみは応えた。〝そんなつもりはありません〟と」

やはり、「はい」と返事する。

「だが、企業側は、きみがどう応えたかは関係なく、家業の会社を継ぐことを恐れて不採用にした」

「そのとおりです」

すると、石渕は難しい表情を浮かべる。

「きみはそう思っているようだが、実際のところはどうかな」

「え？」

「最終面接は企業の役員が面接官となる。これを役員との顔合わせのように捉えている学生もいるが、とんでもないことだ。最終面接も選考のひとつなんだよ。一次、二次面接では能力を把握し、最終面接では人間性を見極めようとするんだ。ふたりにひとりは落とされる。家業の質問が出ても出なくても、きみが話す内容だけでなく、応答ぶりが相手にどんな印象を与えたか？　どう評価されたのか？」

「……」

「落ちたのは家業のせいではない。ライバルたちに比べ、自分の能力が足りなかった――そのように振り返る謙虚さがあってもいいんじゃないかな」

ユウはうなだれた。

「大企業の求人は終了したわけだが、中小企業の二次募集や追加募集はまだある。気を落とすことなく、この経験を活《い》かすんだ」

下を向いたままでユウは、「……はい」と蚊《か》の鳴くような声を出した。

「そういえば」

と石渕が机の上になにか置いた。

「きみのご実家の会社も追加募集をされているね」

ふと顔を上げたユウの目に、ミツワネジ株式会社の求人票が映った。

「〝振り返る謙虚さ〟か、イシブチもいいこと言うね。同僚に迎えたいのは、やっぱ謙虚な人間だよな」

良平がのんびりと感想を述べる。

就職課を出ると、内定をもらったことを報告に来た良平と会った。そして、このアトリウムにふたりでやってきたのだった。

「で、実際のところはどうなんだよ？　イシブチがミツワネジを受けてみろって勧めたわけじゃないんだろ？」

「まあ、そうなんだけど」

「じゃあ、お母さんへの意地があって受けることにしたのか？　わざわざ一般学生に混じってエントリーなんぞしなくても、入るつもりになりゃ、ご両親のコネ……ってゆーか、社長のお母さんがオーケーなら入社できるんだよな？　それをしないのは、お母さんに対する意地なんじゃないのか？」

良平は堅物なくらい真面目だし、いいやつなんだけど、こうしてわざとみたいに地雷を踏むことがある。母は会社が一番で、小学校の運動会にも遠足にも一度も来てくれなかった。家には寝に帰ってくるだけ。自分はベビーシッターに育てられた。サリーという若いフィリピン女性のベビーシッターに。

誰もいない家にいるより、ひとり暮らしのほうがせいせいするから、大学に入ると迷わず実家を出た。そうしたことを、話の端々で良平に伝えてきたかもしれない。けど、就活がうまくいかず心が弱っている時に、〝お母さんへの意地〟なんて言葉を持ち出さなくてもいいのに。

ユウは身を硬くして、「あたし、この大学が第一志望じゃなかった」と呟《つぶや》く。

「うちの大学が第一志望だったってやつは、あまりいないんじゃないかな」

良平が静かに言う。

「入学しようかどうしようか迷った時、母にそれを言ったら、〝学歴のことを話題にする人間はモテないよ〟って言われた」

声を上げて良平が笑う。

「いいこと言うじゃないか、ユウのお母さん」

彼をきっと睨《にら》みつけた。

「あたし、母親に真剣に悩みを打ち明けたんだよ。なのに、そんな応え方ってある？」

「じゃあ、どんな応え方をしてほしかったんだ？　〝思いどおりにならないこともある、あきらめろ〟とでも言われたらよかったか？　そんなこと言われたら、よけいに自分の選択を否定された気になるんじゃないか？」

分かってるよ、とユウは思う。三年間通ってきて、今はここが大好きだ。向こうを、同じ講義で顔を合わせる後輩女子が、ちょこんと頭を下げて通り過ぎる。ユウも胸の前で小さく手を振ってそれに応えた。

「むしろ」と良平がにやにやしている。「モテないって言葉に敏感だったりして」

ユウはむっとして、「あたしモテてるんで」と反論した。

「オトコっ気なくても、か？」

「オトコは就職が決まってから」

「就職が決まったら、今度は忙しくってそれどこじゃないって言うんだろ」

「もう、ほっといて」

ユウはビジネストートを肩に掛けると立ち上がった。

「リョッペーはさ、志望の商社から内定が出たんで余裕なんだよ。それに、ミツワネジを受けるのは、あたしなりの考えがあって決めたことだから」

空のコーヒーカップを手にすると、「おい」という良平の声をスルーして歩き出した。ごめんリョッペー、あたしがひがんでるだけなんだよね。

その時、「リョッペー君、教えてほしいことがあるんだけど」と、同じゼミの加納《かのう》遥香《はるか》が脇をすり抜けていった。ユウはさっき後輩にしたように軽く手を振って合図したのだけれど、視界に入らなかったようでリアクションはない。

長めの髪を就活ですっきりとポニーテールにまとめた遥香もリクスーだ。就職課の支援資料を広げて、内定の出ている良平になにか訊いている。髪型のせいで現れたフエイスラインと時々送る真っ直《ます》ぐな視線は同性が見てもキュンとした。

ユウはすぐに踵《きびす》を返すと、歩き去った。

2

ミツワネジは東京の下町、墨田区吾嬬町《あずまちょう》にある。吾嬬町は一級河川荒川に隣接する、中小の製造業者が集まるモノづくりの町だ。このあたりはゼロメートル地帯。土地が海抜〇メートル以下と低く、高い土手が荒川の風景を町からさえぎっている。

ユウは会社の門の前に立った。建坪は一〇〇〇坪だと聞いたことがある。町内では大きい部類に入る工場だった。もっとも高校生になって以降の自分は、会社に近づくようなことはなかった。

今日は二次募集の会社説明会である。自分と同じリクスー姿の男女が、次々に門の中に入っていき、会社正面にある入り口に吸い込まれていく。

あれ……と、その建屋を見て思う。こんなだったけかな？　黄色い外壁に茶色い屋根の二階建て。

「前を通る女子高生は〝プリンちゃん〟て呼んでるようだよ」

なるほど、プリンに近い黄色かも。焦げ茶色はカラメルってことか……って、誰？

ユウが声のほうを向いたら、濃紺のスーツを着た長身の男性が立っていた。ひどく身だしなみがいいその人は――、「パパ」と声を出してしまう。

「三年前に工場を改修したんだよ。その時、明るい雰囲気にしたいってママが言ってね」

ユウの父、三輪修《おさむ》だった。五十一歳。白髪が一本もない豊かな黒髪を、かちっと七三に分けている。それにしても工場をプリン色にするなんて、母にそんな遊び心があったとは……意外。

「説明会の申込学生の中にユウの名前があったんで驚いたよ。どういうことか電話しようと思ったんだけど、きっとママに余計なことするなって言われるからね」

相変わらず母の尻に敷かれているような父に、今さらがっかりすることはなかった。

「こうやって話してるとこ見られたら、またママに叱られるよ。あたしも、そんなことで減点されたくないし」

長身の父を見上げるように話す。身長一五五センチの自分は、同年代の女子の中でもちょい小柄なほうだ。

「減点を気にするってことは、じゃ、入社したいって気持ちは本気なんだね？」

修の顔がほころんだ。

「当たり前でしょ。だからこうやって来てるんだから」

父がしげしげとこちらに視線を送ってくる。

「正月にも帰ってこなかったよな」

「レポートや企業研究で忙しかったの」

もちろんそんなのは言い訳で、実家に近づきたくなかっただけだ。ユウは父を振り切るように入り口目指してどんどん歩く。もう、やりにくいなあ。

正面が正方形の建屋は、近づいてみると奥に向かって長く延びていて、記憶の中の建物より大きかった。


二階の会議室で会社説明が行われたあと、工場見学になる。エントリーした学生は八十人ほど。結構来ているんだな、とユウは意外に感じた。

二十人ずつ四組に分かれ、社内を見て回る。ユウの入ったグループは、工場長が引率する。工場長の青沼《あおぬま》は、ユウが幼い頃から勤めている古株だ。久し振りに目にした青沼は、昔と同じく頭を角刈りにしていたが、その髪は真っ白だった。眉毛も白い。胸に茶色の刺繍糸《ししゅういと》で〔ミツワネジ〕とネームの入った、建屋と同じプリン色のポロシャツのユニフォーム姿だった。彼が学生らを眺め、その中に見つけた顔に驚いて、

「ユ・ウ・ちゃ・ん」と声に出さずに口を動かす。ユウは周りをはばかって小さくぺこりと頭を下げた。すぐさま青沼に、皆から離れた廊下の隅に連れていかれる。

「どういうことだよ?」

小声で訊いてくる。

「久し振りに会ったのに、分かりましたか?」

「面影が、あんたのお母さんにそっくりだ。すぐに分かるよ。そら、その左頰《ほお》の

──」

青沼は、ユウの左頰にだけできる片えくぼのことを言っているのだ。母にも同じところにえくぼが浮かぶ。そして、自分はこの片えくぼが好きではなかった。

「この会社を受けるってことか?」

「はい」

と応えたら、「ふん」と小バカにしたように鼻で笑い、ひとりで先に学生らのもとに戻っていってしまった。

一階の工場から見学する。廊下からガラス越しに製造現場を眺めながら、ネジとは

──と、青沼が説明してくれる。棒状の軸の外側に螺旋《らせん》状に溝が切られているものを雄《お》ネジ、それにはまり合うように穴の内側に溝を切ったものを雌《め》ネジという。これらを組み合わせてぎゅっと締めつけることで、ものをつなぎ合わせる。日本に伝わったのは一六世紀だといわれている。

「雄ネジは差すほうで、ボルトなんかがそう。ボルトってえのは、直径が比較的大き

な雄ネジのことだな。雌ネジは差されるほうで、ナットなんかがそう」

青沼は、どうやら学生相手ということで、これでもできる限り優しく話しているらしい。なんとなく窮屈そうだ。

「んで、雄ネジを扱ってるうちみたいな会社はネジ屋って呼ばれてる」

そう彼が言う。

「製造業の世界では、金型をつくってる会社は型屋って呼ぶ。合成樹脂成型加工はプラスチック屋とかプラ屋。切削《せっさく》加工は削り屋。で、うちはネジ屋だ」

〝ネジ屋〟か……とユウは思った。その呼び方がとても新鮮だった。あたしはネジ屋の娘なんだ。

ネジに付随する部品にナットや、ナットの下に挟む薄い金属板の座金《ワッシャー》がある。緩み止めや製品表面の保護のために用いるのが座金だ。

ネジ屋でナットや座金もつくっているものと思っていたが、さにあらずで、ナットはナット屋が、座金は座金屋が専門にあるのだという。ユウはなにも知らなかった。

ネジにしても、大きさ、形状がさまざまだ。今、ガラス張りの向こうでは、ネジの頭の部分の外径三～六ミリの製品が、ずらりと並んだ精密加工機で大量生産されていた。

「ミツワネジの製品が高品質だと認められているのは、加工機まで内部でつくれるからだ。加工機の内製化は、オーバーホールはもちろん、金型の微調整も行える。これは、買ってきた機械ではできないネジづくりだ」

　と青沼が胸を張った。

　続いて階段を上がって二階にある検品室、設計室と案内され、「おや？」と思うことがあった。その疑問は、さらに二階の並びにある営業部の室内を見て、「やはり！」とはっきりした。すべての部署の社員が、みんな立って仕事をしているのだ。という以前に、どの席にも椅子がなかった。

「気がついたかな？」

　青沼がにやりとした。

「うちの会社は製造現場だけでなく、すべての部署で社員八十名が立って仕事をする。ちなみにフィリピン支社五十名の社員もそうだ」

　見学ツアーの学生らがざわついた。一方でユウは、東京本社の現社員数と同じ数の学生が工場見学会に来ていることに、改めて脅威を覚えてもいた。

「もう三年になる。社屋の改修が終わったのと同時だった。立って仕事をしたほうが集中力が高まると、社長が決定したんだ」

　建物をプリン色にしたのはともかく、こちらは母がやりそうなことだ。

「朝礼で発表したんだが、〝反対なら辞めていただいて結構〟って言ってたな。〝門はいつも開かれているから〟って」

学生らのざわめきがさらに広がった。こちらにしても、いかにも母が言いそうなことだが、なにもこの場で口にしなくてもと思う。すると、青沼のほうもまずかったかな、と感じたらしい。

「だからって、みんな立たされ坊主ってわけじゃないんだがね」

と寒いジョークで慌ててフォローしたものの、学生らはすっかり引いてしまったようだ。

なにやってるんだ、この人は！　会社の足を引っ張って！　と、なぜか腹立たしく感じる自分が、ユウは不思議だった。

最後に、製造現場の隣、玄関脇にある総務部の部屋に案内される。ここでも、みんなが立って仕事をしている。……と思ったら、ひとりだけ座っていた。父の修だった。

「総務は書く仕事があるからね。そんなもんで、ここだけはって、専務兼総務部長が椅子に座れるように交渉したんだよね」青沼がぶつぶつ呟くようにしゃべっている。よっぽど、立ち仕事に抵抗があるらしい。「けど、社長の目が気になるらしく、総務の連中にしたって椅子があっても座らない。周りが座れるように、ああして率先して座ってるのは専務だけ。でも、いくら気を遣ってくれたって、みんな社長のほうが怖いに決まってるやね」

その母の姿は、社内のどこにも見当たらない。きっと社長室で肘《ひじ》掛けのある椅子に優雅に腰掛けて執務していることだろう。

3

ユウはミツワネジの一次、二次面接を通過した。一次が集団面接、二次が個人面接で、グループディスカッションもディベートもなし。もちろん面接には、改めて製造業界を研究して臨んだし、一流商社の最終面接まで残った自分にしてみれば、中小企業の追加募集など、受けてやってるんだという上から目線の余裕があった。大手と中小の採用期間が同じというのが現状だ。中小企業が内定を出した学生も、大手が内定を出せば取られてしまう。ミツワネジもその口だろう。だから追加募集しているのだ。

並行して受けているもう一社の感触もよかった。青山に本社のある輸入家具の会社だった。二次面接は、ギャラリーで行われた。会社の主要商品であるアジアンリゾート家具が展示された一角で、個人面接を受ける。

「入社後は、先輩社員についてバリ島、ジャワ島に家具の買い付けに回ってもらいます。そうした場合、一ヵ月ほど滞在していただくこともありますが、海外での生活に抵抗はありますか?」

抵抗どころか望むところだ。海外志向の強い自分は商社を志望したが落ちた。しかし、だからと言ってあきらめたわけではない。ミツワネジで働きたいと考えたのだって、同じ理由からだった。就職課で石渕がなにげなく差し出したミツワネジの求人票の記述に、フィリピンに生産と営業の拠点があるのを見つけたのだ。そういえばそうだった、ミツワネジには海外工場があった。それでエントリーした。就職について両親のコネを頼らなかったのは、母の令子《れいこ》に対する意地だけでなく、ほかにもっとよい就職先があった場合に乗り換えられないからだ。

そして、自分の希望どおりの就職先がここにあった。

「わたくしは海外で活躍するのが夢です。留学経験もあります。長期間の海外出張や海外赴任もまったく問題ございません」

「英語は得意なようですが、インドネシア語については？」

「新しい言葉を覚えるのは大好きです。卒業までに習得します」

ガッツポーズしたい気持ちで社を出ると、意外な人物が外にいた。

「遥香──」

応募先の会社で大学の同級生に会うのは、就活中でも初めてだ。

「ユウもこの会社受けてたんだね。入ってくとこみたから、待ってたんだ」

同級生だってライバルなのだが、なんとなく心強い気になる。それに面接の手応えも感じていたし、お茶に誘われ駅前のカフェに行くことにした。しかし、そこで意外な話を聞くことになった。

「あの会社の扱う家具で、インドネシアの森が減っていくって知ってた？」

遥香の言葉がユウには理解できない。

「どういうこと？」

「家具の木材のため、過剰な森林伐採や中には違法な伐採も行われてるって」

「そんな……」

さっき目にしたオシャレなギャラリーが暗転する。

「もちろん家具をつくってるのは現地の職人なんだし、家具を輸入してる会社が木を伐《き》らせてるわけじゃないんだけど」

だが無関係とはいえない。これから社会に出ていくうえで、誇りを持って働ける仕事に就きたかった。若い甘さかもしれないけれど、その若さに純粋な夢を描きたかった。

「ありがと、教えてくれて。あたしも自分なりに調べてみる」

「調べても一緒だよ」

と遥香が真っ直ぐな視線をこちらに向けてくる。

「あたし、残ったとしても最終面接は辞退しようと思ってるんだ」

「遥香の気持ちは分かった。だけど、大事な進路のことだし、自分で調べないと」

「そうだね」

と言って彼女が席を立つ。

「あ、それから、あたしとリョッペー君なら、なんでもないから」

「え？」

遥香がにやりと意味深な笑みを浮かべた。

「きっと気にしてるんじゃないかと思って」

ユウはなぜか頬がかっと熱くなる。遥香が依然として笑みを貼りつけたままで言う。

「リョッペー君て真面目なだけで、なんか面白みに欠けるんだよね」

そして、「じゃね」と店を出ていった。


「そうか。では、いよいよ次が最終面接だね」

大学の就職課に報告に行くと、石渕が対応してくれた。

遥香から聞いたことは本当だった。ユウは図書館やネットで調べ、目に見えて減少していくインドネシアの森の実態を知った。だから、二社の最終面接の日時が重なった時、迷わずミツワネジを選んだ。

「次は、社長が出てくるはずだ」

「そうでしょうか？」

ここまで、管理職の社員が面接官になったが、専務の修は遠慮したのか現れなかった。余計な口を滑らせそうな工場長の青沼も顔を出していない。

「ミツワネジさま規模の会社であれば、まず間違いなく社長面接が最終だ」

ユウは自分の表情が強張《こわば》るのが分かった。石渕が続けた。

「現在の面接においては、採用する側向けに学生が話を脚色するのはきわめて一般的だ。きみたちの言葉でいうところの盛るってやつだ。また、OB訪問やインターンシップ、選考過程を通して、学生は実践的に鍛えられてもいる。企業の採用担当者にしてみれば、準備をきっちりしている学生が多く、面接が難しくなっている。〝どの学生も似たような回答をして、日常の話し方がつかみにくい〟とね」

そうかもしれない。自分も模範回答パターンを話す練習を繰り返した。鏡の前ですると、ベストの表情や所作へ微調整が随時できてしまう。これだと本番向けではない。だから、トークの様子をスマホで動画撮影し、第三者視点でチェックした。笑うと、自分の左頬にはくっきりとえくぼができる。片方だけのえくぼが、ユウには不自然に思えて好きになれなかった。

「彼らは、学生が盛った話をする中からなにをつかみとろうとするのか？　ある担当者が言っていたよ〝実は、一緒に酒を飲んで面白そうなやつを最終的には選ぶ基準にしている〟と」

ユウはくすりと笑いそうになる。けれど、片えくぼのことを考えたばかりで、笑うのを躊躇《ちゅうちょ》してしまう。

「しかし、まあ、面接官となる社長が、きみのご母堂《ぼどう》である以上、今回は例外中の例外で、私もアドバイスがしにくいよ」

「そうですよね」

と、ぼそり返す。

「ただこれだけは言える。面接の出来、不出来は、面接官の本音を読んで、相手が真に求めている回答ができるかどうかだ」

母の本音を読む――それが一番難しいんだよな。

就職課をあとにする時、石渕がこんな助言をした。

「それとね、ご母堂は〝もしもこの会社の社長になるとしたら、どんな社長になるつもりか？〟を、きみに訊いてくるはずだ」

ユウははっとしてしまう。これまで母から会社を継げなどと言われたこともないし、自分も家業に関心を持ったこともなかった。今度訪ねてみて、もっと小さい町工場だと思っていたところが、総務や営業といった部署もあって、意外にきちんとしている会社なんだなと初めて知ったくらいだ。社員だって八十人もいるし。フィリピン支社と併せたら百三十人だ。

「訊いてくるでしょうか、そんなことを?」

石渕が確信を持って頷いた。

「必ず訊いてくる。さっき私は、社長がきみのご母堂という例外中の例外と言ったが、そうであるからこそ出てくる質問だ。どう応えるかだけは、しっかり考えておいたほうがいい」

キャンパスを歩いていると雨が降り出した。傘を持っていなかった。今日は降らないって予報だったのに、とぼやきそうになる。

「山の天気は変わりやすいんだ」

突然、傘を差しかけられた。

「リョッペー」

大学が丘陵地帯にあるからこその冗談交じり発言だ。ちょっと寒いけど。しかし、折り畳み傘を持っている良平は準備がよく、手堅い。

「ほんとにミツワネジ受けたのか?」

彼に会うのは久し振りだった。

「明後日《あさって》が最終面接」

パーカーにジーンズの良平に向かって応える。自分はまだリクスーだ。

「明後日なら、遥香も輸入家具会社の最終面接だって言ってたな」

遥香はあそこ受けるんだ！「あたし、残ったとしても最終面接は辞退しようと思ってるんだ」彼女の言葉が蘇《よみがえ》る。もしかしたら、競争相手をひとり減らした⁉ 嫌な想像がユウの胸をよぎる。いや、ミツワネジを受けることに決めたのは自分なんだ。

「あのさ、おまえ、前にインターンシップの参加者を絞る面接が〝私服可〟っていうんで、私服で行ったら、周りは全員スーツで門前払いされたって話してたよな」

良平の言葉に現実に引き戻される。

「あったね、そんなのが」

つい笑ってしまう。けれど、良平はくすりともせずに続けた。

「おまえのそういう真っ直ぐなとこ、いいと思うよ」

「え？」

良平がこちらを見つめている。

「だから、頑張り過ぎるなよな。ユウの持ってる素のままでいいんだよ」

彼の視線がなんだか眩《まぶ》しかった。

「ありがと」

思わず目を逸《そ》らす。

「行くね」

ユウは良平の傘から飛び出し、バス停に向かって雨の中を走った。

案内されたミツワネジの二階会議室には、母の三輪令子だけがいた。落ち着いた感じのロングヘアでビジネススーツに身を包んだ令子は、机の上に視線を落としていた。採用資料を眺めていたらしかったが、ユウが入室すると目を上げた。驚いた。たぶん母は美人なのだと思う。

ユウは大学名と氏名を令子に向けて告げた。これまで、幾つか受けた面接で、三輪勇という自分の名前について、〝男子学生かと思ったら女の子なんだね〟とわざとらしく言われたり、〝名は体《たい》を表すで気の強そうな顔をしてる〟とセクハラギリギリの発言もされた。だが、ミツワネジの一次、二次面接ではそういったことを言われなかったし、もちろん令子も名前について触れるはずもなかった。

ユウは自分の名前が嫌いだった。子どもの頃から〝イサム〟と間違えて呼ばれることが多かったから、いつしか〝ユウ〟とカタカナで表記するようになった。さすがに就活のエントリーシートや履歴書には戸籍名を書くしかなかったが。

「掛けて」

と、自分を〝勇〟と名付けた張本人が、正面に置いた椅子を示した。母の視線は、まるでユウを初めて見るようだった。

「はい」

ユウは座った。すると、ひと呼吸置くこともなく、令子が、「最初の募集で、なぜ当社を受けなかったのですか？」いきなり鋭い質問で切り込んできた。

ユウは最終面接がやはり最大の勝負の場であることを再認識した。そして、やっとたどり着いた最終面接で落とされるショックの大きさを思い出す。もうあんな気分は味わいたくない。

「わたくしは商社志望でしたので、それ以外は受験しませんでした。わたくしが商社を志望していたのも、淡い憧れというか、商社ウーマンというとなんとなくカッコいいから、といったレベルの理由からでした」

ユウは、受けなかった理由を無理に取り繕うことなく、事実をありのままに回答した。

令子がすかさず訊いてくる。

「では、そこがダメだったから当社を受けることにしたんですね」

わざと応えにくい質問やむっとさせる質問をし、学生を動揺させ、反応を見ようとするのが圧迫面接だ。挑発に乗ってはいけない。

「さまざまな商社を訪問し、儲《もう》かるものなら川下から川上までなんでも扱うというスタンスではなく、ネジのような人々の生活に入り込んだ製品に愛着を持ってかかわっていきたいと考えるようになりました」

実際、家庭用品からミサイルまで扱うのが商社だ。それに対してちっぽけなネジである。今の自分がネジについて知っていることはあまりに少ない。だが、企業が見るのは知識ではなく、学生のポテンシャルのはずだ。

どんな回答をしても、それに対してまた揚《あ》げ足《あし》を取られるかもしれない。だが、けっして怒りに任せて反論したり、おたおた慌てふためいたりするな。マイナス評価になる。むしろ自分の忍耐力を示せるチャンスと考えるのだ。それならば、なにも恐れることはない。

「そもそも、あなたが当社を志望した理由はなんですか？」

「貴社の海外拠点で働きたいと考えたからです」

「確かに当社はマニラに支社があり、五十名が働いています」

令子が言った。

自分を育ててくれたベビーシッターのサリーは、そのマニラ工場からやってきた。十九歳で日本人社員と結婚し、彼の帰国とともに来日したのだ。ユウがもの心ついた時には、サリーは身近にいた。自分たちは齢《とし》の離れた姉妹のようだった。サリーは〝わたしのリトル《愛しい子》ガール〟とユウを呼んだ。左頬の片えくぼを指先でつつきながら「オー、マイ・リトルガール」と。そして、ユウが小学校を卒業する時、サリーはいなくなった。母に解雇されたのだ。

　令子が続けた。

「主な製品の設計をフィリピンで行い、製作を日本で行っています」

「わたくしは逆だと思っていました。設計は日本で行い、製作を海外工場で行うものとばかり思っていたんです」

　ユウの感想に、令子が興味を示すような表情を見せた。

「そのやり方は、日本の設計技術を海外に教えきれなかったからです」

「では、作業時間がかかりそうな設計をあえて海外で行うのは、賃金が安いためでしょうか？　そして、日本で工作機などを使って無人加工すると？」

　ユウは工場見学した際に、自動加工機がネジを次々に生産する現場を目にした感想を伝えた。すると、令子の表情がさらに興味深げになった。

「いい線だけれど、古い考えね。フィリピンでは優秀な学生を採用できるの。日本で中小企業が採用できる学生は、必ずしも一流とは言えない。けれど、フィリピンならマスターが取れる」

　そこで令子の表情が蔑《さげす》んだものに変わる。

「あなた、海外拠点で働きたいっていうけど、自分よりも優秀な部下を統率できるのかしら？」

どうでもいいなら、面接を早めに切り上げる。わざわざ時間をかけて圧迫面接するってことは、あたしってばそれこそいい線いってる？　だから、少しも動揺しなかった。

「確かにご指摘のとおりで、今は力不足かもしれません。しかし、今後の貴社での実務経験の中で、わたくし自身を向上させていきたいです。わたくしにとって仕事は、自分を成長させてくれるものだと考えています」

令子が面白くもないといった顔でさらに質問を寄越す。

「もしも、あなたが当社の社長に就くとしたなら、どんな経営者になりますか？」

来た！　と思った。石渕に言われていた想定質問だ。

「今ある会社を一度破壊します」

母の本音を読んで、求めている回答を言うなんてできない。だから、自分の思うままを口にしていた。

それまでにこりともしなかった令子が初めて面白そうな顔になった。

「スクラップアンドビルドではないですが、新しく構築します。あくまで前社長の二世ではなく、自分一世として社を展開していくでしょう」

令子が真っ直ぐにユウを見ていた。

「新しく自分が構築した会社は、以前よりひと目盛りだけでも上がっていればいいと考えます。そう、ネジのように」

ユウを見つめる令子の顔に笑みが浮かんだ。

「そして、螺旋を描きながら上昇していく」

令子の笑みがさらに大きく広がった。そして、その左頬には、やはり片えくぼが現れる。ユウが自分のえくぼが好きになれないのは、母から受け継いだものだからかもしれない。

面接が終了してユウは会議室を出た。廊下では順番を待つ学生が、並んだ椅子に腰を下ろして待っていた。案内係の女性社員が、「結果は数日中にお知らせします」と言ったが、サイレントなしに翌日にはメールが来た。それはお祈りではなく、採用通知だった。

第二章　転造ネジ

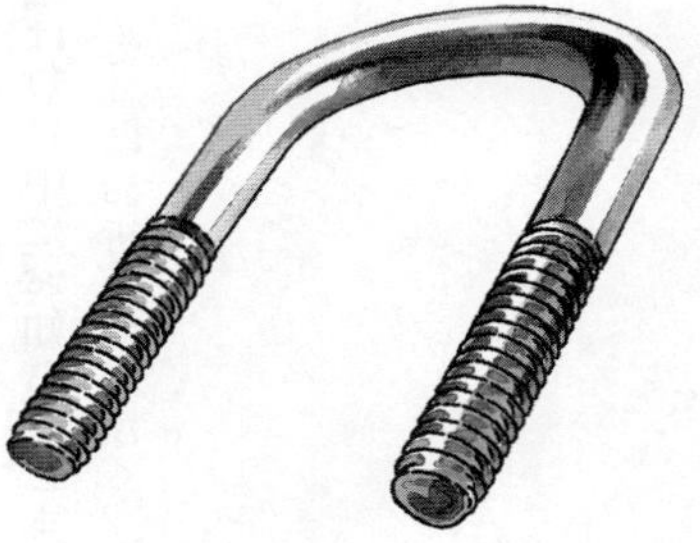

1

「あれ、ユウちゃん、久し振りだね」

乾物屋《かんぶつや》の短い白髪頭の主人が懐かしそうに言ってくれる。

「大学を卒業して、こっちに戻ってきたんです」

ユウは言葉を返す。四月で、商店街は桜の造花で飾り立てられていた。春の風が雲をひとつ押していく。その風が、桜の造花を揺らす。

「じゃ、お父さんとお母さん、さぞやお喜びだろう」

「まあ」

と曖昧《あいまい》に応えたら、「だって、また実家で暮らすんだろ？」とさらに訊《き》いてくる。

それは違っていた。ミツワネジの新入社員である自分が、社長の母と暮らすのはどうかと感じられた。公私のけじめがつけたくて、会社の徒歩圏内に部屋を借りた。単身者用のアパートだけれど、キッチンが広めで機能的なところを重視して選んだ。自分にとって料理は生活のアクセントだから。

しかし、そこまで話す必要はないだろう。

「また、オジサンのとこでカツオ節買うから、よろしくね」

と言っておく。子どもの頃から、味噌汁《みそしる》はカツオ節でだしを取ってつくる。ベビーシッターのサリーの影響だった。フィリピンからやってきたサリーが、誰からどのようにだしの取り方を習ったのかは分からない。ユウは、サリーが味噌汁をつくるのを横からいつも見ていた。吾嬬銀座《あずまぎんざ》商店街にあるこの乾物屋にも、サリーと一緒に買い物に来た。ここでは、カツオ節やサバ節を量り売りしている。香りがよいうちに使いきれるように、ちょうどいい分量が買えた。

サリーがいなくなってからは、自分でだしを取って味噌汁をつくった。それだけではない、彼女が去ったあと、ユウは自分のことはなんでも自分でするようになった。小学校卒業とともにユウは自立した。これからは、経済面でも自立する。大学時代はアルバイトはしていたが、家から仕送りしてもらっていた。学費はもちろん、留学の費用だって出してもらった。今後は、ミツワネジから支給されるサラリーで生計を立てる。

ユウのほかに新卒で入社したのは、辻《つじ》という男子ひとりだった。ふたりとも営業部に配属される。

「採用にはカネがかかってるんだ。しっかりやってくれよな」

営業部長の山田《やまだ》が、新入社員の自分たちを前にそう口にした。辻とユウは、この工場で働いている全社員八十名が集合して行う朝礼で紹介されたあと、机と椅子が隅に寄せられた会議室に残るようにいわれた。そうして、山田と相対している。

「去年もふたり採用したんだけど、社会性ってものが欠落しててね。かと言って、一度採用すれば労務問題になるから簡単にクビを切れない」

山田が、さらにそんなことをあっけらかんとしゃべる。ユウの二次面接の面接官だった。おそらく、隣にいる辻も彼の面接を受けているはずだ。彼は、

「去年のふたりは、気づきがないっていうのかなぁ、暑気払《しょきばら》いや忘年会の席でも、新

人だっていうのにお客さんみたいにただ座ってる。飲みに連れてってやっても、翌日に〝ごちそうさま〟のひと言がない」

山田は痩せていて中背、というよりは小柄な部類に入るだろう。どす黒い肌の色をしている。身長一六五センチくらいか。しかし、辻もユウももっと背が低い。ふたりとも山田に見下ろされながら殊勝《しゅしょう》な表情を浮かべていた。

「メンタルも弱かった――って、過去形で言うのは、ひとりは辞めちゃったもんでな。俺がちょっと注意したら、えらく落ち込んで。なにしろ〝叱られたことあるか？〟って訊いたら、〝親にも叱られたことない〟って言うんだから」

そういう人材を採用して、しかも辞めさせてしまったのはあんたじゃないの？　という疑問がユウの中で湧いたその時、背後でドアが開いた。

「辻君は、親に叱られたことない、なんて面接の時には言ってなかったわね？」

靴音を響かせ、令子が入ってきた。

「たっぷりと叱られて育ちました」

すぐさま辻がきっぱりと応える。彼はおでこの広い、愛嬌《あいきょう》のある顔立ちをしていた。

「社長――」

令子の姿を見て、山田の背筋が自然と伸びる。それでも、すらりとして、しかもヒールの高い靴を履いた令子の前では、その姿はだいぶ見劣りした。

令子は山田を一瞥《いちべつ》もせず、辻に視線を送っている。

「あなたは、とにかく性格が明るいんで採用した。会社が厳しい状況になった時、あなたみたいな人がいると役に立ってくれそうだから」

「明るい――それだけですか？」

「あなたたち新卒の持っているポテンシャルなんて、その程度のものよ」

辻がガクッとなる。

「でも、今はそれでいいの」

令子は、親に叱られたことがあるか？　などともちろんユウには訊かなかった。母は家にいる時は躾《しつけ》に厳しかった。ユウが幼い時から食事後の片付けを手伝わされた。茶碗は口の当たる縁はもちろん、糸底も念入りに洗うように仕込まれた。空手《からて》で立つな、部屋を移動する時には、卓上に運ぶ食器はないか、常に周りに気を配れと言い含められた。

修も令子も長身なのに、ユウはそれを受け継げなかった。背が高くないのは、隔世遺伝だと考えている。ミツワネジの創業者であるユウの祖父、三輪忠志《ただし》はかなり小柄な人だったらしい。らしいというのは、ユウに記憶がないからだ。自分が二歳の時に祖父は亡くなっている。その忠志の写真が、会議室の正面に飾られていた。少なくなった白髪を後ろでひとつに結んだ忠志の厳《いか》めしい顔が、令子の頭上からこちらを見下ろしていた。「おじいちゃん、上司にお酒を奢《おご》られた翌日〝ごちそうさま〟を言わなかったばっかりに、クビにされるのは勘弁だよ」と心の中でささやく。

山田がコホンと空咳《からぜき》をすると、「辻君はオリエンテーションのあと、先輩社員と一緒に外回り営業に出てもらう」と告げた。

「はい」

と辻がよい返事をした。

そのあとで、山田がユウを見た。

「えー、そのう、なんだ……」

どうやら、社長の娘である自分をなんと呼ぼうか迷っているらしい。

「……そう、きみだ」

と、とりあえずそこに落ち着いたらしい。

「きみには、社外研修に行ってもらう」

ユウが戸惑った表情でいると、令子があとを受けた。

「ユウには、よそのネジ屋さんで三ヵ月間現場研修を受けてもらいます」

令子はわざとらしく〝三輪さん〟などと呼ばなかった。いつもどおり〝ユウ〟と呼びかけた。そんなことより、驚いたのは内容についてだった。

「なぜ、あたしだけが……」

と訊こうとしたら、「不満なの？」と出ばなをくじかれた。

「いいえ」

と返すしかない。ミツワネジから内定をもらってからも就職活動は続けていた。しかし、結局ここに入った。ほかに受験した、もっとよさそうな会社からは断られていた。

令子が当然の表情で頷《うなず》くと、「現場研修は明日から。追って出向先は山田部長を通じて伝えます」と言い置き、踵《きびす》を返した。それに付き従うように山田も出ていく。

ユウは再び壁に掲げられた忠志の写真を見やる。おじいちゃん、これってどういうこと？

「明るいから採用したか──なんでもずけずけ言葉にする社長っスね」

と辻がくりくりした目を向けてくる。

「ああいうのを歯に衣着せぬっていうのかな」

そう言ってしまったあとで、「いけね」と小さくもらす。

「大丈夫だから」

とすぐにユウはフォローした。

「悪口言っても、告げ口したりしないから」

「悪口なんて……」

と辻が気弱な声を出す。

「でも、いいじゃない。評価された点を伝えられたんだもん。あたしなんていきなり現場だよ」

ため息をつく。

辻が陽気な表情を取り戻していた。

「〝ユウさん〟でいいですか？　〝三輪さん〟て呼ぶのもなんなんで。ほら、ほかにも三輪さんがいるわけだし。だからって〝ユウちゃん〟じゃ馴《な》れ馴れしいでしょ」

今度はユウのほうが、「辻君でいい？」と呼び方を確認する。

「なんかフツーっスね」

「じゃ、辻ちゃん」

「辻ちゃん……か」

辻がなにか考え込んでいた。

「ユウさんと辻ちゃん——なんか上司と部下みたいじゃないっスか？」

「それよか、同期なんだし、そのヘンな敬語よさない？」

「あ、なんかつい気を遣っちゃって」

そこで辻が思い当たったように、「そっかぁ、僕が〝辻ちゃん〟なら〝ユウちゃん〟て呼んでもいいわけだよな」と呟《つぶや》いていた。

「いや、やっぱ無理っしょ。無理だワ。無理よ無理」

ひとり身悶《みもだ》えていた。

ユウの研修先は、吾嬬町から荒川を挟んで対岸の葛飾区にあった。

春から初夏に向かう季節を意識して新調したライトグレーのパンツスーツを着て、自転車に乗って通うことにする。

それにしても、なんであたしだけが研修に出されたんだろう？　荒川に架かった木《き》根川橋《ねがわばし》を自転車で越えていく時にもその思いが頭から離れないでいた。

葛飾区の荒川沿いも中小の町工場が多い。ユウは㈲長谷川螺子兄弟社《はせがわらしきょうだいしゃ》木の看板が掛かった小さな古い工場の前で自転車を止めた。というよりもコウバといった言葉がぴったりする。

シャッターが下りている正面横にあるドアを引く。鉄のドアは重くて、女の悲鳴のような甲高《かんだか》い音を切れ切れにたてた。その音が癇《かん》に障《さわ》ったかのように、中にいた年配の痩せた男性が振り返って、上目遣いにじろっとこちらをねめつけてくる。白い髪が後頭部にわずかに残っているだけで、禿《は》げた頭頂部が天井の蛍光灯で青白く光っていた。

「ミツワネジから研修に伺った三輪ユウと言います」

すぐさま名乗った。

「聞いてるよ」

気難しそうな見かけの印象とは裏腹に、あっさりと受け入れられる。

「長谷川だ」

「よろしくお願いいたします」

ユウはぺこりと頭を下げた。

「ずいぶんキレエな格好をしてきたんだな」

長谷川がユウの姿をしげしげと眺めて言う。

「はあ？」

意味が呑《の》み込めない。

「うちには決められた作業服がないんだ。もっといい加減な格好をしてきてもらわんと」

長谷川は七十歳代だろうか？　油で汚れたシャツにグレーの綿のパンツ姿だった。

「じゃあ、荷物を事務所に置いてきたら、掃除《そうじ》でもしてもらおう」

と、二階を顎《あご》で示す。三十畳ほどの狭い工場には古い機械がひしめくように置かれている。しかしながら天井はかなり高かった。ロフトのように張り出している二階部分があって、木の桟《さん》の窓の内側に明かりが燈《とも》っている。そこが事務所らしい。

急な鉄骨階段を登っていき、ドアを開けると、事務服を着た年配の女性がひとり算《そろ》盤《ばん》を弾いていた。

挨拶《あいさつ》すると、こちらを振り向きもせず、「そこの四つ並んでるロッカー、右からひとつ目とふたつ目が空いてるから」とだけ言う。

「ありがとうございます」

ユウは隅にあるロッカーの一番端の扉を開けた。脱いだ上着を針金ハンガーに掛け、ビジネスバッグを置く。そして、女性に向けて一礼すると事務所を出た。カンカン音させて階段を下りながら、さっきの女性は長谷川の奥さんかもしれないと思う。

「危ないから機械には触らないように」と長谷川に言われたので、掃き掃除をしたり、棚などを拭いて回る。長谷川は、なにに使うかも分からない機械で、なにかをつくっていた。なにかをって、きっとネジなのだろうが……。

時々、二階の事務所の窓が開《あ》いて紐《ひも》が下がってきた。紐の先には洗濯ばさみで紙が吊《つ》るされていた。どうやら図面のようで、長谷川はそれを眺めては機械に向かう。

十時になると二階から長谷川の妻（？）が降りてきて、工具のたくさん置かれた作業台の隙間にお茶の入った湯呑みをふたつ置き、無言のまま盆を持って二階に戻っていった。

「ユウちゃんていったな、休憩しようや」

と声をかけられる。

「現場では午前と午後、十時と三時にこうやって一服するんだ。その時にお茶やタバコを喫《の》む。ほらよ、仕事しながらタバコ喫むなんて生意気なことすると危ねえからさ」

「そうなんですか」

なんとなくユウは応える。

「あんたタバコは？」

と訊かれ、「あ、いいえ」と手を横に振る。

「俺っちもやめちまったよ。とっくの昔にな。もう四十年も前になるかな」

長谷川が茶を飲み、自分も飲んだ。

「事務の方、奥さまですか？」

と訊いたら、ぷはっと茶を噴き出しそうにした。

「俺っちのかかあは、あんな不愛想じゃねえし、もっと美人さね」

と笑う。

「節子《せつこ》っていうんだ」

「奥さまの名前ですか？」

「違うよ。事務してるほうが節子さん」

「ああ、節子さん」

ユウは二階事務所のほうを見上げる。

「ところでよ、あんたのおっ母《か》さん——ミツワネジの三輪社長にどうしてもって頼み込まれたんで、仕方なくあんたのこと引き受けた」

仕方なくなんだ、あたしの研修受け入れは。

「三ヵ月程度でなにが仕込めるかっていったら、たかが知れてるもんな」

ユウは黙って聞いていた。

「それでもな、こうしてあんたを預かったからには俺っちにも責任がある。でさ――」

長谷川がその場を離れ、機械のほうに行ってなにか持ってきた。湯呑みの横に広げたのは図面だった。

「こいつをつくってもらおうと思うんだ」

「あたしがこれを……」

言葉を失って食い入るように図面を見る。製品の図面自体目にするのが初めてだった。

「おっと、そうだ、実物があったっけな」

今度はさまざまな製品が並んでいる棚に行って戻ってくる。

「これだ」

U字型をした製品だった。

「Uボルトっていうんだ」

なるほど、Uの字の両方の先がネジになっている。

「ユウちゃんがUボトルをつくる」

長谷川がひとり言って、満足げに頷いた。そのあとで、ひひひと面白そうに笑ったかと思うと、再び真顔に戻る。

「見てみな」

と製品と図面を突き合わせた。

「このU字型の全長が二〇〇ミリ。その両先のネジの部分の長さが三〇ミリある。ほら、ここだ」

と図面のネジ部分を指さす。

「使用する線材《せんざい》、つまり棒状の材料だな。こいつの外径《がいけい》は一〇《とお》ミリで、材質は鉄だ。こういう直径の比較的大きな雄《お》ネジをボルトっていう」

――「ボルトってえのは、直径が比較的大きな雄ネジのことだな」と、ミツワネジの工場見学の際に青沼が言っていた。

長谷川が、ユウのほうを見る。

「分かるか？」

ユウも見返して言う。

「直径一センチの鉄の材料を使うんですね？　二〇センチの鉄の棒の両端に、それぞれネジを刻む。ネジを刻む部分の長さは両方とも三センチずつ。最後にネジの入った棒を、U字型に曲げるということですね？」

しわの深い長谷川の顔に、にんまり笑みが浮かぶ。

「ま、そういうこった。もっとも現場では、センチでなくミリを使うんだがな」

ユウは作業台の上に置かれたUボルトを手にする。それは持っているうちにだんだん重く感じられてきた。

「できるでしょうか、あたしに？」

「さあ、どうかな。俺っちだって、普通ならいきなりこんなことやらせねえよ。ちょいと難易度が高すぎる」

ユウの中に改めて緊張がみなぎる。

「けどよ、三ヵ月で仕込んでくれって言われたんだから、これくらいしねえとな」

「母が……社長がそう言ったんですか――〝三ヵ月で仕込んでくれ〟って？」

「ああそうだよ」

と長谷川が応える。

「自分でダメだと思って逃げ出したら、それも仕方がないって言ってたな」

逃げ出しても仕方ない……それが令子の真意なのだ。自分の会社に入れてはみたが、やはり娘ではなにかと扱いにくい。山田部長だってユウをどう呼んでいいものか、それすら困っていた。令子は、ユウがあきらめて自分で辞めるように仕向けたのだ。それで、ユウだけを現場に出した。

母の考えどおりになどなってたまるか！

「どうやってつくるんですか、このUボルト？」

思わず長谷川の鼻先に、それを突きつけていた。

彼が面喰《めんくら》って、「だからよ、一から教《お》せえてやるよ、明日からな。今日はひとまず俺っちが仕事してるとこ見てなよ。見学だ」と言う。

「三ヵ月は短いです。今日からやらせてください！」

「だけどよ、服が汚れちまうよ。まだ新しいんだろ？」

「そんなの構いませんっ！」

長谷川がびっくりしたように見ていたかと思うと、湯呑みの中の茶の残りを喉に流し込んだ。

「んじゃ、まず線材を切るとこからやるぞ」

工場の左隅にゆらりと向かっていく。

「はい！」

ユウはせっ付くようにあとに従った。

「これが線材だ」

たくさんの鉄の棒が横たえられている。

「うちで扱ってるのは外径四～一六ミリまでの線材だ。一本の長さは四メートル。これが、あんたが扱う外径一〇ミリの線材だ」

こうして改めて見ると、一〇ミリの鉄の棒は意外に太い。

「持ってみな」

両手で触れるとひんやりと冷たかった。そして――。

「む」

「どうだい？」

「けっこう重いです」

長谷川がひひひと笑う。

「その線材は一メートル当たり〇・六キロ。四メートルだと二・四キロあるからな」

長くて扱いづらかった。

「外径一六ミリとなると六・四キロにもなる」

課題作品が径一〇ミリであることに感謝していた。

「そいつをこの切断機で、まず、ボルト一本当たりの長さ二〇〇ミリずつに切っていく」

切断機は古いが、黒光りしていた。切断機だけではない、長谷川螺子兄弟社にある機械は、すべて手入れが行き届いているようだ。……あ、そういえば、なんで兄弟社なんだろう？

「うちにあるのは、みんな戦前からの機械だ」

と長谷川が言う。そして、ユウから線材を受け取ると実演してみせる。

「設定を二〇〇ミリにして、線材を突っ込む。で、このペダルを踏めば」

カタン。

「油圧で刃が降りてきて、切れる」

機械の向こう側に二〇〇ミリ分の線材が落ちた。

「ま、ギロチンみたいなもんだ。やってみな」

ギロチン！　ユウも真似《まね》してみる。ペダルを踏むと――カタン。さっくりとした軽い手応えで鉄を切ることができた。

「どうだい、簡単なもんだろ？」

「ええ、なんとか」

長谷川が再びひひひと笑う。

「まあ、このあたりまではなんとかなるんだ。夏に高校生の孫がバイトに来た時も、すぐにできたからな」

カタン。カタン。ユウは鉄の棒を切り続けた。

「ただし、棒の先が短くなったら気をつけろよ。間違っても指を差し込んだりするな。スパッといっちまうからな」

ユウを一瞬恐怖心が貫く。それを振り払って返事した。

「はい」

声が少し震えたかもしれない。気を引き締めて再び線材を切る。カタン。カタン。カタン。

「よし、いいぞ」

長谷川の声がする。

一本切り終えると、白いビジネスブラウスの脇が汚れていた。長い線材をしっかりと抱えていたからだ。でも、そんなことは気にせず、ユウは次の四メートルの鉄の棒を手にした。

2

研修が始まって早くも一ヵ月余りが経過していた。

長谷川の「まあ、このあたりまではなんとかなるんだ」という言葉はそのとおりだった。その次の工程、下挽《したび》きなる作業に入ると、まったくうまくいかなかった。切断機でカットした長さ二〇〇ミリの鉄の線材。その両端三〇ミリずつを、周囲ぐるりと一・五ミリの厚さで、木の皮を剝《は》ぐように削るのである。これがどうしてもうまくいかない。歪《ゆが》んでしまって、ぴたり一・五ミリにならなかった。

「一・五ミリ下挽きするのは、ネジの有効径《ゆうこうけい》をきっちり出すためだ」

「有効径って、なんですか？」

「それを説明しても、今のユウちゃんには理解できねえよ。ともかく外径一〇ミリの軸から、厚み一・五ミリで、ぐるりと剝《む》き取るんだ」

もともと機械加工でぴったり一・五ミリになどいくものではないのだ。そこで、公《こう》差《さ》というものが設けられている。だが、長谷川から言いつけられた寸法許容差というのが、マイナス〇・二ミリ内。つまり、髪の毛一本分の誤差しか許されていないのである。そんなの、ほぼぴったり一・五ミリを削り取らないといけないってことじゃないか……とユウは胸の内で今日もぼやく。

下挽き加工機で鉄の軸を削るのは、電動エンピツ削り器で鉛筆を削るのに似ている。ただし、横向きの穴にエンピツを入れれば、簡単にエンピツが削れるのと違って、下挽き加工機は、穴に鉄材を入れてから中心点をきっちりと決めてやらなければならない。これを外すと狙いどおりの数字が出ないのだ。

加工機にはチャックと呼ばれる爪があって、これで鉄の軸を真ん中に固定するわけだが、ほぼ勘《かん》に頼るしかない作業である。

削った軸をマイクロメーターで測り、またダメだったか……とため息をつく。向こうで作業している長谷川の顔がにやにやしていた。

ちぇっ、と心の中で吐き捨てたあとでまた思う。ついこの間まで、マイクロメーターもノギスも使い方を知らなかった自分には、公差マイナス〇・二ミリなんて神業に近い。そんな精度ほんとに出せるんだろうか？

「長谷川社長、お訊きしたいことがあります。なぜ、ネジ山をつくる部分を一・五ミリ削る必要があるんでしょう？」

ユウは思いきって尋ねてみた。

「あん？」

向こうで作業していた長谷川が振り返る。

「だって……」

その時だ、「ユウちゃん、電話だよ！」二階事務所の窓が開《あ》き、頭上から節子のがなる声が響いた。

話の腰を折られたユウは仕方なく、「はーい！」と大きな声で返す。そうして作業台まで行って、汚れたビジネスフォンの点滅しているボタンを押し受話器を取る。受話器をつかむ自分の手も汚れていた。長谷川からは、軍手をはめると勘が鈍るし、機械に巻き込まれるとかえって危険だから素手で作業するように言いつけられていた。

誰だろう？　と思ったら、電話はミツワネジの総務部からで、今日の勤務終了後、社に立ち寄るようにとのお達しだった。


乗っていた自転車をミツワネジ構内の駐輪場に置く。玄関を入ってすぐ右横にある受付の小窓に顔を突っ込むようにして、「三輪ユウですが」と来社を告げた。小窓の向こうは総務部で、社員らが目を丸くしてこちらを眺める。制服のない長谷川螺子兄弟社には、自前のチェックのワークシャツに綿パンで通っていた。どちらもだいぶ油染みている。ノーメークに近い顔も汚れているかもしれなかった。

二階の会議室に行くように言われ、階段を上がってドアの前に立ち、ノックする。「どうぞ」と声がして中に入った。毎朝、全社員が集まって朝礼が行われるため、この日もたたまれた机と椅子が片側の壁際に寄せられている。中央に令子と修が立っていた。

とたんに緊張する。しかし、両親の前に立って緊張するなんてな、と自分にツッコミを入れるが、張りつめた気持ちは緩まなかった。

「ご苦労さま」と令子が静かに言い、封筒を差し出す。「給与よ」

ぽかんとしてしまう。

「どうしたの？　今日は給料日。うちでは初めての給与は手渡しするのが慣例なの」

初月給だ、あたしの。小さな喜びが湧き、やがて徐々に広がる。ユウは歩み寄って、令子から封筒を両手で受け取った。爪が黒くなった手の中にあるミツワネジの封筒には、［給与］とハンコが押されていてアナログ感が漂う。

「ありがとうございます」

お辞儀して顔を上げたが、令子はにこりともしなかった。

「念のため言っておくけど、初月給で両親にプレゼントしようなんて考えなくていいから。あたしたちのほうが、あなたよりもたくさん月給をもらってるんだし、あなた、ひとり住まいでなにかと物入りでしょ」

そして、隣に立っている修を見やる。

「ねえ、そうよね？」

有無を言わせぬ感じで問いかけられた父は、「うん、そうだね」としか応えようがないようだった。

令子に、「出向先ではどう？」と訊かれる。

なんて応えようか言い淀《よど》んでいたら、「はい、アウト」と打ち切られてしまった。

「三秒で応えないとダメ。待っている電車に飛び乗れないと、次には行けないのよ」

この人はいったい何様なんだ？

「何様のつもり？　って考えてるんなら、わたしはこの会社の社長よ」

――って、透視能力かよ⁉

「専務からなにかあるかしら？」

そう水を向けられた修が、「好奇心を発揮して仕事をしてほしいな」と言った。

「何事に対しても、ユウの持ち前の好奇心を忘れないでほしい」

好奇心。あたしの持ち前の――そうなのかな？

「はい」

とりあえず返事すると、ユウはふたりに向けて頭を下げ、会議室を出た。

駐輪場の自転車まで戻ると、「初月給もらった？」と声がした。振り向くと、玄関のほうから辻がやってくる。

「辻ちゃんも手渡しされたんでしょ、給与？」

彼が頷く。そして、もじもじしながら言う。

「初月給っていいもんだね」

「うん」

ユウは初めて笑うことができた。

すると辻がさらに、「学生時代もバイトしてたから、おカネを稼いだのは初めてじゃないけど、やっぱいいなって思ったよ」そんな感想を述べる。

「あたしも同じこと感じた」

一緒の気持ちを共有できる同期って存在もいいものだ。

「初月給で、母さんにプレゼントしたいんだけど、なにがいいかな？　僕んとこ母子家庭でさ、喜んでもらいたいんだ」

そうなんだ、とユウは思う。

「ただささ、奨学金の返済もあるし、あんまり高いのはダメなんだけど」

「スカーフなんてどうかな」

と言ってみた。自分も母に初月給でスカーフをプレゼントするつもりでいたのだ。自分が選んだ本当にきれいだと思えるスカーフを、父にはネクタイを贈りたいと。ただ、さっきあんなふうに言われてしまったのだけれど。

「スカーフか。よかったらユウさん、一緒に店に行って、いいの選んでくれない？」

遠慮がちに言って寄越す。

「ダメ。自分で選ぶの。これだったらお母さんに似合うだろうっていうのを、辻ちゃんが選んであげて」

「大丈夫かな……」

ユウは頷いてみせる。

「辻ちゃんが選んだものなら、お母さん絶対に喜ぶよ。決まってるじゃない」

辻が笑った。ユウも笑みを返す。

「じゃあね」

ユウは自転車に乗って走り去った。

3

長谷川螺子兄弟社に来て二ヵ月が過ぎようとしていた。ユウはようやく、下挽きの工程を終え、ネジ切りの作業に入っていた。

ネジには大きく分けて、切削《せっさく》ネジと転造《てんぞう》ネジがある。旋盤《せんばん》などを用い、金属材料を切ったり削ったりして加工したものが切削ネジだ。

長谷川螺子兄弟社は転造ネジ加工を専門に行う会社である。したがって、ユウも転造ネジをつくっていた。

転造ネジは、丸ダイスと呼ばれるネジ山が刻まれた筒状の工具を使って行う。ふたつの丸ダイスを転造盤という油圧機械で回転させ、その間に工作物を差し入れて、圧力でネジ山のギザギザを転写させるのである。

ユウが転造盤にやっと設置した重い丸ダイスには、三ミリのネジ山で、ピッチ三ミリのネジが刻まれている。三ミリのネジ山とは、ネジ山の頂《いただき》の高さが三ミリであることを意味する。ピッチとは、隣り合うネジ山の頂上と頂上の間隔である。そして、その間には深さ三ミリの逆三角形の谷があるのだ。

ユウは両手で、長さ二〇〇ミリの鉄の軸を握っていた。硬い鉄も、外力を加えれば変形する。外力を取り去っても残る変形を塑性《そせい》変形という。転造ネジは、この塑性変形を利用したネジ加工である。

転造盤の油圧ローラーの圧力で、丸ダイスの三ミリのネジ山が工作物に転写される。すると、工作物側に三ミリの谷ができ、一方でその分、三ミリの山が出っ張る。

火山がそうだ。噴火により、溶岩が盛り上がって山になる。どこかが凸起《とっき》すれば、どこかが凹《へこ》むというわけで、その凹んだところが湖になる。

ユウは今日も、自分が一・五ミリ下挽きした部分にネジを転写させていた。そして相変わらず、図面の数字どおりのネジがつくれないでいるのだった。寸法許容差はやはりマイナス〇・二ミリ。プラスの誤差が許されないのは、雌ネジに入らなくなるからだ。

「う〜ん」

ユウは天井の高いところにある蛍光灯を見上げ、思わずうなってしまう。そこに長谷川がやってくる。

「下挽き加工させてる時、これをする意味はなんだ？　って、好奇心の強いユウちゃんは何度も訊いてきたよな〝なぜ、ネジ山をつくる部分を一・五ミリ削る必要があるんでしょう？〟ってな」

好奇心が強い――あたしが？

「俺っちは、そのたんび、実際にネジ切りするようになれば分かるって応えといた」

切削ネジも、転造ネジも、ネジ山をつくる作業をネジ切りという。

「べつにお茶を濁《にご》してたわけじゃなくて、下挽きの段階では、説明しても理解できないと思ったんだ」

長谷川が口の端を緩めてほんの少し笑う。

「今なら、自《おの》ずと理解できてんだろ？」

ユウはネジ切りする手を止めた。そして、長谷川のほうを向く。

「一・五ミリ下挽きしたのは、三ミリのネジ山の高さの中心点を、ネジが切られていない軸部分の高さ、つまり外径一〇ミリと合わせるためですね？」

「そう、そのとおり」

彼が大きく頷く。

「で、今ユウちゃんが言った、三ミリの山の高さの中間地点を有効径っていう。これがネジの強度計算なんかに用いられる寸法だ。下挽きするのは、この数字をきっちり出すためだ。下挽きを一・五ミリぴったりにできなければ、そこに切るネジの寸法も合わなくなってくる」

ユウは額の汗を手の甲で拭う。六月に入って梅雨入りも間近だった。エアコンのない工場内は蒸していた。

「下挽きをすることで、一・五ミリ低い地べたをつくる。そこにさらに三ミリのネジの谷を切る。すると、その分、三ミリの山が出っ張る。谷も山もしっかりと平らな地面をつくらないと寸法が合わなくなるんだ。盛り上がったネジ山の頂上は、外径一〇ミリよりも外に突き出る、そういうネジなんだよ、これは」

長谷川はそう力説する。

「だがよ、その下挽きの意味っていうのは、実際にネジを切ってみないと分かんないのさ。転造ネジってものが分からない素人には、硬い鉄が盛り上がってネジ山になったり、くぼんで谷ができたりってことがさ」

そうなんだ、ネジは切って刻み込むものだけだとばかり思い込んでいた。だから、ネジを切る部分を、わざわざ一・五ミリ低くする意味が理解できなかったのだ。まさか、そこから三ミリ山が盛り上がって、その天辺《てっぺん》がもともとの線材の外径よりも一・五ミリ高くなるなんて。

「長谷川社長、あたしがつくろうとしているUボルトって、なにに使われるんでしょう」

すると長谷川の表情が急に厳しくなった。

「俺っちらネジ屋は、いや、職人てものはな、渡された図面のままきっちりつくればいいんだ。言われたとおりに黙ってつくる。それがプライドってもんだ」

そこで再び長谷川の目もとがなごむ。

「あんた、まったく好奇心が強いよな。それにだんだんと職人の面構えになってきた」

ユウの顔を覗《のぞ》き込み、微笑《ほほえ》んだ。きっとさっき額の汗を拭った時に、また油でもついたのだろうとユウは思った。


雨の朝、ビニール合羽を着たユウが自転車で荒川土手にさしかかった時だ。傘を手に、急ぎ足で駅へと向かう辻と出くわした。

「おはよう辻ちゃん、早いね」

「あ、ユウさん、出勤途中?」

「そう」

ユウは辻の横で自転車を止める。

「辻ちゃんこそ、この時間に会社から来たの？　まだ始業前じゃない」

「昨日完徹《カンテツ》で、そのまま出てきたんだ」

ユウは驚く。

「徹夜したの？　なんで？」

「大阪で商談会があるんだよ。送り忘れてたものが結構あったりして、あれやこれや再確認してるうちに朝になっちゃって……なにしろ慣れてないもんだから」

そう言いながらも、辻は充実しているようだった。

「これから荷物を追っかけて大阪に行く」

「寝てないんでしょ、大丈夫？」

「新幹線で寝るから平気。夜には山田部長のお供で接待があるし」

辻は雨中を小走りに駅へと向かう。吾嬬駅は、土手の上にそれだけがぽつんとある、山小屋のような三角屋根の、古い木造の駅舎で、晴れた休日は鉄道ファンに人気の撮影スポットである。

ユウには、辻の後ろ姿が眩《まぶ》しかった。


「またオシャカの山こしらえてるな」

転造盤の前にいるユウの横で長谷川が笑う。オシャカとは、つくり損ねた製品や不良品を意味する現場の言葉だ。

「まあ、鉄材は業者に出せば、溶かして再利用されるわけなんだがな」

そう言葉をかけてもらっても、やはり落ち込む。営業の現場で日々経験を重ねている辻と比べ、停滞している自分が置いていかれそうで焦りを感じる。

「なあユウちゃん、ネジっていうのは、なんで締まると思う？」

突然、そんなことを訊かれて戸惑う。

「えっと……それは、雄ネジと雌《め》ネジが噛《か》み合って……」

しどろもどろになってしまう。

「噛み合うっていうよか、摩擦の関係だな。ネジの締め付けには、雄ネジと雌ネジの間に必ず摩擦が存在する。摩擦には、ものに力を加えてから動き出すまでの静止摩擦力と、ものが動き始めてからの動摩擦力とがある。でだ、ものが動き出す直前の摩擦力がもっとも大きく、これを最大静止摩擦力っていう」

そこで長谷川がエヘンとばかり空咳をして、講釈を続ける。

「固く締めつけられているネジを緩めるには、一気に大きな力をかけることが必要だよな？　んで、少しでもネジが動き出したら、力を落として動きを止めないよう回転させてればいい。これは、ネジを締めつける場合も同じだ」

機械を止めていると、トタン屋根を打つ雨音がやけに響く。

「ネジ山は螺旋状になっている。重い荷物を頂上で垂直に吊り上げるには大きな力が必要だが、緩やかな斜面を押しながらゆっくり登っていけば小さな力でいい」

二階の事務所の窓がガラッと開《あ》いた。

「社長！　材料屋から電話だよ！」

節子の声が轟《とどろ》き渡る。

「会議中だ！　あとでかけ直すって言っとけ！」

長谷川が怒鳴り返すと、ガラッ、ピシャン！　と乱暴に事務所の窓が閉まった。

「底辺が小さい二等辺三角形のくさびを木の割れ目に差し込み、金鎚《かなづち》で叩《たた》くと割れるよな？　これは、打ち込まれた力が左右に大きく伝わり、摩擦が働くためだ。包丁やナイフはこの応用だし、斧《おの》で木を伐《き》ったり、薪《まき》を割ったりすることも、くさびの働きの一種だ」

ユウは自分が料理している姿を思い浮かべる。なるほど、包丁は刃で切るだけでなく、そんな力が働いているんだ。

「このくさびの働きはネジに似ている。ただし、上から叩かれるのではなく、雄ネジが時計回りに締められれば、回転方向に雄ネジと雌ネジの側面が強い力で押し付けられる。この時、くさびの左右に働く力は、緩やかな斜面の上り方向に働いて摩擦が大きくなる」

長谷川が、あー肩が凝ったという感じにゆっくりと首を回す。

「どうだい、分かったかい？」

「はあ、まあ……なんとなく」

　ユウの返事に、にんまり笑った。

「なんとなくでいいやね。こういうこたあ、説明しようとすればするほど、分からなくなっちまう。俺っちにしても、なんでネジが締まるのか、なんて考えながらつくってねえもんな」

　そこで長谷川が、こちらをじっと見た。

「エレベーター周りの部品だよ」

「え？」

「あんたがつくってるUボルトだよ。発注先のメーカーに、商社を通じて訊いてもらったのさ。おそらく配管をとめるためのボルトだろう。人を乗せるもの、人の命にかかわる部品だから、マイナス〇・二ミリなんて一級の公差が指定されてたんだな」

　長谷川が持ち場に帰ろうとしてから振り返る。

「どうだい、これで満足か？」

「ありがとうございます」

　ユウは頭を下げた。

第三章　営業

1

「できた！」

ユウは思わず声を上げていた。二〇〇ミリの軸の両端に切ったネジは、公差内の数字だった。手にしているネジゲージが、それを教えてくれている。ネジゲージとは、ネジの検査に使う道具で、通り側と止まり側でワンセットになっていた。円形をした

ネジゲージ

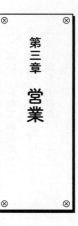

厚い金属の真ん中にネジが切ってある。そこにボルトを差し入れ、通り側が通り、止まり側が二回転を越えてねじ込まなければ、そのネジは合格である。通り側がねじ込まないようだと、そのネジは寸法以上で、止まり側が二回転を越えて進むというのは、そのネジが細く小さいということだ。

「どりゃ、見せてみろ」

やってきた長谷川がユウからボルトを受け取り、自分でもネジゲージで確認する。

「確かに通って、止まる」

と頷《うなず》いていた。そのままボルトを持って、「来な」と告げる。

ユウはあとについていく。

「これを、プレス機に置いて」

と長谷川が、最初に線材を二〇〇ミリにカットした切断機の隣にある、やはり古く黒光りした機械にセットした。

「よし、ユウちゃん、ペダル踏んでみな」

言われるままに足もとのペダルを踏むと、拳《こぶし》のような丸い型が降りてきて、真っ直《ます》ぐなボルトを一撃でUの字に曲げた。

ユウの中に静かな感動が広がる。やったんだ、ついに。

「手に取っていいですか？」

そう訊《き》いたら、長谷川が黙ったまま首を縦に動かす。手にしたUボルトは、ここに初めてやってきた日に長谷川に渡された見本品と同じく、持っているうちに重みがだんだんと増していった。

ユウは改めて工場内を見回し、切断機から始まって、下挽《したび》き加工機、転造《てんぞう》盤、そしてU字に曲げるプレス機が作業手順に従って時計回りに狭い場所に効率よく置かれていることに気がつく。

この場所に、そして長谷川に感謝の思いが満ちてきた時だ——。

「確かに図面どおりできた」

と彼が重苦しい口調で呟《つぶや》く声がした。

「だが、それだけだ」

「あの……」

意味が理解できないユウは、ぽかんとした視線を向ける。

「あんたはさ、Uボルトがなにに使われる部品なのかを盛んに知りたがった。だから俺っちは、それを発注先に訊いてもらった。商社を通じて注文が入る製品に関して、そんな生意気なことをしたのは初めてだ」

ぎろりと睨《にら》みつけられた。

「どういうわけで知りたかったんだ、なんの部品かを？」

「Uボルトがなにに使われるかが分かれば、アプローチがもっと鮮明になると感じたんです。それが製品をつくり上げる近道になるのでは、と」

「アプローチ？　なんだそりゃ？」

　長谷川が鼻で笑った。

「あと、Uボルトが、エレベーターという人の命にかかわる装置の部品と知って、心構えが変わりました」

「はん、どういうふうに？」

「それは、それは……絶対に事故などあってはいけない。だから、気持ちを集中させてつくらなければ、と。心を込めるっていうか……」

　こんどは長谷川が声を上げてせせら笑った。

「気持ちとか、心とか、そういうもんは見えないだろ。そんなら俺っちだって、毎度気合《きあい》を入れてネジをつくってるさ。それこそ、一個一個に真心込めてよ」

　ユウは黙り込むしかない。

「〝この部品はなにに使うんでしょう？〟そんな面倒なこと言って寄越すネジ屋になんぞ発注するな、ってことになるかもしれんのだぞ！　注文が減ったらどうしてくれるんだ⁉」

「すみません。すみませんでした」

ユウは何度も頭を下げる。

「あんたは自分がつくってる部品がなんなのかにこだわった。それなら、図面だけを見てつくることとの違いを、目で確認させてくれよ」

きっぱりと言い渡された。

それからもUボルトをつくり続けた。図面どおりの製品をだ。つくりながら後悔していた。黙って図面の製品を言われたままにつくっていれば、自分は予定よりも一週間ほど早く現場研修を終えていたのではないか、と。なにに使われる部品なのか、などと訊くんではなかったとつくづく思い返す。

だが本当にそうだろうか？　エレベーターに使われる部品だと知って、自分はあそこまでの精度が出せたのではないのか？　知らなかったら、三ヵ月程度で自分に図面どおりのUボルトなんてつくれるはずがない。だったら、その差はなんだ？

工場が休みの週末も、ユウは自然と長谷川螺子兄弟社に自転車を走らせていた。ドアの前に立つと、中から作業する音が聞こえた。やっぱり。重い鉄のドアを引くと、女の悲鳴のように甲高《かんだか》くきしむ。

「おはようございます」

なんとなく長谷川は休みの日も出社しているような気がしたのだ。機械に向かっていた彼が振り返る。

「なんだ、休みなのに出てきたのかい？」

「長谷川社長だって」

と言ったら、苦笑いする。

「俺っちは、うちでゴロゴロして邪魔にされるよか、ここにいるほうが気が楽だ」

今度はふたりして笑い合った。

「あんたのおじいちゃん、ミツワネジの創業者、忠志社長も仕事が趣味のような人だったっけな」

意外な名前を耳にした。

「ご存じなんですか、祖父を？」

「ああ」

と長谷川が手を休める。

「忠志社長は、もともとネジのバイヤーだった。方々から注文を集めてきて、それをあちこちのネジ屋につくらせてた。うちも仕事をもらってたよ。工料《こうりょう》も弾んでもらったな」

長谷川は昔を懐かしむような目をした。

「腕っこきのバイヤーだったんで、たくさん注文を取ってくる。ところが、ネジ屋のほうで忙しくて手が回らなかったり、注文の製品自体が技術的につくれなかったりすることがしばしばあった。できるって手を挙げるネジ屋があっても、先方の言うがままに値段を付けられてしまう。それで、忠志社長は自分でつくるようになったんだ。最初は仕事を発注してたネジ屋の機械を借りてな。徹底的に図面を読み込むっていうのが、あの人のやり方だった」

図面を読み込む……か。

「もともと図面を読む力があったからこそ、適材適所のネジ屋に適正な価格で仕事を出せてたんだ。そう、忠志社長は決して値切ったりしない。ネジ屋が満足する金額を払ってくれてた。それは、あの人が積算した、しごく妥当な金額だったに違いない。ところが、さっきも言ったように受けてもらえない仕事も多くあった。忠志社長がこんなことを言ってたよ〝確かに発注先の仕様が細かかったりすると、リスクが高い。しかし、難しい注文にこそチャンスがあるんだ〟。そして、忠志社長は自分で注文を受けて自分でつくることを選んだ。ミツワネジを創業したわけだ」

そこで長谷川がつくづく言う。

「あんた、やっぱり忠志社長の孫だ。この製品がなんなのかを知りたがる」

「でも、祖父は図面を見てつくってたんですよね？」

「図面を読み込むことで、製品を理解することもできる。忠志社長がそうだった」

長谷川が再びユウに背を向け、機械を動かし始めた。

「今日は帰んな。しっかり休むことも、いい仕事をするためには必要だよ」

ユウは作業台にUボルトの図面を広げた。おじいちゃんは図面を読み込んで製品がなんなのかを知ろうとした。図面を眺めていたら、長谷川がまたちょっと振り返ってひひひと笑った。

「頑固だなあ、あんたも」

そんなささやきが聞こえた。


来る日も来る日も、ユウは図面の規格どおりのUボルトをつくり続けた。そして、やはり思う、自分にはこれがなんの部品なのか知る必要があった、と。なぜなら……。

「長谷川社長、見ていただきたい製品があるんです」

「うん？」

気のない返事をする長谷川の前に、ユウは自分がつくったUボルトを差し出した。

「こいつがどうしたんだい？」

やはり関心がなさそうに受け取る。そして、Uボルトに切ったネジを眺め、指先で触れていた。すると、今度は急いでネジゲージで試し始めた。次の瞬間、「こ、こりゃあ……」目を見開くようにした。そして、ユウに顔を向ける。

「あんたが考えて、つくったってことだよな？」

「はい」

長谷川が再び手の中にあるUボルトに目を落とす。その片側のネジは、ネジゲージの通り側に差し入れられていた。

「あんたに訊かれたから前にも応えたが、このUボルトは必要な配管をエレベーター周りに固定するためのものだ。壁にふたつ穴を開け、ボルトの両方の先をそこに入れて、壁の向こうから雌《め》ネジのナットでネジどめする。そうやって壁に沿わせてUボルトの間に管を通すわけだな」

ユウは頷いた。

「人の命にかかわるってんで、一級の公差が設定されてることも言った」

「ええ」

返事したユウに向かって、今度は長谷川が頷き返す。

「ところが、あんた、今持ってきたこの製品では、その公差内ぎりぎりで最後のネジ山を潰してるな？」

「ネジ切り盤のローラーに押し当てて潰しました」

ユウは応えた。

「ずいぶんと器用な真似《まね》をしたもんだ」

長谷川が感心したようにため息をつく。

「それもほんのわずか。見た目では分からない。指の腹で触って、プロが確認できる程度だ。ほかのネジ山の天辺《てっぺん》が切り立ったようになってるのに、最後のネジ山だけがコンマ数ミリの違いで平らになってる」

ぎろりとこちらを睨む。ユウは、その目を見返した。

「一級の公差が設けられたのは人命にかかわる部品だからだと、長谷川社長はおっしゃいましたね？」

「ああ言ったよ」

「つまり、ボルトが緩《ゆる》むと事故につながりかねないからです」

「そうだな」

「だから、緩まないボルトにする必要があると考えたんです」

「で、ネジ山を潰したか？」

「はい」

長谷川は難しい表情でしばらくユウの顔を見ていた。だが、その口もとがほぐれ、やがて声を上げて笑い出した。

「こいつはいいや！　ボルトが緩まないようにネジ山を潰すなんてな！　よくぞ考えたもんだ！」

腹を抱えるようにして笑っている。ユウは呆気《あっけ》に取られて見ていた。

長谷川がひーひー息を整えながら、「ごめんな、つい嬉《うれ》しくってさ」言葉をもらす。

「ユウちゃんは最後のネジ山の天辺をカットしたんじゃなくて潰した。ただ天辺をカットして平らにしたんじゃ、逆効果だ。雌ネジとの摩擦が弱まっちまう。ところが、潰したとなると話が違う。この平らになった分は、コンマ何ミリかネジ山が太くなる。最後のネジ山だけは多少きついかもしれないが、その分ギュッとひと締めすることで、緩みにくいUボルトになったってわけだ。ネジゲージの通り側が、ねじ込めるんだが、最後のところで力を込める必要がある」

優しい眼差《まなざ》しを向けてきて、「そうだな？」と、ネジゲージにねじ込まれたままのUボルトをかざす。

「はい」

ユウは応えた。

「図面を読み込むことで、そこにないものが見つかったんです。これも、Uボルトがなんの部品かを知ったおかげです」

「硬い鉄も、外力を加えれば変形する。どこかが凸《でっぱ》れば、どこかが凹《へこ》む。転造ネジを完全に理解したってことだな」

そう言ったあとで長谷川が首を振った。

「だがな、図面どおりでない以上は、せっかく工夫したこのUボルトもオシャカだ」

「でも……」

「でももなにもない。それがネジ屋ってもんだ」

それがネジ屋――。

「しかしな、このオシャカのUボルトをこしらえたユウちゃんの、その意気やよしってもんだ」

長谷川が歩いていって、作業台に持っていたUボルトと外したネジゲージを置く。そしてこちらを見ずに、「胸張ってミツワネジに戻っていいぞ」と告げた。

「じゃあ」

「研修終了だ」

それを聞いた途端、身体の隅々までがなにかでいっぱいになる。指の先の先までが……これはなに？　留学中にもこんな気持ちを味わったことはない。

ユウは深々と頭を下げていた。

二階から節子が鉄骨階段を下りてきた。そして、盆に載せてきた湯呑みをふたつ、作業台のUボルトの横に音立てて置く。一緒に皿も乱暴に置いた。

「なんだ、これは？」

「お茶《ちゃ》請けだよ」

不愛想に節子が返す。

「けっ」と吐き捨ててから、「ユウちゃん、お茶にしようや」いつもの誘い文句が出る。

「はい」

ユウが作業台に向かうと、節子の持ってきてくれたお茶請けは漬物だった。ミョウガとカブのぬか漬け。こういうものには目がないのでさっそく手を伸ばす。

「いただきます」

「ダメ、手を洗ってきな」

節子にたしなめられた。

ちろりと舌を覗《のぞ》かせ、「は〜い」と奥の洗面所に向かう。戻ったら、長谷川が懐かしげに節子に言っていた。

「さっきみたく俺たちがいきなり茶請けに手を伸ばすと、よくあんたからうるさく注意されたもんだよな」

うるさく、などと言っているわりには長谷川の顔は嬉しそうにしている。しかし待てよ、今確か、「〝俺たち〟って言いましたよね、それって？」と訊いてみた。

「ああ、この会社は、もともと一番上の兄貴が始めたんだ。次に二番目の兄貴が手伝うようになり、中学卒業した俺っちが加わって法人成《な》りしたんだ」

「ああ、それで長谷川螺子兄弟社なんですね」

長谷川が頷く。そのあとでしんみりした目になる。

「もっとも、兄貴ふたりはとっくに逝《い》っちまって、今じゃあ俺っちひとりきりになっちまったがな」

そう言ったあとで、慌てて付け足す。

「おっと、まだセッちゃんがいたよな。俺っちら兄弟のマドンナが」

「バカ言ってんじゃないよ」

と節子は取り合わない。けれど、その頬に心持ち朱が差したように見える。そして、ユウは思う。初めてここに来た日、事務室のロッカーが四つあって、そのうちふたつが空いているからと節子に教えられたけれど、その意味が分かった。

「兄貴らがセッちゃんに気があんのは分かってた。それで遠慮してたら、兄貴たちもそうだったんだろうな、誰もセッちゃんを口説かない。兄貴たちは順番に結婚したが、俺もついに言えなくて、ほかの女と結婚した」

「あたしゃ今でもひとり。だけど気楽なもんさ」

そこで節子がユウを見る。

「さあ、つまらない話に付き合ってないで、これ、味見してみな。うちのぬか床で漬けたんだよ」

と、ぬか漬けの皿を作業台から取り上げて突き出す。

「いただきます」

ユウは改めて言うと、カブをひと切れつまむ。

「うンま。いい感じの酸味です」

サリーのぬか漬けもおいしかったのを思い出す。自分はぬか味噌《みそ》を仕込むまではしていないけれど。

節子が大きく頷いた。

「ユウちゃんの分、持って帰るように包んであるからね」

「ありがとうございます」

礼を言うユウのことをわざと無視するように、節子は階段を上がっていってしまった。究極の照れ屋さんなのだろう。節子は毎日十時と三時にお茶を淹《い》れてくれた。お昼に、事務所の空き机で弁当を食べていると、「余計につくったから」とおかずを分けてくれたりした。急に節子のつっけんどんな横顔が離れがたく感じられる。

「長谷川社長、あたしのせいで注文が減ることになったとしたら、申し訳ありません」

「なんのことだ？」

「この部品はなにに使うか？　なんて面倒な質問をするネジ屋には発注しなくなるか

もって」

長谷川がひひひと笑う。

「大丈夫さ。注文は受けられないほど来てる。俺っちんとこが扱ってるのは、どこでもできるもんじゃない」

そして、遥か遠くを眺める表情をした。

「兄貴らと一緒に磨いた技だ」

今度は一転ににこしながらユウを見て、「あんた筋もいいし、このままうちで働くっていうのはどうだろう？　そしたら、もっと注文を受けるんだがな」

一瞬、それもいいかもしれないと思う。だけど、海外に出られなくなると考え直した。さらに、あたしの目標は本当にそれなの？　というこれまでになかった疑問が浮かんでくる。

長谷川が、「ま、そんなわけにもいかんな」とささやき、小さくふっと笑った。

「〝Uボルトがなんの部品かを知ったおかげ〟か。あんた、これからも、なにに使うネジかにこだわり続けるんだろうな。でもな、これからは、それを知りたがるんじゃなくて、ユウちゃんのほうから、こういうネジにしませんかって提案できるようになるといいよな」

「自分から提案する――」

長谷川が力強く頷く。

「確かに難しいことかもしれん。しかしな、今あるネジを安くつくるなんていうんじゃ儲《もう》からない。新しいネジを提案する、そんなネジ屋になってほしいな」

なれるんだろうか、あたしに……。

「ネジなんて、ひたすらローテクで、どうやっても工夫の余地なんぞないように見える。だけどよ、こつこつ突き詰めていけば、ほかとの差別化も可能になる。ほらよ、このネジであんたがやってのけたようにさ」

と、長谷川が作業台からUボルトを取り上げる。

「世の中のモノは常に不完全なんだ」

「不完全？」

「そう。だからこそ、工夫の余地がある」

長谷川がボルトを作業台の上に戻す。それからユウを真っ直ぐに見据えた。

「とはいえ、人と同じことをやっていてはダメ。そこはオリジナリティーが必要だ。特に、中小企業のような持たざる者にとって、ヒト・モノ・カネの代わりに勝負できるのは創造力しかない。モノを生み出す創造力は、誰にでも与えられているからな」

創造力で勝負か――。

「この三ヵ月で俺っちに仕込めることはすべて教えた」

「ありがとうございます」

再びしっかりと頭を下げる。

「うちに預けたユウちゃんのおっ母《か》さんには、きっとなにか考えがあるんだろうな」

「それってなんでしょう？」

「直接訊いてみたらいい。あんたのおっ母さんだろ」

それができたら、とつくづく思う。

「お宅の会社で扱ってるのは三〜六ミリのネジが主流。それよりも大《お》っきなボルトで、俺っちに役に立てることがあったら、いつでも来たらいい」

「その時にはよろしくお願いします」

2

社外研修が終わり、ミツワネジに出社するようになると、改めて辻とふたりの新入社員歓迎会を会社主催で開いてくれた。梅雨明け間近の晴れた夕空の下、社屋前の駐車場がビアガーデンになった。社会性がないとか、気づきがないとか嫌味を言われないように、ビールサーバーからそそいだジョッキを持って、テーブルの間をいそがしく回る。辻もかいがいしく働いていた。辻のほうは、もともとこういうことが体質に合っているようで、動きがいいし、機転も利く。なんとなく、彼が採用された理由が分かったような気がした。じゃ、あたしが採用された理由ってなに？　やっぱり娘だから？　いや、そんなことで取り立てるような母じゃない。だったら……？

生ビールを運んで行った時、令子からはなにも言葉をかけられなかったが、修は、「研修お疲れさんだったね」と労《ねぎら》ってくれた。反応がほかとはちょっと異質だったのが工場長の青沼で、「長谷川螺子兄弟社で、なにを習ったんだ？」と盛んに知りたがった。

翌日は、令子、修、直属の上司となる営業部長の山田に「ごちそうさまでした」を言うことも忘れなかった。

仕事のほうは外回りの営業である。同期とはいえ、すでに営業の現場に馴染《なじ》んでいる辻に付いて客先に向かう。

「まずは神無月《かんなづき》商事さまね」

吾嬬駅から電車に乗ると、辻がさっそく営業先のガイドを始める。

「明治期、群馬の町の金貸しだった神無月純保《すみやす》が上京し、農地還元《のうちかんげん》の権利を得て事業の礎《いしずえ》をつくった。あ、農地還元ていうのは、都市住民の屎尿《しにょう》を作物栽培の下肥《しもごえ》として農村に船で運ぶことね。その後、海運業だけでなく建設業で財を成した。今や神無月グループは、不動産、観光、レストラン、介護事業まで手を広げてる。創業者の出身地である群馬には、私立高校まで創立した。新財閥って異名を取り、業績不振の電子機器メーカーを傘下に入れ、神無月産業として見事に建て直したのは有名な話。神無月商事は、そのグループ内の総合商社さ」

商社志望だったユウは、もちろん知っていた。神無月商事には応募していなかったけれど。

地下鉄に乗り換え、大手町で降りてむっと暑い地上に出ると、すぐ目の前に高層ビルがそびえている。総ガラス壁が陽光を照り返していた。

「神無月商事の本社、神無月商事ビルディングだよ。高さ二十一階。ミツワネジのプリンちゃんとはえらい違いだよね」

そう口にしたあとで、「ごめん」と辻が謝る。

「あのさ、そういうのいちいち気にしなくていいから」

ユウはさらりと伝えておく。

「ミツワネジはあたしの会社じゃなくて、母の会社だし」

「だから気を遣うんじゃない」

これ以上なにを言っても仕方ないな、とユウは放っておくことにする。辻が気を取り直したように、「業種は卸売業だけど、取り扱う商品はエネルギー、宇宙航空、建設資材、食料、情報と多岐にわたってる。そして、ネジは工材部が担当してるんだ」

と案内を続けた。

その工材部は、ビルの八階にオフィスがある。受付で手続きし、手渡されたICチップ内蔵のビジターカードをタッチしてセキュリティーゲートを抜け、エレベーターで向かう。八階で降り、廊下を歩いてオフィスのドアにはさらにカメラ付きのインターホンがあった。

辻が来意を告げると、ドアが内側から開いて制服姿の女性が現れ、ふたりを応接ブースに案内する。

しばらく待つと現れたのは……。

「！」

ユウは思わず声を上げそうになる。相手も同じく棒立ちになっていた。

「どうしたの、麦野君？　知り合い？」

一緒に入ってきた女性が声をかけていた。

「ゼミの同級生です」

良平が言った。

「久し振り」

微笑《ほほえ》んだユウを辻が唖然《あぜん》と見て、次に良平に目をやっていた。

辻はすでに顔見知りらしいが、ユウはふたりと名刺交換した。良平が神無月商事に入社したのは知っていたが、まさか工材部に配属され、しかもネジを担当しているとは。

「三輪――ということは、もしかして、社長のお嬢さん、とか？」

名刺に〔主任〕とある大道寺麻衣《だいどうじまい》が訊いてくる。年齢は二十七、八歳といったところ。ショートボブが似合っていて、話し方が快活だ。

「ユウは、親の会社にコネなしでエントリーしたんです」

良平の説明に、「へえ、変わったことするのね」と麻衣は小さく笑ったが、その表情は理解しがたいと言っていた。

「麦野君、せっかくだから三輪さんにネジの流通について話してあげたら」

「はい」

と麻衣に返事すると、良平がユウに顔を向ける。

「個人消費者が工作や修理でネジが欲しい時、ネジの製造工場から直接購入することはない。ユウがネジが欲しい時にはどうする？」

「ホームセンターやＤＩＹショップに行くかな」

あと、吾嬬銀座商店街には金物屋があったのを思い出す。

「そうした店舗とお宅のようなネジ製造工場の間に入るのが、ネジの卸売業者である我々商社や問屋だ」

「なら、ネジ商社の役割ってなんなの？　間に入るってことは、マージンを得るわけでしょ」

ユウが学生時代のノリで不躾《ぶしつけ》な質問をすると、隣に座っている辻が肘《ひじ》で突《つつ》いてきた。

麻衣があからさまに小バカにしたような笑みを浮かべ、良平が粘り強く話を続ける。

「その説明には、組立工場とネジの製造現場との関係を例にしたほうが分かりやすいな。ネジには多数の種類がある。これは分かるね？」

良平の問いかけに、ユウは頷く。

「現在、流通しているネジの種類は数十万と言われる」

「す、数十万……」

ユウは色を失った。

「そうした中、自動車メーカーや家電メーカーが製品を製造しようとする時、使用する種類も、本数も多いネジをどのように調達しているか？　別々の工場で製造している十種類のネジを、十ヵ所の工場から別々に購入するより、それらを品揃《しなぞろ》えしている商社から購入したほうが便利だ」

「三輪さん、理解してくれたかしら？」

麻衣が口を開く。

「業界によっては、問屋をなくすことで流通経費を削減しようとする問屋不要論が唱えられることもあるようね。けれど、多品種のネジが流通しているネジ業界においては、問屋はなくなるどころか、ますますその重要性を増しているの。ネジ問屋や商社は、ダムに例えられてる」

「ダム、ですか？」

　ユウに向けて麻衣が頷く。

「数十万種類のネジの奔流《ほんりゅう》を堰《せ》き止め、蓄えて、必要な時に供給するダムだと」

　彼女が今度は辻に目を向け、またユウを見る。

「さあ、講義はここまで。お宅とうちとの関係を理解してくれたら、ネジ屋さんは図面どおりの製品を納期までに上げてきてちょうだい。ミツワネジさんの技術はきちんと評価してますから」


「辻ちゃんはさ、こうやって毎日のように商社回りをしてるわけ？」

　神無月商事をあとにしたふたりは、大手町の陽盛りのオフィス街を神田方面に歩いていた。

「そうだよ、ネジ屋にとって客先は商社だからね。商社を通じて、注文があるわけだからさ。これから向かうところも、もちろん商社」

　ユウはため息をついた。間に商社がいるんじゃ、製品メーカーに新しいネジの提案なんてできないや。――「ユウちゃんのほうから、こういうネジにしませんかって提案できるようになるといいよな」長谷川の声が蘇《よみがえ》る。

そうして、Uボルトがなんの部品かを知りたがるユウのために、立場の弱い長谷川が商社に問い合わせてくれたことを改めて感謝した。

「ねえ、商社だけでなく、直接メーカーにうちのネジを売り込んでみない？　たとえば、ほらあそこ」

ユウは、通りの向こうに屹立《きつりつ》する自動車メーカーの本社ビルを指す。

「え！」

辻が驚いていた。

「行ってみようよ」

信号が青に変わると、横断歩道を渡ってユウはどんどんそちらに向かっていく。

「そんな勝手なことしていいのかな……？」

首を傾《かし》げながらも、辻がついてきた。

ふたりとも腕に抱えていたジャケットを着込むと、自動ドアから中に入る。広いエントランスホールにはぴかぴかの新車が展示されていた。辻がそれを横目で見やりつつ、「大丈夫なの、ユウさん？」ひそひそ声をかけて寄越す。

「なんで声を潜めてるの？　別に悪いことしに来たわけじゃないんだよ。セールスだよ」

　きっぱりと言い返してやった。

「それが問題なんじゃない。ほら、よくさ、玄関口に〔セールス・勧誘お断り〕ってステッカーが貼ってあるよね。やっぱり、迷惑なんだよ」

　おどおどしている辻に向けて、「なにが迷惑よ！」と一喝する。「こっちは相手の役に立つ製品を紹介しようとしてるんだよ。堂々としてればいいんだよ」

　ユウは勢い込んで、受付カウンターに五人並んでいる柔らかいピンク色の制服を着た女性のひとりの前に立った。

「ミツワネジ株式会社と申します」

　そう名乗ると、「お世話になっております」と相手の女性がにこやかに微笑んだ。

「当社の製品をご紹介に上がったのですが」

　と用件を述べた。

「お約束はございますか？」

「いいえ」

「事前にお約束がない場合には、お取り次ぎできないのですが」

　にこやかな笑みを浮かべたままでやんわりと拒絶する。しかし、ユウもこのままあとに引けなかった。

「ぜひ、当社のネジをご紹介したくて伺ったんです」

「では、部署のほうにお客さまのご来意をお伝えしてみます」

やった！　胸の内でガッツポーズする。やっぱ当たって砕けろなんだよ。最初から無理だって思ってるばかりで、なにもしなければ先に進めないんだよ。ユウは得意げに隣にいる辻に視線を送る。彼も、いいぞという顔でこちらを見返していた。

「では」と彼女が、自分たちふたりの背後を手で示していた。「あちらでカードにご記入いただけますか？」彼女はどこまでもにこやかだった。

しかし、ふたりは訪問カードを見て凍りついた。来訪先の部署名と担当者名を書く欄があったからだ。自分たち以外の来社した人々は、誰も手慣れたようにカードを記入し、それを受付女性に手渡して、「お待ちいたしておりました」と歓迎の言葉を受けている。辻とユウはすごすごとその会社をあとにした。

「だから言ったじゃない。無理なんだよ、無理。しかも、いきなりあんな大手自動車メーカーに営業しようなんて」

優位に転じたように辻が攻めてくる。確かにそうかもしれない。彼が言うように、あんな大会社に、自分は一本のネジを売り込もうとしている。しかも、どこが窓口かも分からないままに。

その後も商社回りの合間に、目についた機械メーカーや電機メーカーがあると飛び込んだ。そして、どこも取り次いでさえもらえなかった。しかし、こうしてみると、街にはネジの営業先候補があふれていた。それだけネジは自分たちの生活にたくさん入り込んでいるのだ。にもかかわらず注目されることが少ないのもネジだ。

ネジはなんのためにあるかといえば、その用途は締結《ていけつ》だ。どんな製品もひとつの部品でできているということはまずない。複数の部品が組み合わされることで製品がつくられる。そして、その締結部品の代表がネジだ。もしもネジがなかったら、ほかの方法で部品を組み合わせることになる。接着剤を用いた接着や、部品同士を溶かして結合する溶接などがある。もちろん、これらの方法が適切な場合もあるが、接着剤だけではなかなか強度を出すことができなかったり、溶接で結合してしまうと故障した時の部品交換の際に分解するのが困難だったりと問題が生じる。ネジには小さな力で大きな締結力を発生させることや、取り外したい時には緩めることができる特長がある。

「ねえ、ユウさん、焦ってない？」

ネジ商社以外はすべての会社で拒絶され、打ちひしがれたように地下鉄に揺られていた。

焦ってるか……あたしはただ、新しいネジを提案したいだけなんだよな。でも、それって、会社で自分が認められたくてしてることなんだろうか？

ふたりとも電車のドア口近くに立っている。帰社の途に就いていた。外回りの営業初日、車窓に映るユウの顔は意気消沈している。

「前から訊きたかったんだけど、辻ちゃんて、どうしてミツワネジに入ろうって思ったの？」

すると彼が、意外な応えを口にした。

「そりゃあ、ネジが好きだからに決まってるじゃない」

えー、ネジが好きって、そんな人いるんだ。だいたいネジって、好感を持ったり嫌悪感を抱いたりする対象なのか？

「子どもの頃から、くるくる回して締めるものが好きでさ。ボトルキャップとかをね、こう意味もなく締めたり緩めたりしてね」

うっとりした表情で回想する。

「そのうちにネジの奥深さに目覚めてさ」

突然、彼が顔の向きを変えると、こちらを直視した。

「ネジを発明したのは誰なのか？　それはいつのことなのか？　ユウさんは知ってる？」

「え、誰なの？　いつなの？」

興味津々である。

「その質問に対する明確な応えはない」

「な〜んだぁ」

がっかりしたユウに、しかし辻は不敵な笑みを投げかける。

「だけどね、ネジの基本原理となる螺旋《らせん》は、紀元前から用いられてたんだ。なぜなら、古代ギリシャの数学者であり物理学者であるアルキメデスが発明した灌漑《かんがい》用の水の汲《く》み上げポンプに使われてるからね。ほかにも、ぶどうやオリーブの実を絞るプレス機にも螺旋を利用したメカニズムが発見されてる。まあ、ここでのネジの役割は、締結用ではなく、運動用だけどね」

そこで辻が得意げに、こほんとひとつ咳払《せきばら》いする。

「締結用のネジが広く使われ出したのは、レオナルド・ダ・ヴィンチが機械要素の一部品として研究していた一五〇〇年頃。ダ・ヴィンチは、ネジ切り盤のスケッチも残してる。もっとも、この機械で実際にネジをつくっていたかどうかまでは不明なんだけど」

「不明なことが多いね」

ユウが納得できずに呟《つぶや》いたら、「そうじゃなくてさ、それほどネジと人とのかかわりの歴史は古いってことなんだよ」きっぱりと一蹴された。

「ちなみに、我が国におけるネジの起源は一六世紀に入ってから。ポルトガル人が種《たね》子島《がしま》に漂着して、その時伝来した火縄銃に用いられていたことによる」

辻は筋金入りのネジオタクなんだ、とユウは思う。鉄道オタクは鉄《テツ》ちゃんていうんだよな。女性の場合は鉄子《テツコ》。なら、ネジオタの辻はネジ男《オ》だ。

「ネジの頭って、プラスに切ってあるものとマイナスに切ってあるものが存在するよね、どうしてだか知りたい？」

さももったいぶった調子だった。

悔しいが、「知りたい」と我慢できずに口にしていた。

「どうしようかな」

彼が意地悪な視線を送って寄越す。

「知りたいです。お願い、教えてください」

ユウは頭を下げた。ちっくしょう！

「仕方がない、では教えて進ぜよう」

ネジ男がげたっと笑った。

「ネジって、もともとマイナスネジしかなかったんだよ。でも、マイナスネジって、締める時にドライバーが滑ったり、ネジの溝が潰れたりするじゃない。それに腹を立てたアメリカのヘンリー・F・フィリップスっていう技術者がプラスネジを考案し、特許を取ったんだ。その特許がね、一九五〇年代に切れて、日本でもプラスネジが使われるようになって一般化したわけ」

「つまり、それ以前は、日本ではマイナスネジしかなかったってこと？」

ユウが訊き直すと、「そう」と辻が頷く。

「日本で広まったのは昭和三十年代後半くらい。だから、それ以前を舞台とした映画やドラマの道具用に、マイナスネジの注文が映画会社やテレビ局から特注で入ることがあるって部長が言ってた」

〝特注で〟――ってことは、やっぱり商社を通じない取引があるわけだ。自分はそこを目指すんだ。ユウは覚悟を新たにする。

「そのほかにも、マイナスネジでなければって用途が今でもしっかりあるんだよ」

自慢げに講釈を続ける辻に、しかしユウの好奇心は抑えきれない。

「どんなとこ？」

「足もと見て」

「あ！」

電車のポールをつかんでいたユウは、自分の靴が乗っている出入り口の踏み板に目を落として驚く。金属板の四隅をとめているのがマイナスネジだったからだ。

「この車両って、もしかして昭和三十年代以前のもの……ってわけないよね」

乗車しているのが新型車両であるのは一目瞭然だった。

「土足が往き来するこういう場所って、ネジの溝にも汚れが詰まるでしょ。掃除する時、プラスよりマイナスのほうが掻《か》き出しやすいってわけ。ほかにも、風呂場なんかの水回りがそうだね。溝に水垢《みずあか》なんかの汚れが詰まって、それが原因で錆《さ》びついたりしないように」

なるほど、確かに辻が言うとおり、ネジって奥深い世界が広がってるかもだ。

ミツワネジの営業部に戻ると、「遅かったじゃないか」山田の痩せたどす黒い顔が睨みつけてくる。

「商社の営業の合間に、新規の飛び込み営業をしてきました」

あっけらかんとユウが報告すると、隣から辻に腕を引っ張られた。

「なんだと？」

山田がさらに目を剝《む》く。

「きみが言い出したのか？」

それを聞きながら、部長はいまだに自分のことを名前で呼んでくれない、とユウは思っている。

「どうしてそんな勝手なことをしたんだ？」

「決められた商社への挨拶《あいさつ》回りはきちんとしてます。その合間に行ったことです」

辻にまた腕を引かれた。その手を振りほどくとさらに続ける。

「ルートセールスだけでなく、新しいネジを新しいお客さまに提案したいんです」

その時だ、「新しいネジってなんなの？　新しいお客さまって誰なの？」令子が営業部に入ってきた。それまで、部長とユウのやり取りを遠巻きに眺めていた他のふたりの営業部員もいっせいに彼女に注目した。

「そ、それは……」

ユウは言い淀《よど》んでしまう。

令子は無表情にこちらを見ていたが、「まあ、やってみればいいわ」そう言い放った。

「ただし、やるからには結果を出してね。一生懸命やったとか、努力したとか、そういう目に見えないものでなく、形として見える結果を」

それはUボルトをつくる時に長谷川から言われた「目で確認させてくれよ」と同じ言葉だった。

第四章　提案

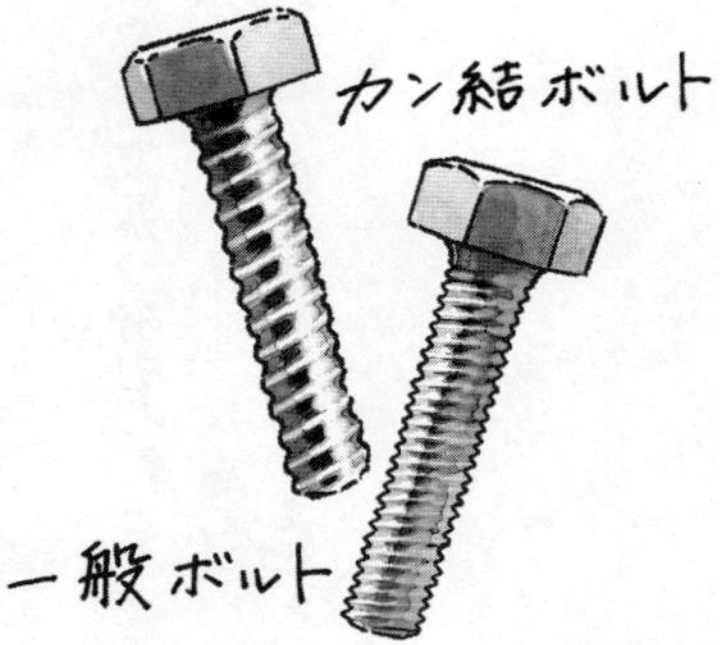

1

メーカーの門を叩《たた》いても、飛び込みでは会ってくれないことが分かった。そこでユウは、電話でアポを取る戦法に切り替えた。

営業には、辻の同行なしにひとりで出るようになっていた。商社のルートセールスを終えて帰社すると、翌日の新規営業のアポ取りをする。しかし、このアポすらも取れなかった。部品購入は、購買部と呼ばれるセクションが担当していることだけは分かった。そこに電話し、「会いたい」と申し入れても、「カタログを送ってくれ」という返答があればいいほうだった。たいていが「商社を通して発注している」のひと言で片付けられてしまう。

令子の方針で、営業部も社内では立って仕事をしている。朝、出勤し、電話でアポを取っている時も、立っているせいか、営業の人間がこうしていつまでも会社にいてどうする、という追い立てられるような気持ちになってくる。部長の山田のもと、営業スタッフは四人いるのだが、ほかの三人も同じ気分なのか、周りを見回すと、すでに誰もいない。ミツワネジでは、主に理工系から製造部門の人間を中心に新卒採用してきたが、昨年から営業スタッフも採るようになった。もっとも昨年採用したひとりはすぐに辞めてしまっている。「俺がちょっと注意したら、えらく落ち込んで。なにしろ〝叱られたことあるか？〟って訊いたら、〝親にも叱られたことない〟って言うんだから」と、山田がこぼしていた一件がそうだ。

現在いるふたりの営業マンは四十代に差し掛かっている。次世代を継承する者として、辻と自分は採用されたのだろう。ところが、そのうちのひとりは社長の娘で、なにやら勝手なことを始めていると、山田が扱いにくそうにジトッとこちらを見ていた。新規営業について令子が「まあ、やってみればいいわ」とオーケーを出している手前、渋々静観しているしかないのだ。

またも電話の相手から「発注は商社を通じて」と突っぱねられ、ユウは受話器を置いた。そして、「行ってきます」と山田に告げると、そそくさと営業部をあとにした。

陽が落ちる頃、ユウは再び吾嬬駅へと帰ってきた。会社の営業部で仕事をするようになってから一ヵ月が過ぎている。そして、来る日も来る日も同じことの繰り返し。新規営業は、相変わらずひとりの客にも会えていない状況だった。

言われたことだけやって、もうあきらめようかとも思うが、令子に宣言してしまった手前そうもいかない。あとには引けないのだ。

今日も暑かった。土手の上でふと立ち止まり、西の空の高いところで、まだ勢いを失っていない八月の太陽を見やる。

「そうだ」

思わず口をついて出ていた。これまで営業しようとしていた会社はあまりに大きすぎた。もう少し規模の小さいところを選んでみてはどうだろう？　たとえば、この吾嬬町内にだって適当な会社があるはずだ。

ビジネストートからスマートフォンを取り出すと、ネットでリサーチした。ここなんかどうだろうと思い、スマホから目を上げ視線を移したら、その会社はまさにすぐそこ、土手下に建っていた。

サンライズスプリング株式会社は、資本金四億八千万円、従業員数四百名と、規模としては中小企業の域を越えている。土手下に建つレンガ造りの威厳のある本社は歴史的建築物とでもいった趣《おもむき》で、夜になるとライトアップされていた。ユウも駅の行き帰りに眺め、気になってはいた。だが、こうして社を訪ねることになろうとは想像していなかった。訪ねる、というより押しかけるというほうが適切かもしれないにせよ、だ。

本社はL字型を描いているようで、土手下に降り、長手《ながて》のほうに向かって建物に沿って歩く。

開いている門の前に至り、中に入ると芝が張られた庭が目にも鮮やかだった。どうやらゴルフのパターグラウンドになっているようだ。麦わら帽子を被ったワイシャツ姿のおじいさんが、ホースを持って芝に水を撒《ま》いていた。放たれた水しぶきに一瞬虹が架かる。

「こんにちは」

とユウは声をかけた。

「ああ、こんちは」

老人がのんびりと挨拶を返してくる。白い眉と眉の間にほくろがひとつあった。

「あの、ミツワネジという会社の者ですが」

「吾嬬町にある会社だな。西洋菓子のゼリーじゃない、ほれ……」

「プリン、でしょうか？」

遠慮がちにユウが言ったら、「そう」ホースの先を見つめる老人の小判型の顔が緩《ゆる》む。「プリンみたいな社屋の、あそこだろ？」

「そうです」

うちを知っててくれた。それだけでほっとする。しかし、老人のほうは怪訝《けげん》な表情になっていた。

「で、なんの用かな？」

ユウは営業に来たと伝える。

「社員の誰かと約束しておるのかね？」

相変わらずホースの先を見つめながら訊いてくる。

「いいえ」

と応えたら、老人が頷《うなず》いた。そうしてホースを芝の上に置くと、庭の隅にある水道の蛇口まで行って水を止めた。

「ついてきなさい」

そう命じると、建物のほうへと歩いていく。ユウは慌てて老人のあとを追った。玄関から入った正面ホールは、三階建ての最上階まで壮麗な吹き抜けだった。

「戦前の建築でな、東京大空襲で内部は焼けたっちゅうこっちゃ。それを改装して今もこうして使っとる」

「素敵な建物ですね」

ユウの感想に、老人が笑みを浮かべた。彼が今度は腰をかがめ、受付の小窓に顔を突っ込むようにしてなにか言った。再び腰を伸ばすとユウのほうを振り返り、ここで待っているように告げた。そして、階段を上がって行ってしまった。

取り残されたユウは、ホールに置かれたショーケースを眺める。そこには野球大会の表彰盾やトロフィーが並べられていた。

受付の小窓のある部屋から事務服を着た女性が出てきて、「どうぞこちらへ」とユウを階上へと導く。二階の応接室に通され、白いカバーの掛かったアンティークなソファに座って待つ。しばらくすると男性が入ってきた。

「お待たせ」

麦わら帽子を被っておらず、スーツの上着を身に着けていたが、さっきの老人だった。七三《しちさん》に撫《な》でつけた白髪が美しかった。一瞬ぽかんとしてソファに座ったままだったユウは、弾かれたように立ち上がって名刺交換した。

老人から渡された名刺には〔代表取締役会長　鳥飼正蔵《とりかいしょうぞう》〕とあった。代表権のある会長⁉　偉い人だったんだ！

「三輪ってことは、あんたは社長の娘さんか？」

「はい」

「跡取りってことかね？」

「いいえ、そんな」

胸の前で手をぱたぱたさせ、大急ぎで否定する。そして、さらに訊《き》いてみる。

「こちらが本社なのですよね？」

鳥飼がゆっくりと頷く。

「営業に購買部、それに総務、役員が駐在しとる。製造部門は埼玉の工業団地にある四つの工場で二十四時間フル稼動中だ」

「購買部！　ということは、こちらで部品購入も行っているのでしょうか？」

「ああ、一部行っとるな」

それを聞いてユウは身を乗り出した。

「貴社では加工機の製造販売も行っていますよね」

と事前にネットで仕入れた知識を披露する。

「いかにも」

鳥飼が応じた。

「加工機に使うネジでお困りのことはないでしょうか？」

「無礼者‼」

大声で一喝され、ユウは身をすくませた。

目の前で鳥飼が憤懣《ふんまん》やるかたない表情でいる。大会社の会長を怒らせてしまい、ユウは途方に暮れてしまう。すると、今度はその鳥飼の顔がにやりとした。

「あのなあ、〝困りごとはないか？〟って言われたら、〝我が社はなにも困ってなどいないわい！〟って怒鳴り返したくなるだろ」

「はあ、まあ……」

ユウはやはり身が縮む思いだ。

「御用聞きと営業は違うぞ」

なおもそう諭される。御用聞きって『サザエさん』に出てくる三河屋のサブちゃんのことだよな。

「注文を聞いて回るんじゃなくて、提案をせんと」

「提案を──」

鳥飼が大きく頷いた。

「ネジもバネも身の回りのさまざまなものに用いられとる。逆に言えば、身の回りにあふれてるっちゅうことだ。だからこそ、うちのネジは、うちのバネは、ここが違うんだというのをアピールできなければ」

ユウは黙って聞いているしかない。

「うちはな、バネは鋼製しかない時代に、ステンレス製のバネを日本で初めてつくった。ステンレスは耐食性に優れとる。つまり錆《さ》びにくいっちゅうことだな。あんたの使ってるものを例に取るなら、そうだな……」そこで鳥飼は少しだけ思案した。「うん、シャンプーボトルのポンプ、あれにうちのステンレスバネが使われとる。シャンプーは人の身体に触れるものだし、そのポンプ用のバネとなれば、耐久性はもちろんのこと製造現場の衛生面も含め、当社ではこのような取り組みをしておりますと営業段階で独自の提案をしておる」

なるほど。

「ミツワネジさんだけのネジができたら、その時に改めて話を聞かせてもらおう」

「はい」

鳥飼が笑った。

「あんた、素直だな。頑固なじいさんとは大違いだ」

それを聞いてはっとする。

「ご存じなんですか、祖父を？」

すると鳥飼が笑いを引っ込めた。

「ああ。ネジのバイヤーとしてうちに出入りしとった。頑固だが器用でもあったな。ネジのバイヤーからネジ屋に転身したんだよな」

そうか、おじいちゃんのことを知ってたから、あたしのために時間をつくってくれたのか、とユウは思った。

「昭和の高度成長期、わしが中学出立ての小僧で入社した頃、ここの社名は日の出バネだった。海外との取引が多くなる中で、サンライズスプリングに商号変更した」

ユウを見送ってくれるために並んで階段を下りていた。玄関ホールまで来ると、鳥飼がショーケースの中の軟式野球大会の盾やトロフィーを示し、そのあとで庭のパターグラウンドを見やった。

「遊ぶのが好きなんだ、うちの連中は。わしも若い頃は荒川土手で草野球をやったもんだ」

そしてユウを見やる。

「よく遊びよく働けってな」

口の端で微笑《ほほえ》んだ。

「はい」

と応えたら、今度は声を上げて笑った。

「あんた、ほんとに素直だなあ」

つくづくそう言う鳥飼と、ふたりで庭に出ていった。

「いいか、大胆に発想しろよ。小器用になるな」

玄関前に立っている鳥飼に向けて、「ありがとうございました」ユウは深々とお辞儀した。


帰社したミツワネジの玄関には、サンライズスプリングの受付のような小窓がある。ただし、こちらは小窓以外も壁全体がガラス張りで部屋の中の総務部の様子が見える。社員は原則、立って仕事をしているが、書きものの多い総務だけは修の進言で昇降スイッチの付いたデスクが導入され、立ったり座ったりの仕事が可能だ。しかし、それでも皆が立って仕事をしていた。なぜなら、正面で令子が立ってこちらを見ているのだから。

ミツワネジに社長室はなかった。総務部の一番前、吾嬬町の鎮守《ちんじゅ》であるこんにゃく稲荷《いなり》の神棚を背にして令子の席はあった。彼女はデスクトップのパソコン画面に目をやっている。総務部の横の廊下を通り過ぎる時、修がユウに気がついて、その口が「お・か・え・り」と動いた。今は立って仕事をしている彼に向けて、ユウは軽く頭を下げた。令子はちらりともこちらを見なかった。

その時、ふと先ほどの鳥飼の言葉が蘇《よみがえ》った。「いいか、大胆に発想しろよ。小器用になるな」

鳥飼は、令子の父である忠志を「器用」と評していた。「小器用になるな」とは、否定的な意見だ。これはつまり祖父のようになるなという意味なのだろうか？

2

九月に入っても厳しい残暑が続く。吾嬬駅を出て土手の上を歩いていた。今日も商社を回って帰ってきたのだ。きっちり仕事をしているのに、仕事をし切れていないような気がして仕方がない。土手の上からサンライズスプリングの本社を眺める。鳥飼会長、大胆な発想による独自のネジがまだ思いつきません。

ユウの中で焦りが募っていた。所詮、口先だけでなにもできないのだ、と令子は自分を評価しているに違いない。会社に向かう足取りが重かった。

サンライズスプリングから反対側の土手下のほうになにげなく目を移す。荒川の河川敷の風景が広がっていた。土手の上にある吾嬬駅から延びた私鉄の鉄橋が、荒川を跨《また》いで葛飾区側に続いている。荒川には、ほかに幾つもの橋が架かっている。私鉄の鉄橋と、ユウが長谷川螺子兄弟社に通う際に自転車で渡っていた木根川橋の間は更地だ。その更地に、今はクレーンやミキサー車が降りて、なにか作業している。木根川橋の向こうは野球グラウンドだ。きっとあそこで、若き日の鳥飼も草野球に興じたのだろう。

ようやく傾きかけた陽に川面がきらめいていた。

「ねえ、ホームズ、消波《しょうは》ブロックって、あんなふうにつくるんだね」

ふと、近くで声がした。ユウが見やると、髪をすっきりと後ろに束ねたアラサー女性が、河川敷の作業風景を見下ろしていた。好奇心旺盛《おうせい》な瞳を、川面に負けずきらきら輝かせている。脱いだスーツの上着を半袖ブラウスの腕にかけ、もう一方の手にはビジネスバッグを提げていた。

「もうアッコさん、トライアルの時間に遅れますよ」

ホームズと呼ばれた、度の強そうな眼鏡を掛けた小柄な若い男子がぼやく。彼は作業服姿だった。浅葱色《あさぎいろ》というのだろうか、緑がかった薄いブルーの作業服で、同じ色の作業帽を被っていた。作業服の胸に濃いブルーの刺繍糸《ししゅういと》で〔HANAOKA〕とネームが入っている。

アッコさんという女性は耳を貸さず、相変わらず一心に消波ブロックをつくる作業現場に視線をそそいでいた。

「見て見て、大きい金型！」

明るく高い声音でなおも言い募る。ユウもアッコさんの声につられ、そちらを見やった。

四本の足からなる円錐《えんすい》状の消波ブロックの型枠に、ミキサー車が生コンクリートを流し入れている。なるほど、何十トンもあろうかと思われる消波ブロックは、幾つも運ぶのは大変だから、こうして護岸のために投入する河岸近くで製造されるわけか、とユウは思う。

「アッコさん、ほんともうギリですから！」

とホームズがなおもせかす。

「ちょっとだけ待って。わたしたち型屋にとって、なにかヒントになるかもしれないでしょ」

彼女らは金型屋さんなんだ、とユウは察した。「製造業の世界では、金型をつくってる会社は型屋って呼ぶ」とミツワネジの工場見学会の時に工場長が言っていたっけ。吾嬬町の会社なのかな？　さっき「トライアルの時間に遅れますよ」ってホームズが言ってたから、型の試し打ちに行くのかもしれない。ミツワネジでは、転造ネジの丸ダイスを内製していたので、なんとなく事情が分かった。ネジ山が刻まれた丸ダイスも金型の一種だ。

アッコさんは、消波ブロックの型枠を組む様子を食い入るように見つめていた。型枠は幾つかの金属のピースをボルトでとめて組んでいく。ボルトをレンチで締めるのは、人力による作業だ。

「あのボルト、もっと簡単に締まったらいいのに」

なにげなくアッコさんが口にしたひと言に、「簡単に締まるネジ——」思わずユウは反応し、呟《つぶや》いていた。それに気づいたアッコさんが、ね、そう思わない？　とでもいった表情でこちらを見る。

「アッコさん、ほんと遅れますって！」

ホームズの声は悲鳴に近かった。

「遅刻はダメね」

そう言ったかと思うと、「行くよ、ホームズ！」今度は逆に彼をけしかける。そして、スカートから伸びたすらりとした脚を大きな歩幅で闊歩《かっぽ》させ、土手の上を吾嬬駅の方向に去っていった。

再びユウは、眼下の土木作業の様子に魅入られるように視線を戻した。夏の残照の中で、作業員らは玉の汗を浮かべ、型枠のボルトを締めていた。また一方に目を移すと、そこでは、固まったコンクリートの消波ブロックから型枠を外すため、作業員が今度はボルトを緩めている。この光景を眺め、ヒントを与えてもらったのはネジ屋である自分のほうだった。いや、実際にはあのアッコさんがそれを教えてくれたのだ。

ユウは居ても立ってもいられずに走り出した。

「切削ネジではなく、転造ネジが主流になった意味が分かるかい、ユウちゃん？」

ミツワネジに帰り、作業現場で白い角刈り頭を見つけると、青沼はのんびりとそんなことを問いかけてきた。

「ネジの材料になる線材は長手方向に繊維《ファイバー》が走っている。これはセロリみたいな野菜のファイバーと同じ方向だ。セロリを横に切るってことは、繊維を破壊することだろ。切削加工でネジ山を横に切るのは、金属繊維を断ち切るのと一緒。つまり、断面欠損部が横からの力に対して折れやすくなるってことなんだ」

青沼がさらに続ける。

「うちがメインで扱うのは、ネジの頭の部分の外径三〜六ミリくらいの製品だ。商社からコンスタントに注文をもらってて、需要と供給が安定してる。決められたものを、決められた基準で、決められた期日に納品する。面白みはないかもしれねえが、客の要望にきっちり応えることがなによりの誇りだと思ってる」

周囲では加工機が休むことなくネジを生み出し続けている。その音に負けないように、ユウは声を大きくして訊く。

「少し太いボルトの特注を受けることもあるんですよね？」

「もちろん、あるとも」

青沼が我が意を得たりというように頷く。いいぞ、とユウは思う。

「そんな時は、NC旋盤《せんばん》で一品から生産してる」

少量生産は丸ダイスをつくる手間とコストを省き、NC（numerical control）＝プログラム制御方式による工作機械で切削加工するのだ。

「工場長、ボルトを一本試作してもらいたいんです」

「ほう、どんなボルトだい？」

「簡単に締まるボルトです」

ユウの言葉に、青沼があんぐりと口を開けていた。

「なんだそりゃ？」

ユウは先ほど荒川土手で目撃したことを話す。

「締まるのが簡単てこたあ、緩めるのも簡単てこったよな？　すぐに緩んじまうボルトつくってどうしようっていうんだ？」

まったく理解できないといった表情だった。ユウは待ってましたとばかりに反応する。

「締めるのも簡単、緩めるのも簡単、求められているのは、まさにそんなボルトです」

「求められてるって、どこからさ？　その消波ブロックつくってる会社か？　そういやユウちゃん、営業先の開拓を始めたんだってな。山田部長がこぼしてたぞ、勝手なことばかりしてるって」

勝手なこと——やっぱり部長はそう思ってたんだ。

「社長の許可をもらってしてることです！」

思わず言い返してやった。

「社長のね」青沼がふんと笑った。「現場に出たことのねえ社長か」

ひとり呟くような小声だったが、ユウは聞き逃さなかった。じっと青沼の顔を覗き込んでいると、彼が気まずそうに目を逸《そ》らす。

「簡単に締まるボルト、その試作品を持って新規の営業先を回るつもりです」

ユウはなおも畳みかけた。

「て、ことはだ、発注があったわけじゃねえんだ」

ほとほと呆《あき》れ返った、という表情をしてみせる。

「ダメだダメだ。そんな、売れるかどうかも分からんもんをつくってる暇はないよ」

くるりと身体の向きを変えた青沼にユウは取りすがる。

「お願いです、工場長。新しいボルトで提案型の営業がしたいんです」

彼がちらりと視線を返す。

「そんな余計なことしてないでよ、言われた仕事をきっちりしてりゃあいいんだ」

ユウは去っていく青沼のずんぐりした背中を見送るしかなかった。

「新しいネジの試作！　それを自分たちでするっていうの？」

隣の席の辻がすっとんきょうな声を出したので、「しっ」ユウは慌てて唇の前に人差し指を立てて制する。そして、「これは秘密プロジェクトなんだからね」声を低くして伝えた。

「そんなこと言って、結局は、工場長が協力してくれなかったってわけだよね」

「工場長だけじゃない、うちの部長だって反対派なんだから。どんな妨害が入るかもしれない」

さっき青沼の口から聞いた「山田部長がこぼしてたぞ、勝手なことばかりしてるって」という言葉が、ユウを警戒させていた。

「でもさ、なんでうちの上層部は、そんなふうに新規営業について否定的なのかね？」

辻が顎《あご》に手をやり、おでこの広い顔を傾ける。

「それは辻ちゃん、あれだよ、みんなさ、新しいことを始めるのに腰が重いんだよ。定番製品で受注が安定してるんで満足しちゃってるんだ、きっと」

ユウは肩越しに部長席を見やる。そこでは、山田がゆったりとパソコン画面を眺めていた。再び隣にいる辻に顔を向ける。

「そんなミツワネジの安穏としたムードをぶち壊すの」

そうなんだ、あたしは社長面接で、「今ある会社を一度破壊します」って言って入社したんだ。なんか、わくわくしてきたぞ。

「まずは、簡単に締まるボルトが、どういう構造になるかを発案することだよね。ねえ辻ちゃん、伊達《だて》にネジ男《オ》やってるわけじゃないでしょ。なんか考えてよ」

「ネジ男ってなにさ」

彼が横目でこちらを見る。

「ユウさんだって、研修で転造ボルトつくってたんでしょ。その経験をここで活《い》かしなよ」

あたしは長谷川螺子兄弟社に通い、この手でボルトをつくっていた。「世の中のモノは常に不完全なんだ」と長谷川社長が言っていた。「だからこそ、工夫の余地がある」と。そして、長谷川はこうも語った。「勝負できるのは創造力しかない。モノを生み出す創造力は、誰にでも与えられているからな」

「そうだよね」

と辻に向かって言った時だ、「そこのふたり、日報がまだだぞ」山田から指示が飛ぶ。

「はい」

声を揃《そろ》えて返事したあと、辻と小さく笑みを交わした。

気持ちの高ぶりは帰宅の途についても消えなかった。やっと新しくつくるネジが見つかったのだ。もちろん手探りの状態ではあるのだけれど。あとは創造することだ。世の中のモノは、ネジは、常に不完全なんだ。

「よーし！」

アパートの外階段を、ユウは一段抜かしで勢いよく上がった。上がりきったところで、「これだ――」一瞬立ち尽くす。

それから部屋に駆け込むと、頭に浮かんだボルトをさっそくスケッチした。

3

「ねえ見て」

夕方、営業から戻ると、昨夜描いたボルトの素描を辻に見せる。

「なに、これ？」

「あたしの手探りで、ううん、足探りで浮かんだアイディア」

下手くそな絵だが、辻にも意味が分かったらしい。

「なるほど！」――と声を上げたあとで、あたりをはばかりトーンを下げる。「これなら簡単に締まるボルトになるかもしれないね」

「でしょ」

ユウは笑顔が湧いてくる。

「だけどな……」

「なに？」

辻がおでこの下で眉を寄せた。

ユウからも笑みが消える。

「いやさ、どうやってこれを形にするかなんだよ。まさか、こんな絵だけで営業できないだろ」

「こんなはないでしょ」

とユウは不満顔をしたが、辻は取り合わない。

「仲間が必要だな」

彼に促され、営業部を出た。ふたりで廊下伝いに歩く。隣の検査部を通り過ぎ、その隣、二階一番奥の設計部の前で辻が立ち止まった。一階の総務部、製造現場と同様、二階の各部門も廊下からガラス越しに中が見える。当然のことながら、誰もが立って仕事をしている。

「このポンチ絵を製図化しないと」

「ポンチ絵って、あのね……」とユウは言いかけて、「ま、確かにそう」と納得する。

「誰か引き入れようってこと？」

ユウの言葉に辻が頷く。その視線の先にいる人物を見て納得した。

「設計部のエース、白石《しらいし》さんか。いいんじゃない」

白石は二十五歳、きりっとした横顔をこちらに向け、パソコンモニターの中の三次元図面を一心に見つめていた。

しかし、辻は首を振る。

「あんな主流派が、僕らの共犯者としてふさわしいはずないじゃない」

そこで、改めて辻の視線を追う。彼が見つめていたのは、白石の向こうにいる人物らしかった。

「え！　なに、あれ？」

ユウは目を疑う。

しかし辻は、「五味《ごみ》さんを、我々の仲間に迎えようと思う」にかっと不敵な笑みを浮かべた。

頭を丸刈りにした五味は、立ったまま居眠りしていたのだ。

「な、な、なんだよ？」

一日の業務を終え社の門から出てきた五味が、怯《おび》えたような表情をした。いきなり暗がりから辻と自分がぬっと現れれば、それは驚くだろう。

有無を言わせず、ふたりで彼を近くのアズマという喫茶店に連れていった。最近はチェーンのカフェ流行《ばや》りだが、アズマは町の古い喫茶店である。レトロめかしているんじゃなくて、フツーに古い。ドアに昭和っぽいウインドベルの貝飾りが掛かっていたりする。

「検査部の女子とかは、昼メシ食ったあとはどうしてもうとうとしちゃうから、なんて行儀のいい発言して、立ち仕事を歓迎してるみたいだよな。だけどさ、おいらに言わせりゃあ、眠くなったら五〜十分ガッと寝ちまったほうが頭がすっきりして、よっぽど仕事がはかどるね」

最初は警戒していた様子の五味も、今はそうやって持論を展開する余裕を取り戻していた。作業服のレモンイエローのポロシャツからTシャツにジーンズへと着替え、寛《くつろ》いだ様子でアイスコーヒーのストローを口にしていた。彼はひょろりとした長身である。座高が高く、揃って小柄な辻とユウを座っていても見下ろしていた。

「お宅らの考えは分かった」

そう言いながら、喫茶店のテーブルの下で、足をガタガタ貧乏揺すりさせている。

昨年採用されたこの五味こそ、「気づきがないっていうのかなぁ、暑気払《しょきばら》いや忘年会の席でも、新人だっていうのにお客さんみたいにただ座ってる。飲みに連れてってやっても、翌日に〝ごちそうさま〟のひと言がない」と、山田が評した社会性の欠落したもうひとりだ。

「で、ユウさんはなんでこのボルトがつくりたいわけ？」

社長の娘の前で、立ち仕事について批判めいたことを口にしていたと思ったら、自分をユウさんと呼んだ。気を遣っている様子はない。おそらく辻がそう呼んでいるので、なんとなく合わせたのだろう。五味は、そうした日常の細かいことに興味はなさそうだ。

「なんでつくりたい……」

改めてそう考えると、どうしてだろう？　海外支社で働くつもりでミツワネジに入った。最初は、そのために評価を得ようと目論《もくろ》んでいた。だけど、長谷川螺子兄弟社で研修し、Uボルトをつくってその魅力にしびれた。

「面白いから。ただ面白いからです」

思わずそう口にしていた。

すると、五味がアイスコーヒーのグラスを持ち上げて、「それに乾杯」とからから笑った。

「おいらさ、出世とかカネとか、そんなのどうでもいいんだワ。面白いことがしたいだけなんだ」

「じゃあ――」

と辻が身を乗り出す。テーブルの上には、ユウの描いたスケッチが載っていた。

「やる」

五味がきっぱりと応えた。辻とユウは目を見交わし、頷き合う。そして、三人でアイスコーヒーのグラスをカチリと鳴らして乾杯した。

辻がなぜ五味を選んだのかが、ユウにもやっと分かった。

「だけどよ……」

と、今度は五味が水を差すように表情を曇らせた。なんだ、また〝だけど〟か、とユウはうんざりする。

「おいらは設計担当だ。このボルトをつくるとなると、製造部の人間が必要だ」

「誰か当てはありませんか？　五味さんにならら付いていきてもいいという人が――」

ユウはすかさず訊いてみる。

「おいらにそんな人望あるはずないだろ」

ぬけぬけと言って寄越す。

がくりとしそうになると、「僕に当てがある」と辻が隣で声を発した。

一週間後、再びアズマのテーブルを今度は四人で囲んでいた。

「雄《お》ネジと雌《め》ネジがはめ合う。これを嵌合《かんごう》といいます。この嵌合のクリアランスがネジの精度になるわけっス」

と、頭頂部をトサカのように逆立てたヘアスタイルの飛島《とびしま》が、一心に述べている。二十一歳。工業高校を卒業しミツワネジに入社した、今年三年目になる製造部の男子だ。

「ネジを締めてる時、雄ネジと雌ネジの間にどれくらいガタつきがないか？　それから、ネジっていうのは、くさびのような状態で締まるわけっス。最後にネジが止まった時、きちんと締められるかどうか？　ネジの精度っていうのは、はめ合いの程度ってことっスね」

「分かった。分かったよ、トンビ」

と辻がなだめすかす。飛島は、自分らよりも社歴は長いのだが、齢下《としした》なので辻も〝トンビ〟と苗字をもじった綽名《あだな》で呼んでいた。飛島も辻に負けないくらいのネジオタクで、ふたりでよくネジ話を咲かせていたのだとか。それが縁で、彼を仲間に引っ張り込んだのだった。ネジ男《オ》2号《バナ》である。


喫茶店のテーブルには、ユウのスケッチではなく、それを実体化したボルトが置かれていた。頭は六角、その首下は一〇〇ミリの全ネジになっている。ネジ山の頂上と、隣のネジ山の頂上の幅がピッチだが、その幅は四ミリだ。ひと目見ただけなら、長さ一〇〇ミリ、ピッチ四ミリのボルトである。しかし、このボルト、よく見ると、ネジ山の斜面に二条の道が小さく突起して走っている。

ネジが進む道をつる巻き線という。普通のネジは、このつる巻き線が、ネジ山に沿って一条走っている。すなわち、ネジ山の頂上と谷がはめ合う道筋が、そのままつる巻き線というわけだ。

ネジが一回転した時に進む距離をリードという。ピッチの間に一条のつる巻き線が走っている場合、ネジが一回転した時のリードはピッチと同じだ。

ところがユウが考案したのは、つる巻き線が二条、ネジ山の頂上と谷とは別に走っている。山の斜面に小さく突起した雄ネジが、同じく二条の雌ネジとはめ合うことで進んでいく。ネジを一回転した時に進むリードが、一条の二倍。つまり、ピッチ間の幅を大きく取れる。一条ならピッチ二ミリのところが、二条ならピッチ四ミリとれるのだ。

「これだと、ボルトの組み立てが二倍スピードアップするはず」

と、五味が三人を見回した。

「このボルト、なんて名付けます？」今度は辻が五味を見、飛島に視線を移し、最後にユウに顔を向けた。「ユウさんが考案者だもの、なんかいいのない？」

アパートの階段を一段抜かしで上がった時にひらめいたのだ。ピッチが広がれば、締める手間も省けるはずだ、と。

「名前か、そうね……」とユゥは思いを巡らす。「簡単に締結できるわけだから、カタカナでカンタン締結ボルト、でどうかしら？　そのまんまかな？」

「いや、商品名は分かりやすいのが一番だ」

と丸刈り頭を撫《な》でながら五味が賛成した。

「カンタン締結ボルト——略してカン結ボルトか。いいんじゃない」

辻もにんまり笑う。

「なんで略すんスか？」

と飛島が混ぜっ返す。

「愛称ってやつだ。親しみが持てるだろ。おまえが親しみを込めてみんなにトンビって呼ばれてるようにな」

五味が今度は飛島のトサカ頭を撫でると、みんなで笑った。

一〇〇ミリのちっぽけなボルトは、しかし無限の可能性を秘めているように思えた。五味がCAD《キャド》／CAM《カム》で設計し、飛島がそのデータをNC旋盤に流し込んで加工した。彼らをセッティングしてくれたのは辻だ。みんなでつくったカン結ボルトを携え、ユウは営業に繰り出す。

翌日、さっそく荒川の河川敷で消波ブロックをつくっていた足立区の業者を訪ねた。工事車両にあった〔株式会社巴《ともえ》ブロック〕に電話し、見てもらいたいボルトがあると伝えたら、気さくに応じてくれたのだ。さすが、試作品があるとアポも取りやすいと、ユウはさっそく手応えを感じる。

「なるほど、確かに面白いボルトかもしれないね」

と、手にしたカン結ボルトを眺めながら巴社長が感想を述べた。六十代の小太りの男性である。

「本当ですか⁉」

ユウの声が明るく弾けた。

「ああ」

と巴が温和な笑みを浮かべる。

「ただね、実用化するには、うちのほかにもこれを使う土木工事や建設工事業者の意見を聞いたほうがいいと思う」

巴が相変わらず浮かべている穏やかな笑みを見ながら、ユウの中で膨らんだ期待感が急速に萎《な》えていった。実は、カン結ボルトを見た業者からは、諸手《もろて》を挙げて歓迎されるものと思っていたのだ。

「そうだ、このボルトを見せたい人がいる」巴が手を打った。顔には笑みが浮かんだままだった。「彼からなら、きっとよいサジェスチョンがもらえるはずだよ。それに、業界にも非常に影響力のある人物だ。彼がいいと言えば、こぞってこのボルトが使われるようになるだろうよ」

巴社長が電話を入れてくれ、そのままユウは向かうことにする。紹介されたのは横浜にある株式会社トンセグという会社だった。社長の松村《まつむら》は、異色の経歴を持つ人物だ。日本の大学の建築学科を卒業した松村は、アメリカ留学し大学院のマスターコースで学んだ。成績優秀者として卒業式に出席。その後は、オーストラリアの設計事務所に勤務した。

さっそくシドニーの中心地にあるビルの設計にかかわった。最上階レストランの内装コンペでは、料理メニューやワインリストにまで提案は及び、見事に案件を勝ち取った。オープンにあたってはシェフのスカウトまで行っている。松村が巴に語ったところによるとこうだ。「おいしいお店を選ぶ自信があるんです。オーストラリアの設計事務所では、ボスから食べ歩きの資金を支給されていました。その代わりに、料理の味や内装などレポートを提出しなければならなかったんですが」

バブル経済の時期、日本に支社長として帰国した。当時は、景気のいい日本に進出しようとする企業の設計も含め、二十〜二十五物件を同時に進行していた。

もちろん、多くの引き抜きの誘いもあった。そんな中、トンネルの天井板が崩落する悲惨な事故の報道を耳にした。インフラの老朽化が原因である。松村は深い衝撃を覚えた。そして、トンネルセグメントの製造を行う会社を自ら起業することを思い立つ。セグメントとは、掘削したトンネルの壁面を構築するために組み上げるコンクリートブロックのことである。彼は、心から人に喜ばれる仕事がしたかった。

ユウが巴ブロックからそのまま向かったトンセグは、新横浜駅近くのオフィスビルの中にあった。

「ここは営業拠点で、工場は京浜工業団地にあります」

サンライズスプリングと同様、規模の大きい会社は本社と製造部門が別にあるのだな、とユウは思う。

松村は鋭く曲がったかぎ鼻と、視線の鋭い五十代半ばの男性だった。巴が事前に連絡してくれたおかげで、こうしてスムーズに面会がかなったわけだ。

「トンセグという社名はトンネルセグメントの略なのですね？」

というユウの発言に、「そのとおり」と笑みを浮かべた。しかし、眼光は鋭いままだった。

「ミツワネジとは、ネジ、座金、ナットの三つの調和から成るという意味かなと思ったんです。しかし、お名前がそのまま社名になったようだ」

松村がユウの名刺を眺めながらそんな感想をもらす。ネジとは三つの和から成る
——面白いことを言う人だ、と思った。

「ご覧いただきたいのはこれです」

ユウはさっそくカン結ボルトをバッグから取り出す。

松村は、応接室のテーブルに置いたボルトをしげしげと眺め、手にも取らずに言い放った。

「これはダメだね」

第五章　緩まないネジ

1

「で、カン結ボルトがダメだって言ってるのか、そのトンネル屋の社長は？」

坊主頭の五味が渋い表情をした。

ユウは頷《うなず》く。

「土木作業の現場だと、どうしても泥や砂がネジ山に噛《か》んじゃうんだって。トンセグの松村社長は、それも解決してほしいって要望してるの」

「なら、二条ネジのアイディアは生きてるってことなんだね？」

と辻の顔に明るさが蘇《よみがえ》る。

「少しほっとしたっス」

飛島が胸を撫《な》で下ろした。

四人でアズマに集結していた。終業後この喫茶店に来るのは、皆のほぼ日課になっていた。

「ネジ山に泥が詰まる、ね……」

辻が腕組みして天井を仰ぐ。

「ほら辻ちゃん、土足が行き交うような場所はプラスネジじゃなくてマイナスネジを使うんだって、前に言ってたでしょ。そのほうが掃除の時も掻《か》き出しやすいからって」

「まあね」

「あんな感じで、詰まった泥を掻き出しやすい仕組みができないかなって思うの」

ユウの提案に、「いや」と反論したのは五味だった。

「泥を掻き出しやすい仕組みじゃなく、泥が詰まらない仕組みを考えんと」

「そらぁそうっスけどね。泥が詰まらないネジなんて……」

と飛島が下唇を突き出す。

「ごめん。今言った〝泥を掻き出しやすい仕組み〟だと、やっぱ松村社長は納得しないね」とユウは撤回した。「カン結ボルトは、手早く締められて、手早く緩められることで、作業時間を軽減するのが目的のはず。それが、泥を掻き出す手間があるんじゃ、目的が達成できていない。だから松村社長は、これはダメだって言ったんだと思う。五味さんの言うとおり、泥が詰まらない仕組みを考案しないと」

みんなお手上げといった感じで、しばし沈黙していた。そこにオムライスがひと皿運ばれてきて、ユウの前に置かれた。

アズマの店主は中年の男性なのだが、髪を紫に染め、裾の広がったパンツを穿《は》いていて、いつもマスターと呼ぶべきかどうか迷う。

「うちに来て、食事を頼むなんて珍しいじゃないのよ」

薄化粧した顔をこちらに向けてくる。

「お昼食べそこなっちゃって」

足立区の巴ブロックを訪問したあと、そのまま横浜に向かったユウは、しなくてもいいはずの言い訳をする。アズマはフードメニューも卵サンド、ハムトースト、ナポリタンと昭和の香りがただようラインアップである。入り口のショーケースに食品サンプルが並んでいた。

「あんたたちはいいの？」

と店主が一同を見渡す。

「いっつもコーヒー一杯で、長々と居座ってるけど」

「あ、いや、コーヒーだけで結構です」

辻がそう断ると、「ふん」と鼻を鳴らしてマスター（ママ？）が去っていった。

「あたしだけ、ごめん」

と、ユウは照れ笑いを浮かべる。

「どうぞ、どうぞ」

隣で辻が勧める。

「うまそ〜」

飛島が舌なめずりした。

「なんか食べにくいな」

そう言いつつも空腹には勝てない。ユウはスプーンを取り上げる。艶《つや》やかな黄色い卵には、色鮮やかな赤いトマトケチャップがかかっている。中はチキンライスで、それを包んでいる薄い卵焼きの内側はとろとろの半熟であることを予感させた。

「じゃ、あたしだけ申し訳ないけど、いただきま……」

「どうしたんだ、ユウさん？」

スプーンを持つ手を止めた自分に、五味が不思議そうに声をかけて寄越す。

「思いついたことがある」

ユウは皆の顔を見た。勝負できるのは創造力しかない。


「これは⁉」

ユウが取り出したボルトに、松村が目を丸くしていた。

「カン結ボルトの改良モデルです」

彼が応接室のテーブルからボルトを取り上げ、しげしげと眺めていた。ニューバージョンのカン結ボルトはネジ山がとがっておらず、円形だった。ネジ山自体が、ゆるやかなフォルムを描いている。これこそ、アズマで目の前にしたオムライスの形からユウが得たものだった。

「確かに丸く大きなネジの谷なら、泥や砂を噛んでも、モルタルが付着しても、スムーズにボルトを回転させることができるだろう」

もちろん、ネジ山の斜面には二条のつる巻き線が走っている。これにより大きなピッチ間の幅が取れるのだ。

「よく考えたね」

松村がかぎ鼻にくしゃっとしわを寄せる。

「では使っていただけるんですか、カン結ボルトを⁉」

ユウが心躍らせながら訊《き》くと、彼が頷《うなず》いた。

——やった！

「検査をさせてもらったうえで、購入するかどうかを決めさせてもらおう」

それを聞いて、またちょっと落胆する。

「うちのトンネルセグメントは人命にかかわる製品なんだからね。このボルトで型締めして、果たして規格に合ったセグメントができるかどうか——それを確認しなければ」

松村が言うことはもっともだった。そして、検査を行うために、手配しなければならないことがあった。ユウは、トンセグの本社があるオフィスビルを出るとすぐさま電話をかける。

スマホの向こうから、「もしもし」懐かしい声が聞こえた。良平とは、卒業後も神無月商事の本社ビルで会ったけれど、あの時はビジネスモードだった。

「ユウが電話してくるなんて、珍しいな」

商社の工材部にではなく、良平のケイタイに直接電話していた。

「頼みがあるんだ。ナット屋さんを紹介してほしいの」

彼のケイタイに電話しているとはいえ、仕事絡みだ。でも、こうやってふたりで話していると学生時代に戻ったような気がする。

「どういうことだ？」

ユウは軽く事情を説明した。

「なら、カブラギ金属さんがいい。あそこは技術の確かなナット屋だ。それに、ミツワネジさんと同じく吾嬬町にある会社だしな」

「吾嬬町に——それなら、なにかと仕事がしやすい」

ユウの声が明るくなる。

「有望な新製品が生まれることは、商社にとってもいいことだよ。そうだ、僕から鏑《かぶら》木《ぎ》専務に連絡しておこう。鏑木専務は、東《ひがし》日《に》本《ほん》螺《ら》子《し》工業会《こうぎょうかい》の会計も務める、業界でも信頼の厚い方だよ」

「ありがと」

ユウは電話を切った。目を閉じると、良平の肩の向こうに、緑の風が吹き抜ける9号館のアトリウムや、ランチタイムの学食の賑《にぎ》わいが見えた。大きく深呼吸すると、吾嬬町に戻るため新横浜駅へと急いだ。

「土木現場で使うカン結ボルト——よく考えましたね、このような製品を」

ユウが差し出したボルトを手にした鏑木陽一《よういち》が、つくづく感想を述べる。年齢は令子や修と同じくらいか。修もハンサムだけれど、鏑木もなかなかの男前だ。眉の太い、生真面目《きまじめ》さのにじむ顔立ちで、きっと良平が大人世代になったら、こんなふうになるのではないかと想像した。そうだったらいいね、リョッペー。お互い、いい大人になれたら……。

おっと、そんな感慨に浸ってる場合じゃないぞ。自分は今を生きてるんだ。二十二歳のこの瞬間を。

「カン結ボルトのナットをつくっていただくとして、まだ検査の段階なので無償提供になるのですが」

ユウの遠慮がちな言葉に対して、鏑木が力強く頷いた。

「もちろんですよ。うちは技術に自信があるのですが、最近はそれをうまくアピールできなくて。よい機会を与えていただきました」

「鏑木専務は、東日本螺子工業会の会計を務められているとか。業界にとって意義ある活動を続ける規模の大きな団体ですよね。弊社も加入しています」

鏑木の口もとに笑みが浮かぶ。

「ネジ工業の先進化および技術力強化を目指して昭和の高度成長期に設立された団体です。多くのネジ屋さんや商社さまにご参加いただくセミナーを開催したり、機関紙やパンフレットを制作して業界内外に向けPRを行ったりします。昨年からは各種技術展へ工業会でのブース出展も開始しました」

　そこまで語ってから、謙遜《けんそん》したように付け足す。

「本来なら会計という任には、社長であるうちの父親が就くべきところです。しかし、社長は根っからの職人で、現場を離れたがりません。それで、僭越《せんえつ》ながら若輩者の私がお引き受けしたわけです」

　その社長とは、案内された作業現場で挨拶《あいさつ》した。油染みた手でユウの名刺を受け取ると、現場で自分の名刺がないことを詫《わ》びた。武骨で誠実な人柄が伝わってくる。

〝根っからの職人〟という鏑木専務の言葉の意味が分かった。すぐに機械の前に戻ると、ほかの社員らと並んで作業を続けていた。カブラギ金属は、建屋こそ古く狭いが、設備は最新のものが揃《そろ》っているようだ。どうやら、社長は機械好きらしい。

「あんな感じなんですよ、うちの社長は。失礼しました」

　社の玄関まで見送ってくれた鏑木が詫びる。

「いいえ、そんな」

　ユウは改めて、「ナットがあってこそのボルトです。どうかお力を貸してください」深々と頭を下げる。

「いえいえ、こちらこそ。ボルトがあってこそのナットです」

　今度は鏑木がそう言い、ふたりで声を揃えて笑い合った。

「令子社長はお元気ですか？」

鏑木がそんなことを言って寄越す。

「はい」

と応えたユゥに、「三輪さんは、令子社長のお嬢さんなのですよね？」さらに訊いてくる。

「ええ」

「面影が若い頃の彼女にそっくりです。笑った時の、左頬のえくぼも」

はっとして訊き返した。

「ご存じなんですか、母を？」

「高校の同級生でした」

聡明そうな広い額の下で、瞳が懐かしそうな色を帯びている。

「令子社長によろしくお伝えください」

「はい」

と応えたけれど、鏑木に会ったことを令子に伝えることはできなかった。それができるのは、トンセグの検査に通ってからだ。

2

ナットは、ボルトとセットで使用される雌《め》ネジの総称である。代表的なナットは、外形が六角形をした六角ナットだ。中央の穴の内面に雌ネジが切ってあって、物を締め付ける。今回、カブラギ金属で試作した六角ナットの穴の内面には、当然、カン結ボルトの丸く大きなネジ山と合致する雌ネジが切られ、山の斜面には二条のつる巻き線が凹状に走っている。こちらも、カン結ボルトの斜面に走る二条の凸状のつる巻き線と合致する仕組みだ。

京浜工業団地のトンセグ工場には、ドアに㈱カブラギ金属とある、鏑木の運転する軽ワゴンで向かった。

トンネルセグメントは巨大なコンクリート板である。表面は平滑《へいかつ》で、長方形の長手《ながて》が五メートル、短手《みじかで》は二メートル、厚みは四〇センチ。丸いトンネルの壁面に沿うよう、湾曲している。

工場では多くの人々が、ほぼ手づくりでセグメントをつくっていた。金型の長手双方に四ヵ所、短手にはそれぞれ二ヵ所ずつボルトを締める場所がある。一方の金型にコンクリートを流し込むと、もうひとつの金型でふたをする。そして、計十二ヵ所のボルトを締めていき、コンクリートが固まるとボルトを緩め、金型から取り出す。確かに、セグメント一枚につき十二個のボルトを締めたり緩めたりするのは相当な手間だ。

松村を先頭に歩いていくと、「社長、そちらさんが、この間のテストで使ったボルトをこしらえたネジ屋さんですか？」作業していた年配の男性から声がかかった。松村が足を止め、彼に付き従うように歩いていた鏑木とユウも立ち止まる。三人ともスーツ姿だったが、工場に入る際に渡されたヘルメットを被っていた。

「ああ、そうだよ。ヤッさん」

と松村が彼に応える。

「カン結ボルトって言いましたっけ？　あれ、いいボルトですよ、ネジ屋さん」

ヤッさんが、今度は鏑木に向かってなおも言った。

「あ、私はナット屋です。ネジ屋さんはこちら」

と、鏑木がユウのほうを示す。

「へー、若い女のネジ屋さんですかい」

ヤッさんが驚いて目を見張る。

「お世話になっております」

ユウはぺこりとお辞儀をした。

「あのボルト、お宅さんが考えた？」

そう訊かれ、「はい」と応える。

「ありゃあすごいや。ボルト組み立て作業が三〜五倍速くなったかな」

たんにつる巻き線を二条にしただけでなく、ネジ山を大きく円形にしたため、ボルトを締めるスピードがさらにアップしたのだ。ネジ山に泥、砂を嚙ませないための対策でしたことがますますの利点を生んでいた。

「ほんとにいいボルトだ。俺が締めてるとこ覗《のぞ》き込んでたみんなが〝すげえ、すげえ〟って声上げてた」

重ねてヤッさんからそう褒めたたえられ、ユウは胸が熱くなった。

「ありがとうございます！」

夢中で頭を下げる。

しかし、そこで松村が冷静に説き伏せた。

「ヤッさん、あのボルトが真にすごいかどうか、今日の検査で決まるんだ」

そう、カン結ボルトは、確かに締めたり緩めたりのスピードがアップした。けれど、締結力に問題はないか？　カン結ボルトで締めた型で、精度の高い製品ができているのか？　それを確認するためにやってきたのだった。

「大丈夫、きっとちゃんとしたものができてっから」

ヤッさんが励ましてくれる。ユウは万感を込めて再度お辞儀する。

松村に続いて、さらに奥へと進むと、「あのボルトよかった！」「作業が速くなって助かるよ！」「検査、頑張れよ！」あちこちから声がかかった。ユウは鏑木と目を見交わし笑おうとしたが、気持ちが昂《たか》ぶり涙が出そうになる。だから急いで顔を背けてしまった。

工場の片隅に、閉じられたままの金型が三つ並んでいた。カン結ボルトとカブラギ金属のナットで締結された金型である。ナットと金型の間には、緩み止めと金型表面の保護のために薄い金属板の座金《ワッシャー》が挟まれている。ボルト、座金、ナットは、それぞれ専門の別会社がつくっていて、商社が各社に発注し、取りまとめる。カン結ボルトについては、ユウがプロデュースしてこれを行った。カブラギ金属は、ナットだけでなく座金もつくっていることから二社によって三つの締結部品が揃ったのだ。

「では、外して」

松村の指示で、ふたりの作業員が三つの金型にある三十六個のボルトを外していく。

「速い……」

隣で鏑木の呟《つぶや》く声がした。

まさにあっという間に、たくさんのボルトをふたりで外してしまった。辻ちゃん、五味さん、トンビ、あたしたちのカン結ボルトは威力を発揮してるよ！

湾曲したコンクリートブロックが三つ、無言で並んでいる風景は異様でもあった。

「おふたりは、トンネル内の検査をどのように行っているかご存じですか？」

松村社長に訊かれ、鏑木も自分も首を傾《かし》げた。

「打音《だおん》検査です。トンネルの壁をハンマーで叩《たた》き、音を聞いて検査します。出た音の違いによって異常の有無を判断するわけです」

「意外でした」とユウは感想を口にする。「ずいぶん素朴な手段を取っているんですね」

松村が頷いた。

「自動車ブレーキの検査なんかもそうだよ。国内で年間に一億二千万個余りのブレーキが製造されているが、職人がそれを一個一個金鎚《かなづち》で叩いて検査している。自動車製造の歴史の中で、半世紀それは行われてきたんだ。現実的に、それしか方法がなかったんだね」

松村の話に、鏑木も興味深そうに耳を傾けている。

「我が社では、製品検査に超音波検査装置を用いている」

自信に満ちた表情で松村が言った。超音波は、被検査物に破損箇所がなければ、そのまま通り抜ける。ところが、なんらかの異常があった場合、跳ね返ってくる。それをコンピュータで画像化するのが、超音波検査システムである。

「身近なところでは、腹部のエコー検査がそうだね。あれと同じ」松村がそう言ったあとで、ユウを見た。「三輪さんは若いから、エコー検査なんて受けたことないかな?」

「ええ、ありません」

「私はつい先日、定期健診で受けたばかりです」と発言したのは鏑木だ。「あれ、嫌なものですよね。暗室で身を横たえ、お腹に冷たいゼリーが塗りたくられる。ただでさえ、気の滅入る検査に、あの冷たさが、さらに不安感に追い討ちをかける」

そこで松村がにやりと笑った。

「あのゼリーね、超音波検査には非常に重要なものなんです」

測定や実験などのために、検査対象に接触させる部品をプローブ(探触子《たんしょくし》)というそうだ。

「鏑木さんのお腹に塗ったゼリーの上を、医師がグリグリと押し付けていたあれのことですよ」

では、なぜプローブを接触させる部分にゼリーを塗る必要があるのか?

「それは、滑りをよくするためでは」

と鏑木。

「もちろん、そういう意味でゼリーにしているのでしょう—

松村の応えに対し、鏑木が怪訝《けげん》な表情になった。

「では、ゼリーでなくてもいい。あるいは、ゼリー以外でも、なんらかのものを塗る必要があると？」

松村が頷く。プローブを被検査物に接触させる際、ゼリー、潤滑油、水などを被検査物に塗る必要がある。これは、プローブを被検査物に直接当てた場合、そこに隙間《すきま》ができてしまい、プローブから発信した超音波が通り抜けないからだ。

「超音波はなにを通り抜けないのか？　空気です。そう、超音波は、空気を通過しないのです。超音波はゼリーなどの接触媒質を通ることでこそ、被検査物に届くというわけです」

「なるほど」鏑木が腑《ふ》に落ちた、という表情をした。「それで自動車ブレーキの検査には、超音波が用いられないんですね。水は禁物ですから」

いよいよ検査が始まった。カン結ボルトで締結した金型でつくられたセグメントに水を塗り、その上を黒いシートが覆った。

「このシートこそが、プローブです」

「あのお腹のグリグリと同じ役割をしているわけですね」

松村が、いかにもというように鏑木に微笑《ほほえ》みかけた。

「我が社が開発したフレキシブルプローブです」

コンクリートの表面には細かい凹凸がある。また、セグメントは大きく湾曲している。超音波は空気を通過しないから、不感帯を短くするためセグメントにフィットする超音波プローブをつくったのだという。

超音波プローブはセラミック製だが、セラミック板では曲面との間に隙間ができてしまう。精密加工機でセラミック板にナノレベルの切れ込みを入れ、そこに樹脂を流し入れることで、曲がるソフトプローブをつくり出したのだ。これにより曲げたり、たわみを持たせることができるので、さまざまな形状の被検査物への対応を可能にした。

「つくるだけでなく、きちんとできているか、それを確認できる検査体制を持つことこそが重要だと考えます。今までなかった検査機の開発は、今まで不可能であった検査ができるようになるということ。それは社会の安全、安心を担保することにつながる」

松村がそう力説する。社会の安全、安心を担保する――ユウはこの言葉を深く刻みつけた。

プローブとつながれたモニターには、きれいな底面反射の波形が映し出されていた。それは、セグメントに欠陥がないことを意味する。

「検査用につくっていただいたカン結ボルト、ナットと座金はすべて買い取らせていただきます。それから、追加注文を受けてもらえるかな？」

「はい、喜んで」

ユウは溌剌《はつらつ》と応える。喜びが隠しきれない。思わず鏑木と頷き合った。

「では、うちの工場にあるすべての金型に必要なカン結ボルトをお願いしよう。在庫数を確認してから改めて発注するね」

この工場の規模からいって、とてつもない数に上るだろう。

「それから、ほかの工事業者にも紹介させてもらうよ。いいボルトがあるってね」

「あ、ありがとうございます」

声が上ずってしまう。

「礼を言うのはこちらのほうだ。ネジ併合が簡単になれば、狭いところ、見えないところでも、手袋を着けたまま作業ができる。冷たい泥水の中から、かじかむ手を早く引き上げられる。型の組み、ばらしが容易になるということは、工事の安全性が高まるということだ。いや、本当に素晴らしいボルトをつくってくれた」

鏑木にミツワネジの前まで送ってもらった。礼を言って、ユウは軽ワゴン車の助手席から降りる。すると彼が、「また改めて、令子社長にご挨拶に伺います」律儀にそう言い残し、車を発進させた。

正面入り口から中に入ると、廊下からガラス張りの総務部が見渡せた。修は銀行にでも行っているのか姿がない。すべての席が向かい合わせに縦一列に並んでいるのに対し、それを睥睨《へいげい》するように横向きに社長席があった。そこで令子が立ってパソコンのモニターに視線を送っている。

――社長やりました！　ユウは部屋に飛び込んでいって、そう報告したい。だが、所属長を跳び越すことなどできるはずがなかった。

「新しく開発したボルトの注文を受けたって⁉」

山田に報告すると、彼は目を白黒させていた。

「いったい、いつの間にそんなボルトをつくったんだ？　私は聞いていないぞ。工場長は知ってるのか？」

「ユウさんやったんだね」

辻が隣にやってきた。

「なんだ、辻君も共犯者か？」

「おいらもそうです」

営業部に五味が入ってくる。続いて飛島も。ユウはトンセグの検査結果をＬＩＮＥでグループメッセージしていた。四人のグループ名は『アウトサイダー』である。

3

会議室で令子を前に、アウトサイダーの面々が並んでいた。令子の両脇には、山田と青沼が立っている。

「報告せず、勝手なことをしたのは悪かったと思っています」

ユウは自分の前にいる三人に向かって、いや、主に令子に向かって言う。

「三人を巻き込んでしまったのは自分です。責任はすべてあたしにあります」

令子が皮肉な笑みを浮かべた。

「だから、手柄も自分がひとり占めってこと？」

「そんな！」

ユウはむっとした。

「五味君も飛島君も、ユウよりもうちの仕事に長く就いてる。辻君だって、営業部の実務経験はユウより長い。三人ともただ言われるままになっていたはずないわね。みんな独自の考えでやったことのはず。それを〝責任はすべて自分にある〟なんて、かばってほしくないわよね」

この人は、あたしたちを仲たがいさせようとしてるんだろうか？

「おいらは、面白そうだと感じたから協力しただけです」

「辻さんに声をかけられましたが、自分の意思で決めたことっス」

彼らの言葉に令子が頷く。

「五味君、〝おいら〟じゃないだろ。何度言わせるんだ」

そう注意したのは山田だった。五味はふてくされたような表情でそっぽを向いた。

「いったい、きみたちはどういうつもりなんだ⁉　なにかあったら、どう責任を取るつもりだ⁉」

叱責する山田に対して、「この人たちに責任なんて取れないわ」令子が冷やかに言う。

「なにかあったら、責任を取るのはわたしの役割」

「社長……」

山田は黙るしかない。

「やり方はともかく、今度のことではあなたたちを評価してる」

思ってても見なかった発言を令子がした。

「ほんとっスか、社長⁉」

飛鳥が無邪気に訊き返す。

「ええ」

令子が頷いた。

「あなた、みんなからトンビって呼ばれてるのよね？」

「はい！　そうっス！」

「よくやったわ、トンビ」

飛島が緊張して固まっていた。

「それに五味君も、辻君も、ユウも」

ユウは信じられない思いだった。令子が自分を認めてくれた。胸がどきどきする。

「ただし、合格点とはほど遠い」

彼女の口から出た言葉に、再び闘志が湧き上がってくる。

「それは、山田部長への報告が遅れたことですか？」

「違う」

と令子が一蹴する。

「勝手に試作品をつくったことでしょうか？」

「そういうこととは別次元の問題」

「では、いったいなんなのでしょう？」

「自分で見つけなさい」

きっぱりとはねつけられてしまった。

「さあ、これからいそがしくなるわよ。なにしろこの人たちが新規の注文をたくさん取ってきてくれたんですから」

令子の言葉に、アウトサイダー四人は目を見交わして微笑み合う。

しかし、山田はなにか言いたげな表情でいた。自分たちが勝手なことをしたのを、まだ不服に感じているのだろうか？

「いきなりそんな注文を横から入れてきて、レギュラーの仕事はどうするんですか？」

今まで黙っていた青沼が、口を開いた。

「スケジュール調整をして、受けてちょうだい」

「しかしね……」

はっきりとした返事をしない青沼に対して令子が業《ごう》を煮やしたように、「つべこべ言わずにやりなさい！」強い言葉をぶつけた。

「あなたはいつもそう。新しく行おうとすることに対して腰が引けてる。なんのかんの理由をつけて逃げようとする。わたしが父の跡を継いだ時から、ずっとそんな調子だった」

令子の容赦《ようしゃ》ないもの言いに、工場長の顔が赤みを帯びる。

ユウは令子の姿にいささか、いや、大いに失望していた。そこには少しの威厳も感じられなかった。これまでの彼女には常にプライドが感じられた。ところが今は、自分の気持ちをただ青沼にぶつけているだけだった。これでは、ただのヒステリックなオバサンじゃないか。

令子はなおも非難をやめようとしない。

「いつか変わってくれるんじゃないかと思っていた。けれど、結局はあの人たちの残党ってことなの⁉」

あの人たち？　残党？　どういうこと？　ユウの中に疑問が広がる。一方で、令子が自らの発言にはっとしたような表情をしていた。

「新規の受注に対応できないというのなら、不平を言うより、対応できるシステムづくりをしなさい。そのシステムづくりにわたしが必要なら手伝います」

かろうじて権威を保つ発言をする。青沼のほうは、社長に対して小さく頷いたものの頑《かたく》なな表情は崩さず会議室を出ていった。

4

カン結ボルトの注文は入り続けた。製造部門はてんてこ舞いの様子だが、「なんとかやってますよ」と飛島が言っていた。

「ユウ君、トンセグの松村社長だ。代わりたまえ」

ビジネスフォンを保留にして、山田が声をかけてくる。

——ユウ君⁉

ちょっと照れる。この間までは、呼びにくそうに〝きみ〟だけだったのが、そこに落ち着いたか、と内心苦笑した。まあ〝三輪君〟では、令子や修が近くにいると社長や専務を君付けしてるようで居心地が悪いだろう。かといって〝ユウちゃん〟では砕けすぎてると思ったのかもしれない。

「はい」

平然と返事して受話器を取る。そして松村に向け、さっそく礼を述べた。カン結ボルトが今の形になったのは彼の助言があったからだし、受注にもその声が広く影響している。

松村が笑って、「今も、山田部長にカン結ボルトの追加発注をしてたところだよ。作業効率が高まって、少し金型を増やしたいと思ってね」そんなことを言う。

「ありがとうございます！」

受話器を握りながら、ユウは姿の見えない相手に向かって思わず頭を下げた。

「いやいや。ところで、きみに電話を代わってもらったのは、また新しいボルトをつくってほしいと思ってね」

意外な申し出に、ユウは目を輝かせた。

「新しいボルトですか⁉」

思わず大きな声を出したら、山田の視線がこちらに向けられた。その顔は、やはりどこか迷惑そうだった。

新たなボルトを欲しがっているのはトンセグではなく、松村と付き合いのある土木工事会社だった。

翌日、さっそく辻とユウはその会社へと出かけていった。

「資材部の千住《せんじゅ》といいます」

眼鏡を掛け、鼻の下にちょびひげを生やした千住は五十歳くらい。ちょびひげの下の口がふくれっ面のようにとがっている。作業服姿だった。松村から紹介された能代《のしろ》土木《どぼく》株式会社は千葉市内にあった。

「カン結ボルトはうちも使わせてもらうようになりましたし、トンセグの松村社長の肝いりとなれば、これは信用して間違いなしだ。さっそく現場を見てもらうことにしましょう」

そう言われ、ふたりは社用のライトバンに乗せられると高速道路を三十分ほど走った。

「ここです」

先に運転席から降りた千住から黄色いヘルメットを渡される。最近、これとやたら縁があるな、と感じながらユウはヘルメットを被る。隣の辻を見ると、ヘルメット姿が妙にサマになっていて颯爽《さっそう》としていた。

「辻ちゃん、似合ってるよ」

「そう？　ヘルメットが似合ってるか……」

彼が複雑な笑みを浮かべる。

「道路の拡張工事中です」

二車線道路の脇に、さらに平坦な空き地ができていて、そこでバックホーやブルドーザーといった重機が動いている。千住と同じ作業服の男性が図面を眺めながら、シャベルやつるはしを持った違う作業服を着た下請け業者らしい人々に指示を出していた。

「片側二車線の四車線道路に拡張します」

なおも説明する千住に向かって、工事現場に目をやっていた辻が、「弊社にご依頼というのは、なにか重機に使うボルトでしょうか？　スペアのない特別なボルトとか？」そう質問する。

それに対して、千住が工事現場の上方を指さした。そこには、ただ山の斜面がある。

「崖、ですか？」

意味が分からないユウは、ぼんやり口にした。

道路を拡張するため、山の斜面を掘削したらしい。上部は紅や黄色に染まった山林だが、途中から剝《む》き出しになった地層が屛風《びょうぶ》のようにそそり立っていた。土砂や岩石が滑り落ちてこないように防護ネットが張られている。

「あのワサビ色の安全ネットは、ナイロン製で非常に丈夫です。法面《のりめん》の崩落があった場合でも、がっちり受け止めてくれるはず。ただし、ネットが外れなければの話ですがね」

千住が眉を寄せた。そして、さらにネットの左右を指さす。

「見てください、安全ネットは両脇の鉄柱にボルトどめして張られています」

今度は千住がこちらに顔を向けた。

「貴社につくっていただきたいのは、安全ネットをとめるためのボルトです」

「能代土木さまからの条件はただひとつ、緩まないボルトってことなの」

ユウは五味と飛島に向かって言った。自分の横には一緒に千住の話を聞いてきた辻も立っている。四人は会社の廊下で立ち話していた。

立って仕事をしていてよいところは、すっと動けるところだ。辻と目配せして廊下に出、設計部の窓越しに五味を手招きし、一階の製造部の前まで下りていって飛島を呼び出す。

「緩まないボルトっていうけど、そんなものはないって考えたほうがいいよ、ユウさん」

と五味が丸刈り頭を撫でながら意見を述べる。

「そうっス。締めたり緩めたりが利くところがネジのよさなんスから。そこが接着や溶接と違うとこっス」

ネジ好きのネジ男《オ》2号、飛鳥がネジ愛を込めて主張する。

こうして四人で集まることを、アウトサイダー試作ラボと名づけたのは五味である。ラボはラボラトリーの略で、研究所とか実験室、製作室といった意味だ。四人のラボは、決まった場所がない。その時その時で、さっと集まり、立ち話してぱぱっと解散する。会議などと気張らずにこうして軽い打ち合わせができるのも、令子が実施した立ち仕事のおかげであるわけだ。

以前は終業後にアズマに集合していたが、就業時間中にこうして集まるのが容認されるようになったのもカン結ボルトという実績ができたおかげだ。令子からは「合格点とはほど遠い」と言われたが、それでも社の利益を上げたし、山田は自分を「ユウ君」と呼ぶようになった。評価は評価だ。自分たち四人のしたことについて価値を認められたのだ。

それならば、令子の言う「合格点」とはなんなのだろう？

「緩まないっていうんじゃなく、緩みにくいって考えるのはどうだろう」

と辻が発言した。「そんな解釈でどうかな、ユウさん?」

彼から声をかけられ、我に返る。

「そうね、いいかも」

と応えてはみたものの、その緩みにくいボルトというのが皆目イメージできない。

ともかくも、そこまででアウトサイダー試作ラボは解散した。


緩みにくいボルトか……と思いながら帰宅する。千住に連れていかれた工事現場の山もそうだったが、児童公園の木々も色づいていた。夜闇の中で、黄葉した銀杏《いちょう》の木が電灯に照らし出されていた。いつの間にかそんな季節になったのかと感慨を覚える。

入社して三ヵ月は長谷川螺子兄弟社でUボルトをつくっていた。社に戻ってからはがむしゃらに営業した。その中で、カン結ボルトが生まれた。社の内外に協力してくれる人たちもできた。そして舞い込んだ依頼である。

やり甲斐《がい》や充実を感じる一方、この件にかかわってから、ともすると過去の土砂災害の報道が蘇る。これは人の命や財産を守る仕事なのだという重圧と責任でひりひりした。早く防護ネットを安全にとめるボルトを開発しなくては。

その時だ、背後から靴音が近づいてきていた。会社を出てから、ずっとあとをついてきているような気がする。この先はさらに人けがなくなる。あたりに商店やコンビニもない。なんだか急に怖くなって足を速めた。すると、後ろの足音も速まった。

どうしよう……。

振り返るなんて、恐ろしくてとてもできない。走って逃げようか？　でも、そんなことをしたら、今度こそ走って追いかけてきそうな気配だった。身体が金縛りにあったようにこわばって、前に出る足がぎこちなくなる。すると足音は、もうすぐ後ろまで近づいてきていた。

ユウは肩に掛けたビジネストートの持ち手をぎゅっと右手でつかんでいた。その手のひらが汗をかいている。歯を食いしばって身体を前進させていると、右手の肘《ひじ》を後ろからつかまれた。

「きゃあ！」

声を上げたら金縛りが解けたように身体が動き、ユウは走り出す。

「待てよ！　待て！」

男の声がして、さらにあとを追ってきた。

待つか！　ユウは必死に逃げる。だが、すぐに追いつかれ、再び右肘をつかまれた。

「いや！」

その手を振りほどこうとする。

「ユウ、待てったら！」

……え、なんであたしの名前知ってるの⁉

相手の顔を見ると、「リョッペー‼」急に安堵感《あんどかん》が湧いてくる。それとともに息苦しくなって、呼吸を整えようとした。落ち着いてくると、「どうして、急に腕なんてつかんだりするの？」憤慨して口をとがらせた。

「なんだか警戒してるみたいだったから、声をかけると驚いて逃げ出すと思ったんだよ」

良平が言い訳する。

「そんなこと言って、脅かしてやろうって、面白がってたんじゃない？」

しかし、彼の顔は真剣そのものだった。いたずらを仕掛けるなんて雰囲気は微塵《みじん》も感じられなかった。

だからユウのほうも、「この間はカブラギ金属さんを紹介してくれて、ありがと」そう礼を言うことにする。

だが、良平はそれを無視した。

「警告しに来たんだ」

「なに？」

「大事《おおごと》になる前に、俺個人の判断で今日は来た。だから、ミツワネジを訪ねるんじゃなく、おまえが帰るところを捕まえるつもりだった。会社から適当に離れたところで声をかけ、話すつもりだったんだ」

彼はなにを言おうとしているのだろう？

「おまえ、カン結ボルトを需要先企業さまに直接販売しているよな？」

「うん。うちで開発したボルトだからね」

良平が苦々しい表情をした。

「すぐにやめろ」

第六章
絶対に緩まないネジ

1

「いつかこんなことが起こるんじゃないかと思ってたんだ！」

山田が大声で嘆いた。

昨日起きたことについて、ユウは令子と山田に話していた。朝、出社してすぐに山田に報告し、全体朝礼後に山田が令子に伝えると、こうして三人で会議室に残ったのだ。

「その同級生は、自分の判断で来たって言ったのね？」

令子がユウに問う。

「で、あなたに、ボルトの直接供給をやめろと」

「はい」

ユウは応えた。


「以前、うちに来た時、ネジ商社の役割を話したよな」

と良平が言った。

「ネジ商社は需要先企業さまに代わり、専門知識を駆使して適切なパーツを選び、品《しな》揃《ぞろ》えをしてタイムリーに納品する。商社は顧客に効率的で確実なネジの取り揃えを保証する調達代行の役割を担う、と」

「そうだったよね」

ユウは返した。

「あたしはネジ屋で、リョッペーは商社」

良平が頷《うなず》く。

「ミツワネジさんの技術を信用している。だから、ユウにナット屋さんを紹介してほしいと言われた時には、迷うことなくそうさせてもらった。きっといいボルトをつくってくれるだろうと」

「その件なら、ありがとうって、さっきもお礼を……」

「俺が言いたいのは、そんなことじゃない！」

苛立《いらだ》ったように言葉をぶつけてくる。そのあとすぐに気持ちを落ち着けるようにひと呼吸入れた。

「確かにいいボルトができたよな。カン結ボルト――これまでなかったネジだ」

ユウは黙っていた。軽はずみになにか口にすれば、良平を怒らせてしまうかもしれない。こんな彼を見るのは初めてだった。

「カブラギ金属さんと協力して、素晴らしい製品を生み出したと思う」

やはりユウは黙っている。

「だが、カブラギ金属の座金《ワッシャー》とナット、ミツワネジのボルトを品揃えし、需要先に納品するのは商社の役割だ。おまえはその領域を侵している」

「領域って、映画やドラマの撮影現場から小道具に使いたいって、商社を通さない直接注文だってあるじゃない」

今こそユウは反論した。

「それはレアなケースだ。カン結ボルトのように、うちを無視してこう大っぴらにや

外回りが多かったが、今ではカン結ボルトの受注で内勤がほとんどだ。居ながらにして注文を受けられるほうが効率がいいに決まっている、とユウは思うのだ。

ミツワネジくらいの規模の会社では、社内に食べるスペースはあっても料理までは提供できない。経費がかかりすぎるのだ。どこの中小工場もたいていは業者の仕出し弁当だ。だが、午後の仕事のためにもしっかりお昼をとらせたいという令子の方針で、ミツワネジは食堂で専門スタッフが調理する。メニューは日替わり定食が一種類、あとはカレーライスと麺《めん》類はきつねうどんに味噌ラーメンだけだが、安くておいしいと社員の人気も上々だ。

なんでも、「二百人規模でないと採算が取れない」という出入りの給食業者に対して令子が、「いつか社員食堂の市場に出たいって言ってたわよね。運営経験もないのに、いきなり大口の取引が舞い込んでくるわけないでしょ。まずはうちで結果を出して、その実績を売り込めばいいじゃない」と強引にやらせたのだという話だ。その代わり、設備は全部こちらで用意するから、安心して力を振るってほしいと約束したそうだ。

これも令子の考えで、ふだんは立って仕事をしているから、お昼休みは座ってゆっくり語り合えるようにと、食堂には背もたれのある椅子が置かれている。忠志が社長時代は丸椅子だったそうだ。

「工場長については商社を意識してるっていうより、ほかに理由があると思うんだ」

　ユウは声を潜《ひそ》める。そして、二列向こうの席でカレーライスを掻《か》っ込んでいる青沼を見やった。

「それってどういうこと？」

　辻が本日の定食、牛肉甘辛炒めを口に運びながら訊《き》いてくる。

「工場長は社長に反発してるんじゃないかな」

「たとえば？」

　令子が決定した立ち仕事という方針や、彼女に現場の経験がないのを青沼が非難していたことを話した。辻にそれを伝えながら、ユウは暗い気持ちになった。青沼は、幼い頃の自分を知っていて〝ユウちゃん〟と呼ぶ古株の社員だ。そんなベテランとよい関係が結べない令子は、よい社長なのだろうか？

「ユウさんは、子ども時代から会社によく顔を出してたんだ？」

　辻の質問に対して、味噌ラーメンの麺を散り蓮華《れんげ》にひと口分ずつ載せて食べながら、

「ううん」とユウは否定する。「よく来てたってことはないけど、少しだけ」

　祖父が社長時代には、母に連れられて訪れたようだ。ただし、幼い自分にその記憶はない。令子が社長になると、今度はサリーに連れられて何度かやってきた。しかし、中学に入学してからはほんど顔を出さなくなり、高校に入って以後はいっさい来るこ

とはなくなった。

「ところでさ、あの麦野っていったっけ？　あれ、初めて会った時からどうも気に食わなかったんだよね」

辻がそんなことを言い出す。

「え、そう？」

ユウはメンマを口に放り込んだ。

「信用できないタイプだよ、あーゆーの」

「そうかなあ」

辻が小鉢の切り干し大根をつまみながら何度も大げさに頷く。

「つるんとした二枚目面《づら》してるけど、腹の中ではなにを考えてるのか分かったもんじゃない」

「そういえば、昨日も暗がりで肘をつかんできてね」

「ほらあ」

辻がそれ見ろといった顔をする。

「あたし、金縛りに遭ったみたく……」

そこでユウは、はっと息を呑《の》んだ。

「うん？　どうしたの？」

「……思いついた」

「え？」

「緩《ゆる》まないボルト！」

世の中のモノは常に不完全。そして創造力は、誰にでも与えられているのだ。

ぽかんとしている辻に向かって、「ご飯食べたら、全員集合だからね！」と宣言する。

辻とユウが、設計部に行くと、五味は自分の席で手製の弁当を食べ終えていた。

「自分の席で立ってメシ食って、立って寝る。それが一番」とのたまう彼を引き連れると、駐車場の植え込みのブロックに座りカップ麺を啜《すす》っていた飛島の前に立った。

「バイクのローンとガソリン代、それに家に三万入れるとキツくって。そこに今度はキーボードのローンまで加わっちゃって」

「キーボードってパソコンのか？」

と五味が訊くと、「楽器っス。バンド入ったんスよ」と飛島がぼやきと自慢をないまぜにした口調で応える。

「おまえ趣味人なんだね。ネジ好きなだけじゃないんだ」

「凝り性なんスかね」

そんなふたりのやり取りを、気持ちがはやるユウはスルーした。そして、新しいボルトのアイディアを話す。

アウトサイダー試作ラボの打ち合わせが終了すると、そのあとでユウが向かった先は——。

「急に訪ねられても、わしだっていないかもしれないだろ」

鳥飼が呆《あき》れた表情をする。今日はサンライズスプリング本社二階にある会長室に案内された。

「で、うちに売り込む面白いネジは思いついたかね?」

鳥飼は重厚な木製の執務机に着いている。

「伺ったのは売り込みのためではありません。アドバイスがいただきたくて来ました」

執務机の前にある応接セットのソファを勧められたが、ユウは立ったままで言う。

「アドバイスとな?」

額の中央にあるほくろに白い眉を寄せ、ぎろりと睨《にら》んでくる。

「緩まないボルトのアドバイスです」

鳥飼が声を上げて笑った。

「そんなものができるのかね?」

「ええ、緩まないボルトというのは不可能です。だから、緩みにくいボルトにしようと」

今度は鳥飼は黙って話に耳を傾けていた。

「ボルトを締めたナットが緩んで抜け落ちてしまわないように、針金で縛《しば》るのはどうかって考えたんです」

ナットの脱落防止のため、雄《お》ネジの谷を鋼線《こうせん》で拘束《こうそく》する。それが、社食で辻に向かって発した〝金縛り〟という自らの言葉にヒントを得たアイディアだ。

「仲間の設計部員に話したら、製品化するにはバネ屋さんの協力がいると」

五味に言われ、こうしてユウはサンライズスプリングにやってきた。

鳥飼が再び大きな笑い声を上げた。

「確かにそれはバネ屋が協力したらんといかんな」

鳥飼のあとについて、二階から社屋の階段を下りた。正面ホールの吹き抜けで鳥飼が受付の小窓に顔を突っ込むようにしたかと思うと、中からなにか受け取っていた。

それから廊下を進み、突き当たりのドアの前で立ち止まる。

「普段は開かずの間になっとる」

さっき小窓から受け取ったのは鍵のようで、それでドアを開けた。中は真っ暗で、かすかに油のにおいが漂っていた。鳥飼が部屋の内側にあるスイッチを入れると、天井の蛍光灯が燈《とも》った。

「これは……」

ユウは目をぱちくりさせる。薄暗い照明の下に、たくさんの工具が並んでいた。

「みんな古い機械ばかりよ」

現在は使われていないようだが、どの機械も労《ねぎら》うように隅々まで磨き込まれている。大切に保管されているらしく黒光りしていた。ユウは、研修先の長谷川螺子兄弟社にあった転造盤《てんぞう》や下挽《したび》き加工機に思いをはせる。

「いずれ埼玉の工場に持っていって、ビジターセンターで展示しようと思っとるんだがな。バネ屋の歴史館みたくのう」

そう話していた鳥飼が、一台の機械を示した。

「これを持っていくといい」

2

鳥飼に勧められたのは、バネ加工機だった。気軽に持っていけと言われたが、大きな機械である。なにより重量があった。西洋の古城に取り残された大砲のようでもある。サンライズスプリングの社員がクレーンでトラックに載せてくれ、アウトサイダー試作ラボの四人でミツワネジまで運んだ。

裏口のシャッターを開け、製造現場の片隅に搬入したが、青沼は相変わらず渋い表情をしていた。そしてユウは、令子がヒステリックとも取れる口振りで彼に浴びせていた「いつか変わってくれるんじゃないかと思っていた。けれど、結局はあの人たちの残党ってことなの⁉」という言葉を思い出すのだ。〝あの人たちの残党〟ってどういう意味？

運び入れた古い加工機に、現場の社員らは興味を抱いたようだが、遠巻きに眺めているだけだった。

その中でただひとり、「ほう、バネ加工機か」と、好奇心を隠さずに近づいてきた男性がいる。製造部で青沼に次ぐベテラン、五十代半ばの駒木根《こまきね》だった。口ひげをたくわえた顔は、画家か彫刻家とでもいった感じで声音《こわね》が穏やかだった。

「それにしても骨董品《こっとうひん》だね」

なおも面白そうに言いながら機械に触れていたが、「キネさん、ぬるいこと言ってないで、ちょっと来てくれ」と青沼に連れていかれてしまった。

このバネ加工機は、鳥飼が現場にいた当時は、最新式だったそうだ。

「芯金《しんがね》に鋼線を巻きつけてバネをつくる。油圧で芯金を回転させてな。構造は単純だ」と鳥飼がにやにやしながら言っていた。「それでも、設定は操作する人間の勘に頼るほかない」

たとえば内径五ミリのバネをつくるとする。その際、鋼線を巻き付ける芯金の径が五ミリでは、図面どおりにならない。材料を曲げ加工した時、工具を離すと、スプリングバックする（材料に施した変形が多少元に戻る）からだ。また、バネをへたらせない（弾性を低下させない）ために、低温でなます（熱処理する）必要がある。これらを踏まえた芯金を選んで、機械に設置する必要があるのだ。

「どうトンビ？」

ユウは彼の手もとを覗き込む。

「うーん……」

飛島は慣れない機械と格闘するように、芯金に鋼線を巻きつけてはライターで炙《あぶ》り、調節を続けた。資本の少ない町工場で行えることは反復作業だ。我慢強く、粘り強く同じ作業を繰り返し行う。地道な微調整は、失敗の繰り返しでもある。そう、町工場のすることは、可能性をひとつずつ潰していくことだ。いわば、希望を潰していく作業の繰り返しなのだ。そして、その向こうに真の希望をつかみ取る。希望の微《かす》かな光がそこになくなれば、ほかの方法を試す。ユウも長谷川螺子兄弟社でさんざんそれをやった。その繰り返し作業の中で得た小さな気づきを、会社と自分の財産にしていくのが町工場なのだ。

「緩みにくいボルトができました」

千葉の能代土木には、飛島を伴って出かけた。

「なんの変哲もない、ただのボルトにしか見えませんがね」

ユウが机の上に置いた六角ボルトと六角ナットを眺め、千住がちょびひげのある突き出た口を、さらにとがらせた。

飛島に顔を向けるとユウは頷いた。彼が頷き返す。飛島がボルトとナットを取り上げる。そしてナットの穴にボルトを差し入れ、回し始めた。ナットがボルトの中ほどまで来たところで手を止める。

千住が訝《いぶか》しそうな目でそれを見ていた。

ユウが再び飛島に顔を向け、頷く。

「こちらをご覧ください」

彼が、自分の右手を千住に注視させた。その親指と人差し指の間には、銀色の鋼線が螺旋《らせん》状に巻かれたものがあった。

「バネ、ですか？」

摩訶《まか》不思議とでもいったように千住が首を傾《かし》げる。

「カナシバリッス」

飛島の言葉に千住は、「はあ？」あんぐり口を開《あ》いていた。

バネ状の金属を、飛島がボルトの先端のネジの切り始めに押し付けた。そして、バネの径に半円のアーチのように架けられたフックをつまんでねじる。バネはネジの谷に入り込み、螺旋状に進んでいくとナットのお尻で止まった。

「装着完了っス」

「こ、これは⁉」

驚いて声を上げた千住に向けて、ユウはにっこり笑う。

「ボルトを緩みにくくするために開発したカナシバリです」

千住は言葉を失っていた。

「スプリングがボルトのネジ谷部に入り込み、ナットの逃げ道をふさぐ構造です。バネ反力を利用した、極めて緩みにくい設計になっています」

「なるほど」

我に返ったように千住が応える。

飛島が、「ただ今ご覧いただいたように、簡単に装着が可能。カナシバリは錆《さ》びにくいステンレス製っス」得意げに説明を加えた。

その日は試作品を置いて帰ったが、翌日には千住から金縛りの注文が入った。さっそく工事現場に行き、安全ネットのボルトで試したそうだ。能代土木のほかの現場でも使用するため、まとまった注文が入った。それだけではない、「また面白いネジつくったんだって⁉」トンセグの松村社長から電話があった。そうなるとカン結ボルトの時と同様、松村のお墨付きで注文は急速に拡大していった。当然、サンライズスプリングから借りた汎用機《はんようき》では対応できなくなる。

「だから、量産型のコンピュータ制御のバネ加工機が必要なんです」

ユウは、財務担当の修に向かって必死に訴える。すると、自分の隣にいる飛島が、

「自分、ユウさんたちとカン結ボルトやカナシバリをつくって、ますますネジが好きになりました。どうか、カナシバリを量産させてください！」目に希望の色をたたえて言う。

修は腕組みしてふたりの話を聞いていた。

「大丈夫なのか、そんなもの買って⁉」

青沼が息せき切って総務部に乗り込んできた。何事だろうと、それぞれの席で仕事をしている総務や経理の社員らも目を向けてくる。

「鳥飼会長に紹介していただき、トンビと一緒にサンライズスプリングの埼玉工場に見学に行ってきました」

ユウが青沼に説明した。飛島も、「いろんなサイズのカナシバリに対応できるよう、バネ加工機をカスタマイズしてくれるそうっス」と口を揃える。

「おいトンビ、会社に高い買い物させて、うまくいかなかったらどうするつもりなん

だ？　おまえのクビを飛ばすくらいじゃ、すまんのだぞ」

　青沼に鋭く睨みつけられ、飛島が身を縮こまらせる。

「いや、クビは困るっス。いろいろ支払いを抱えてるんで」

「大丈夫です」そこで修が確信を持ったように断言した。「バネ加工機を買いましょう」

「専務！」

　飛島とユウは同時に歓喜の声を上げていた。

「しかし――」

　青沼が再びなにか言おうとしたが、修がその機先《きせん》を制する。

「工場長にしてみれば、無謀な資金の投下と思われるかもしれませんね」

　修があくまでも穏やかな視線を青沼に送った。

「いつも会社のことを考えていただいて、ありがとうございます」

　青沼に向けて頭を下げると、「いや、まあ……」と彼が口ごもる。

「私は細かく、心配性な財務担当でしてね」と頭を掻いた。「ユウから申し入れのあったバネ加工機の導入が可能かどうか、精査してみました。もちろん現時点では過剰投資になりますが、取り返せると判断したんです」

　青沼は黙り込むしかなかった。

「ただし、あくまでこれは財務上でのことです」

そこで修が総務部の正面に席がある令子のほうに顔を向ける。

「いいわ、機械を買いましょう」令子が宣言する。「ただし、サンライズスプリングのバネ加工機をカナシバリ用にカスタマイズするのは社内で行うこと。うちは、ネジ加工機を内製してきました。カナシバリの加工機を一からつくるのは、すでに受注がある以上スケジュール的に無理でも、それだけは行ってちょうだい」

「自分にやらせてください！」

飛島が手を挙げた。

「トンビ、あなたにお願いする。金縛りの試作品をつくったのは、あなた。製品のことは一番よく分かってるはずよね」

「ありがとうございますっス」

なんだか飛島は、わずかな期間で成長したような気がする。自分も変われてるかな、とユウは思った。

「私情だよ」

その時、青沼がぽつりともらした。

「結局は私情を交えてるんだ。娘が欲しいと言ってるから機械を買い与えてやるんだろうさ」

青沼が令子を見た。

「先代があんたに社長の座を譲ったのと同じようにな」

令子は黙って青沼を見つめ返していた。修も黙ったままでいる。青沼が部屋を出ていった。

3

「うちから機械を買ってもらうことになるとはな」

「いえ、こちらこそ、新しいネジの開発にご協力いただきました」

バネ加工機のカスタマイズも終わり、年明けからカナシバリの本格的な量産が始まっていた。なにより嬉《うれ》しいのは、防護ネットのボルトをカナシバリで強化し、安全をはかれることだ。崖下の工事現場で働く人々の姿が目に浮かぶ。

今日は、サンライズスプリングから借り受けた汎用機を返しに来たのだった。五味と辻は会社のトラックに乗ってひと足先に帰った。

初めてサンライズスプリングを訪ねた日のように、鳥飼がユウを中庭まで見送りに出てくれていた。あの日、青々としていたパターグラウンドの芝は、今は冬枯れている。

「ひとつ教えてください、鳥飼会長。祖父は——ミツワネジの先代社長は小器用な人だったのですか？」

突然のユウの質問に、鳥飼が意外そうな顔をする。

「会長はおっしゃいました。〝小器用になるな〟と。あたしはそれを〝祖父のようになるな〟という意味に捉えたんです」

「そんなことを言ったかな、わしは？」

ユウは頷き返す。

「そう、確かに忠志社長は器用な人間だった。もとはネジのバイヤーだったが、注文の製品がつくれないと断られると自分で手掛けるようになった。ミツワネジを創業してからは、ネジをつくる精密加工機の社内生産を始めた。加工機の内製化は、オバーホールはもちろん、金型である丸ダイスの微調整も行える。これは買ってきた機械ではできないネジづくりだ」

ユウが幼い頃に亡くなった忠志については、祖父としても経営者としても知らない。

「ミツワネジの製品が高品質であることが認められると、それに応えるためにどんな注文でも受けた。そして、器用にこなした。いや、忠志社長はネジをつくることが純粋に好きだったんだろうな。だから、採算を度返しした。そのために経営がうまくいかなくなったのだ。わしが言った、小器用になるなとはそういう意味だ」

「経営がうまくいかなくなったんですか？」

「そうだ」

「では、今のミツワネジは――」

鳥飼が頷いた。

「あんたのお母さんが建て直したんだ」

その言葉に目を見張る。

鳥飼が枯れた芝を眺めた。

「冬の間、芝生は休眠期だ。今は茶色く枯れてしまっているが、春になれば新芽が出、夏は青芝になる。会社も一緒だ。成長が止まる時があれば、再び成長が始まる時もくる」

ユウは口笛の時の唇で、声に出さずに「ふ・ゆ」と言ってみる。

ミツワネジの前まで戻ってくると、門からふたりの男女が出てきた。

「リョッペー」

思わず声に出したら、彼が見返してきた。厳しい視線だった。隣にいるのは神無月商事の主任、大道寺麻衣だ。

「お世話になっております」

ユウは慌ててお辞儀する。

「今、三輪社長とお会いしてきました」

麻衣の言葉に、「そうでしたか」と応える。

「わたしたちネジ商社の役割を、社長にご理解いただこうと真摯《しんし》に説明したけど、無駄だったみたい」

棘《とげ》のある言い方をすると、さっさとその場をあとにした。良平だけが立ち止まり、しばらくこちらを見ていた。

「おまえには前もって忠告したのに、伝わらなかったらしいな」

その目はぞくっとするほど冷たかった。彼は、もう学生時代のリョッペーとは違うのだ。彼が麻衣を追うように去ると、ユウも急いで社内に駆け込んだ。

「社長」

令子は自分の席にいた。

「神無月商事さまが来社されたのですね」

ユウに目を向けると、「カン結ボルトとカナシバリの、商社を通さない受注をやめるように言ってきた」表情を変えずに伝える。

「それで、どう返答したんでしょう？」

「あなた、彼らと行き違ったんでしょ？　その反応で分かったはずよね」

やっぱり突っぱねたんだ。さっすが社長！　っていうか、それで大丈夫なの？

ユウの危惧《きぐ》は当たった。それも思わぬ形で、だ。

「カナシバリの納品が遅れるって、どういうことなんですか？」

能代土木の千住から電話があった。彼の、ちょびひげの下の口がひと際とんがっているのが目に浮かぶ。

「うちとしては、あちこちで工事が続いてるんでね。現場の安全を確保するうえでも、一刻も早くあのネジが欲しいんですよ。こうしてる間に事故でもあったら、責任を問われることになるのはこっちなんですよ！」

厳しく詰め寄られるが、ユウには事情が分からない。

「確認して、折り返しご連絡申し上げます」

ユウは電話を切って一階に向かう。製造部に新たに導入されたバネ加工機の前で、飛島が蒼褪《あおざ》めた顔で立っていた。

「トンビ！」

ユウが駆け寄ると、「材料が……材料が入らないんス」唇を震わせて呟《つぶや》く。

「どういうこと？」

「どの材料屋に電話しても在庫がないって」

「そんな……」

カナシバリの材料は、引っ張り力のある特殊なステンレス鋼線だ。確かに大量に出回る材料ではないが、どこの工業用素材業者に連絡してもないというのはおかしい。

「けっ、だから言わねえこっちゃねえ」

青沼が容赦《ようしゃ》ない視線でこちらを眺めていた。

「なにが、財務的には大丈夫だから機械を買おう、だ。帳簿ばっかり見てるやつになにが分かるってんだ」

彼は修を批判しているのだ。ユウは睨み返した。だが、青沼の目はどこまでも非情だった。

「社長だっておんなじだ。結局、現場ってものを知らねえ。こういうことが起こるのが製造の場なのさ。所詮、女には分からねえ世界なんだよ」

「あなたは工場長じゃないですか！　その製造の場で困ったことがあれば、なんとかするのが仕事ではないんですか⁉」

夢中で進言していた。すると、青沼が薄ら笑いを浮かべた。

「それにユウちゃん、あんたもやっぱり女だ。なにかあると感情的になって、そうやって人を非難する」

なんだと！　ユウは怒りで奥歯を嚙《か》み締めた。そんな自分の顔を見て、青沼はさらに面白そうにしている。

「おいおい、俺はこの件で反対の立場にいたんだぜ。俺たちはネジ屋だ。それをバネ屋の真似事《まねごと》なんてしようとするからこんなことになる。さんざ警告していた俺を無視しておいて、いざ困り事が起こると、なんとかするのが仕事だろうと食ってかかる始末だ」

製造部の大勢の社員が、こちらを見つめていた。その視線に耐えられないように、飛島がじっとうつむき、肩を震わせている。

「研修で少しばかりUボルトを齧《かじ》ったくらいで、現場を分かった気になるな」

青沼がユウに向かって吐き捨てると、今度は飛島に目をやった。

「こんな素人の言うがままになって、おまえもいい面の皮だな」

飛島が逃げるようにその場から走り去った。

「おいおい、行っちまったぞ」

そう囃《はや》し立てたあとで、青沼から笑いが消えた。

「なんとかするのは、あんたの役目だろ！」

やってやる！　憤然と見つめ返すと、ユウは二階の営業部に戻った。

「どうしたの？」

辻が訊いてくる。

「カナシバリの材料が入らないの」

「ええ⁉」

ユウは材料業者に片っ端から電話をかけた。そして、公的材料規格が指定するJIS に続くアルファベットと数字から成る長いコードを伝え、在庫の確認をする。しかし、どこも保有材料がないと、けんもほろろな返答だった。それでも次こそ、と電話をかける。先ほど青沼からぶつけられた言葉が機動力になっていたかもしれない。

だが、なにかヘンだと思い始める。

「その鋼線は、切れてますね」

という電話の向こうの相手に、「どこか在庫のある会社をご存じじゃないですか？」と食い下がった。

「お宅、ミツワネジさんですよね」

「はい」

「無理だと思いますよ」

「では、うちがミツワネジでなかったとしたらどうなんです？」

そう返したら、相手が黙り込んだ。

「教えてください。なにかあるんですね？」

ため息が聞こえた。そして、迷うように口を開いた。

「その鋼線については、ある商社さんからお宅に売るなって言われてるんですよ」

ユウはすべてを理解した。大道寺麻衣の鋭い視線と、彼女を追うように小走りに去っていく良平の後ろ姿が脳裏をよぎる。

「ミツワネジさんにはお世話になってます。だから、話したんです。商社さんを敵にできないうちの立場も、どうか分かってください」

受話器を置き、「神無月商事に行ってくる」と隣の席の辻に言う。

「なんなの？」

報復のために材料をストップされたことを伝えた。

「僕も行くよ」

ユウはロッカーに掛けたコートをつかむと、ホワイトボードに〈神無月商事〉と殴り書きした。営業部を出ていくふたりを、山田が目を丸くして眺めていた。

4

神無月商事では、麻衣にも良平にも会えなかった。受付で面会を申し込むと、揃って外出中だと言われる。

「あのふたり、いつも一緒に行動してるけど、なんかカンケイがあるのかね」

「あたしと辻ちゃんだって一緒に行動してるけど、なんにもないでしょ」

むしゃくしゃして、つっけんどんに言ったら、辻がばつの悪そうな顔をしていた。

ユウは良平のケイタイに電話した。だが、留守電だった。何度電話しても出なかった。ユウは留守電に伝言を残した。

「人の命にかかわる仕事なんだよ！　カナシバリを待ってる人たちがいるんだよ！　ねえ、聞いてる⁉　こんなやり方でいいの⁉　リョッペーはほんとにいいと思ってるの⁉」

悔し涙が滲《にじ》み、辻から顔を背けるようにする。

カナシバリの材料が入らないまま数日が経過した。兵糧攻《ひょうろうぜ》めってこと？　それにしても、なぜ神無月商事はカナシバリの材料コードが分かったのだろう？　ふと、こちらを見ている山田と目が合う。彼が急いで視線を逸《そ》らした。

そんな最中だ、サンライズスプリングの鳥飼から電話があったのは。

「材料が入らんそうだな」

「どうしてそれを？」

「業界のことは自然と耳に入ってくる」

ユウは愚痴りたい思いをぐっと呑《の》み込む。

「そのバネ鋼線、うちから回してやろう」

「会長！」

思わず叫んでしまった。電話の向こうで鳥飼が笑っていた。

「うちの機械を買ってくれたからではないぞ。あんたの考えたネジは、シンプルだが大胆な発想によるものだからだ。これからも楽しみにしておる」

大胆な発想――ユウは勇んで製造部へと向かう。飛島を見つけると、いよいよカナシバリの製造を始められることをはしゃいで伝えた。

「これからは、自分に構わないでくれますか」

飛島が虚《うつ》ろな目でそう返してきた。

「トンビ……」

ユウは愕然《がくぜん》とする。

「自分はネジが好きなんス。だから、この会社で働きたいんス。辞めさせられるような目には遭いたくないんスよ」

「辞めさせられるなんて、そんなこと」

「〝そんなことない〟って言いきれますか？」

飛島の目は、さっきのように虚ろではなかったが、底に不信の色が満ちていた。

「ユウさんとは立場が違うんスから。だって――」そこでユウから顔を背ける。「――

だって、ユウさんは社長のお嬢さんじゃないっスか」

トンビ、なんでそんなこと言うの？　あたしたち仲間じゃない。

「ねえ、アウトサイダー試作……」

「アウトサイダーなんて、勘弁してください、い、い、い、い、い、い、い、い、い、よ！」

叩《たた》きつけるように口にした。そのあとで打って変わったように、「これまでどおり普通に仕事がしたいだけなんス」絞り出すように言う。

「それなら普通に働くってなに？　会社の主流ってなんなの？　客先の要望に応えて新しいネジをつくることが主流じゃないの？」

飛島が視線を逸らせたまま、「お願いですから、自分を巻き込まないでください」ぼそりと訴えるとユウの前から去っていった。

サンライズスプリングから鋼線の供給を受け、カナシバリの量産は順調だった。飛島はアウトサイダー試作ラボを脱退したが、カナシバリの製造担当は続けてくれた。

そして令子からは、今度のプロジェクトについても合格点はもらえなかった。

「神無月商事に材料をストップされたからですか？」

ユウの質問に対して、「そんなことではないわ」とだけ返してきた。

令子のいう合格点とはなんだろう？　そして、飛島のことが心に重くのしかかりながら業務に追われていたある日、営業部の電話が鳴った。

「ミツワネジでございます」

「三輪勇《ゆう》さんをお願いします」

相手の男性が言う。

「あたしが三輪ですが」

そう応えたら、「あなたが三輪勇さん？　営業部の？」なおも訊いてくる。

「はい。営業部の三輪勇です」

「いやあ、あなたにぜひお会いしたいんです！」

キツネにつままれたような思いで出かけていくと、「私が電話を差し上げました木《き》津《づ》です」長身の男性が直角に腰を折った。渡された名刺には〔帝都地下鉄株式会社軌道技術研究部　技師〕とある。

「いやあ、カン結ボルトにカナシバリ──次々にユニークなネジを開発されている三輪さんに、ご相談したい案件がございまして」

細長い身体に細面《ほそおもて》の顔が乗っている。

ユウは、「はあ」とだけ応え、相手の出方を待った。

帝都地下鉄本社は、文京区小石川にあった。窓から車両基地が見渡せる。早春の陽を浴びているこれらの車両は、線路がつながるどこかの入り口から暗い地下へと潜《もぐ》り、多くの人々を乗せる。今は休憩中というわけだ。

「計画番号東京15号線。一般には大山手線《だいやまのてせん》と呼ばれる新しい地下路線の敷設《ふせつ》計画があるのはご存じですか？」

そういう報道があったのは知っていた。山手線の外側にもうひと回り大きな環状線を地下に掘り進めようという計画だ。JR大井町駅の地下から発して、私鉄各線の走る自由が丘、梅ヶ丘、明大前、中野、新井薬師、江古田、下板橋の各駅をぐるりと経由し、北千住から洲崎へ至ろうという遠大な地下鉄だった。

「すでに地下には多くのインフラが走っているため、奥深くを掘り進めることになります」

そこで木津が細い目を向けてくる。

「いやあ、三輪さんも地下鉄には乗られていることでしょう」

〝いやあ〟は木津の癖らしい。

「はい、営業で外回りに行く時はよく利用させてもらってます」

「いやあ、ご利用ありがとうございます」

と丁寧に頭を下げる。

「あ、いえ」

ユウも頭を下げ返した。

「地下鉄は車窓の外が暗いんで分かりにくいんですが、あれで結構起伏が激しいんですよ。そうそう、地下鉄で駅構内に進入してくる際、電車はたいてい山坂を上ってきます。あれはヘッドライトが上を照らすんで、目視しやすい起伏ですね」

「へえ」

思わず感心して声を出す。ユウが関心を持ったのが嬉しいらしく、木津がにんまりした。

「どうして上り坂になってるか分かります？」

首を傾げる。

「駅に到着する時、減速しやすい上り坂にすることで、ブレーキを効率よく利かせることができるんです」

「じゃ、駅の発車直後は加速しやすい下り坂になってるとか？」

「いやあ、さすが」

と褒めてくれる。

「それとは別に、大山手線は地下インフラを避けるため、極端な上り下りを走ることになります。そこで、リニアモーター車両を採用することになりました」

「リニア、ですか？」

木津が頷いた。

「リニアモーターカーというと、超高速運転の磁力浮上式鉄道をまず思い浮かべるかもしれません。今回採用する磁力を用いて車両を動かすリニアモーター式車両は、一般的な回転式のモーターと比較して、勾配《こうばい》に強いという特性があるんです」

　そこで木津がユウを見た。

「もうひとつ、列車を走らせるためには、強固な路盤やレールが必要です。列車に乗っていると、ガタンゴトンという音が聞こえませんか？」

「聞こえます。そのたびにちょっと揺れますよね」

　木津が厳《おごそ》かに頷く。

「レールとレールが接続する部分――継ぎ目の隙間に車輪が当たり、音や振動が発生するわけです。しかし、新幹線では、あのガタンゴトンがほとんど聞こえてこない。これはロングレールという長いレールが使われているためです。大山手線には、このロングレールを採用します」

　再び木津が強くこちらを見る。

「そしてミツワネジさんには、このロングレールをつなぎとめるネジをつくっていただきたいのです。絶対に緩むことのないネジを、です」

第七章　罪

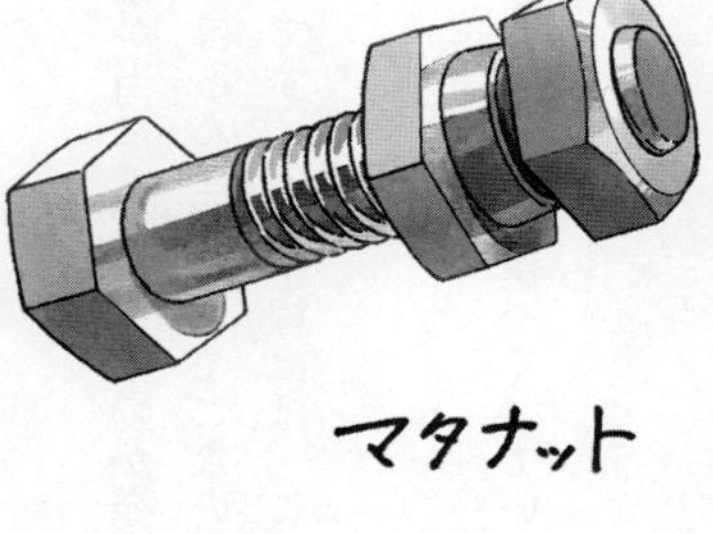

マタナット

1

「絶対に緩むことのないネジ、ってか？」

五味の言葉に、「うん」とユウは頷《うなず》く。

「ネジはそもそも緩むもの。絶対に緩まないネジなんて無理。それは分かってるよ」

会社に戻ると、アウトサイダー試作ラボに集合をかけた。

「いやあ」と例の口調で木津は説明していた。「鉄道の線路では、レールの継ぎ目が多ければ多いほど列車の振動は大きくなります。それは乗り心地だけでなく、騒音の悪化といった問題を引き起こします。大山手線のように急勾配《きゅうこうばい》の地下鉄では、振動や騒音がひどくなり、場合によっては脱線の原因にもなりかねません。そこで、一本で二〇〇メートル以上あるロングレールを使って継ぎ目をなくし、これにより音や振動を発生しないようにします」

「で、そのロングレール同士をしっかりとめるネジをつくってくれと言うんだね」と辻。「せっかく継ぎ目を少なくしたっていうのに、ネジが原因で大事故につながったら大変てわけだ」

彼の言葉にユウが頷く。二階の廊下で話していた。集まるのが三人になってしまったのが寂しい。

「絶対に緩まないボルトか——」五味が考え込む。「走る車両に揺さぶられる線路と線路をネジどめするわけだからな。それを外れなくしろってことは、相当の工夫がいる」

「もともとボルトっていうものに関して、鉄道は神経質な見方をしてるんじゃないですか？　所詮、ボルトは外れるものなんだっていう前提に立っているのではないか、と」そう言いながら辻が腕を組んだ。「東海道本線を直通運転する上野東京ラインて、神田駅付近で東北新幹線の真上に高架が走ってます。あそこを建設中の時には深夜に少しずつ工事して、毎日始発前に新幹線の線路にボルトが落ちてないか、作業員が徹底的に点検したらしいですよ。ネジは要注意で、厄介な存在なわけです」

ネジ男《オ》1号の発言に対し、もしもここにネジ男2号の飛島がいたなら、きっとさらに蘊蓄《うんちく》を交えて盛り上がるんだろうな、などとつい考えてしまう。

「辻ちゃん、最近はトンビとどう？　ネジ話《バナ》したりしてないの？」

「ぜんぜん」辻が首を振る。「僕の顔を見ると、避けるように行っちゃうし」

そっかー。

「五味さんは？」

設計部なら製造部と頻繁に仕事のやり取りがある。

「必要最低限しか口をきかんな」

五味が丸刈り頭を撫《な》でた。ユウは肩を落とす。

コホン、と辻が軽く咳払《せきばら》いすると、「まあ、今回の案件が舞い込んだのも、カン結ボルトとカナシバリを評価してもらってのことだもんね」と場を盛り上げるような発言をする。

「そういうことだ。なんとしても、カナシバリ以上に、緩みにくいボルトを考案しないとな」

五味が気合を入れた。なにかいいアイディアが出たらまた集まろうと、解散する。

ユウはその足で一階の製造部に向かう。カナシバリをつくるバネ加工機の前に飛島がいる。彼はこちらを見なかった。ただ一心に仕事をしていた。

「工場長」

青沼を見つけると声をかける。

「なんだ？　あんたが余計な仕事を取ってくるもんだから、現場はてんてこ舞いだよ。邪魔しないでくれ」

仕事に余計などというものはないはずだ。忙しくても、みんなで働いて給料を稼いでいるのだ。会社とはそういうものではないのか？　だが、口に出しては言わなかった。議論するために来たのではない。訊《き》きたいことがあった。気になって仕方がなかったのだ。

「工場長はこの前、先代が社長の座を譲ったのは私情を交えていた、そうおっしゃいましたね？」

「ああ言ったよ。社長になりたいという娘の希望を聞いてやり、先代はその座を譲った。まったくの私情さ」

なんということだ……。

「令子社長は就任と同時に、多くの現場の仲間のクビを切った。俺も辞めようかと思ったが、先代の〝おまえだけは会社に残って、令子の面倒を見てやってくれ〟という言葉に従った」

ユウには、いつか令子が青沼に向かって放った「結局はあの人たちの残党ってことなの⁉」という言葉の意味が分かった。〝あの人たち〟とは、かつて令子がクビを切った製造部門の社員らのことなのだ。

2

絶対緩まないボルトのアイディアは浮かばなかった。今日も、朝早くに出社する。忙しくて、きちんとした食事の支度ができない。それでも、社食でうまい朝ご飯にありつけた。十食限定の朝定食である。

「あいよ、ユウちゃん！　毎度あり！」

食堂のおばちゃんがカウンターに威勢よくトレーを差し出す。今朝は塩サバに大根の味噌汁《みそしる》。昨日は温泉卵と明太子、味噌汁の具はワカメに豆腐だった。

「あと納豆ちょうだい」

と注文すると、「納豆だってさ！」おばちゃんが厨房《ちゅうぼう》に向かって大声で叫ぶ。

「そっちの棚に出てっだろ！」

と厨房から大声が返ってくる。声の主は、おばちゃんの息子である。社食は六十代のおばちゃんと三十代の大柄な息子が、主婦パートを使って切り盛りしている。なんでも、区画整理で経営していた大衆食堂が立ち退きに遭い、仕方なく母子で給食会社に勤めたらしい。それが、この社員食堂に揃って派遣され、また温かい料理を出すことができると張り切って働いているのだとか。

「あいよ」と、おばちゃんがトレーに納豆の小鉢を載せてくれる。「あんた、納豆好きだね」

「うん。ご飯に半分かけて、締め括《くく》りに納豆だけ食べるの」

浮き浮きしながらトレーを持ってテーブルに向かう。「昨日も納豆、今日も納豆」そう呟《つぶや》きながら。

「待てよ――」

そこでひらめいた。世の中のモノは常に不完全なのだ。そして、創造力は誰にでも与えられている。

「ナットをふたつ使うボルトだって？」

驚いている山田部長に向け、ユウは大きく頷いた。

「はい。名付けてマタナットです」

昨日も納豆、今日も納豆、また納豆――自分は食べることが好きなせいか、新しいネジの発想を食から得ることが多いな、と苦笑してしまう。

「ナットの製造を、カブラギ金属に依頼しようと考えています」

「ユウ君、慎重に、慎重に、な。きみは走り過ぎるところがあるから」

そう山田には心配されたが、ユウはすぐさま鏑木専務を訪ねた。

「あたしの発想は、単にナットをふたつにすることでした」

と、鏑木に説明する。ひとつのボルトにひとつのナットで締めるのがスタンダード。ふたつのナットで締めれば、振動に対する緩み止めになるはず、と考えたのだ。

「そこに当社設計部の五味が、さらにアイディアを追加しました。この部分です」

ユウはいつも持ち歩くようになったB5サイズのスケッチブック――今どきアナログもいいとこだ――を指し示した。紙面には自分の絵ではなく、五味が描いたナットのラフ画がある。

「ほほう」

鏑木が思わず感心したような声を出す。五味の提案は、ナットAとナットBふたつの接合面をそれぞれ凹凸にし、くさびのように結合させることだった。

しかし、明るかった鏑木の表情が、「ちょっと待ってください」と慎重になる。「問題は、うちでこれを設計製造し、実体化できるかどうかですよね」

彼が机上のビジネスフォンの受話器を取ると、内線を入れた。出た者に向かって、「社長いる？」と問いかけ、しばらく待っていた。どうやら、今日も現場で作業している鏑木社長にお伺いを立てるらしい。電話の向こうに社長が来たようだ。ふた言三言話すと、鏑木が受話器を置いた。

「大丈夫。対応可能とのことです。社長が言っていました〝これなら、くさびの原理による強力なロック効果を力学的に発生させられる〟と」

「よかった」

ユウは胸を撫で下ろす。

いかにも生真面目《きまじめ》そうな鏑木の太い眉が、笑みでほころんだ。そう、自分はこの人に初めて会った時、良平が将来こうした大人の男性になるのではと夢想したのだった。そして、鏑木を紹介してくれたのは、誰あろう良平である。その良平が、カナシバリの材料をストップする指示を出したなんて……それを思うと気持ちがふさぐ。

「マタナットとはよく名付けたものです。ふたつのナットはただ接しているのではなく、結びついている。〝一体化することで、車両の振動でもレールをつないだボルトは緩まないだろう〟と社長も感心しきりでした」

そこまで語って、ふと鏑木の目に不思議そうな色が浮かぶ。ユウは、自分がひどく悲しい顔をしているだろうことに気がついた。慌てて、「ふたつのナットのガタつきがなくなるわけです！」とはしゃいだ口調で言いつくろう。

「ガタつきね、ユウさんもすっかりネジ屋の用語が板についてきたようだ。おっと、ユウさんなんて、馴《な》れ馴れしかったかな？」

「いえ」

と手を横に振った。

「私にもいるんですよ、ユウさんくらいの年齢の娘が。あなたのほうがよっぽどしっかりしていますが」

「そんな」

「いや、さすが令子社長のお嬢さんだ」

そこでユウは訊いてみたくなった。

「三輪令子はどんな高校生だったのですか？」

鏑木と令子は同級生だ。

「ひと言で表すなら気の強い子だったな」

やっぱり高校生の頃から変わってないんだ、とユウは思う。それはそうだろう、ほかの令子など想像がつかない。

「ユウさん、ごきょうだいは？」

「ひとりっ子です」

「彼女もそうだよね」

彼女とは、もちろん令子のことである。鏑木の中では、令子社長からかつての同級生に戻っているのかもしれなかった。

「四歳からピアノとバレエを始めて、中学一年まで続けていたようだ。バレエのほうが好きで、小学校の時、そちらにもっと力を入れたくて、ピアノをやめたいと言った。すると、お母さんから〝それならバレエもやめなさい〟とにべもなくはねかえされたとか」

その話が、ユウには意外だった。令子の母とは、自分にとっては祖母、志乃《しの》のことだ。志乃はおっとりした女性で、令子の願いを冷たく拒絶した過去があるなど信じられない。

「鏑木専務は、母の少女時代のことまでよくご存じですね」

不思議に感じて訊いてみた。すると、鏑木が小さく笑った。

「私は彼女に憧れていました」

ユウはぽかんと口を開けてしまう。

「そう、憧れるという言葉がやはり近いかな。好きとか、恋してるとかいうより、憧れるが感覚的に一番適している。彼女は気高くてね。同学年の我々からすると、少し近づきがたい印象があった」

今も違う意味で近づきがたいけど。いや、近づきたくないけど。

「しかし、蛮勇《ばんゆう》を奮《ふる》って、私は彼女をデートに誘った」

「ええええ⁉」

思わず声を上げてしまった。

「彼女のお嬢さんであるあなたに、どこまで話していいものかな……？」

と苦笑する。

ユウは狼狽《ろうばい》しながらも、「ぜひ、聞かせてください」とせがんだ。

鏑木が頷き、「デートといっても、一緒に映画を観る程度のことですよ」と断ってから語り出す。「映画のあとで彼女とファストフード店でハンバーガーを食べました。その時、少女時代の話も聞いたんです。ピアノをやめようと思ったのは、バレエに力を入れたいというのと、ほかにもうひとつ理由があった。ピアノ教室というのが、通っている者は皆芸大を目指すべしといった趣旨の教室で、声楽や作曲も行っていた。それはともかく、彼女は〝通うからにはこうせよ〟と押しつけられること、決めつけられることに抵抗があった。型にはめられたくない。決まりきった形式や方法にとらわれることなく自由でいたかったと。それは、高校生になった自分の中にも根強くあるのだと」

そこで、鏑木が再び苦笑いした。

「彼女こうも言ってましたよ〝わたし、ずっと三輪姓でいるから〟と。高校生の初デートで、結婚するとしたら婿養子よ、といきなり宣言されたら腰が引けます。つまりは、軽くあしらわれたんだなと、彼女のことはあきらめました」

令子はどういうつもりなのだろう？　とユウは思うのだ。型にはめられたくない、と言っているわりには、もうすでにその頃からミツワネジを継ぐ意志満々で、結婚するのだって婿養子を取るつもりでいるではないか。矛盾していないか？

「私は、大学は応慧《おうけい》でした」

令子と修は齢《とし》が一緒。そして、修は応慧大の出身だ。

「ということは……」

そう言いかけたら、鏑木が頷いた。

「偶然ですが、ミツワネジの修専務とは同期でした。もっとも学部が違いますし、親しくしていたわけではありません。ただ、学生時代、彼らが付き合っていたのは知っています」

「彼らとは、つまりうちの両親ですね？」

そこで鏑木が遠くを見る目をした。

「自分が出た大学についてそんな例えをするのもなんですが、スマートな応慧ボーイの修専務とお嬢さま女子大の令子社長はお似合いのカップルでした」

いえいえ、鏑木専務もけっこうイケてます、そう言おうかと思ったが、からかってるみたいにとられてもとやめておく。

「そして、ふたりは結婚した。高校時代、彼女が言っていたとおり、三輪姓のまま社長に就任した彼女を支える修専務の勇気には感心したものです」

勇気とかっていう問題じゃない。父は、母の言うなりになっているに過ぎないのだ、といつもながらの感想を抱く。

帰社すると、修の傍らに歩み寄り、「パパ」とそっと耳打ちした。そして、工場の裏口のほうを顎《あご》で示す。なにより、総務部の正面の席にいる令子の目を気にしていた。先にユウが出ていき、外で待っていると修がやってきた。

「どうしたんだい、ユウ？　珍しいじゃないか」

令子と違って、修には父と娘として接することができる。

「ちょっと訊きたいことがあって」

「なんだい？」

「うん……」

どう話したものかと躊躇《ちゅうちょ》してから、「カブラギ金属の専務を知ってる？」と、そこから始めることにする。

「ああ、知ってるよ。大学が一緒だった。でも、特別親しくしてたわけじゃないが」

「今、仕事でやり取りがあるんだ」

「そうみたいだね」

いよいよ本題に入る。ユウは少しもじもじしてから、思い切って訊く。

「ねえ、急にヘンな質問するみたいだけど、婿養子になることがママとの結婚の条件だったの？」

修は一瞬きょとんとした顔をしたが、ユウの質問の意図など深く考える様子もなく、

「そうだよ」あっさりと応えた。

「後悔してない？」

やや踏み込んだ問いかけをした。すると、修が曖昧《あいまい》な笑みを浮かべる。

「それは、婿養子になったことについて？　それともママと結婚したことについてかな？」

お人好しなパパ。なんでもママの言うなりなパパ。子どもの頃からそんな父親の姿をずっと見てきた。修が令子に言い返すことなど絶対にない。

「うんと、両方」と言ったら、「どちらもないよ」屈託ない笑顔で応えた。

「そう」

ごめん、パパ。

3

「それは、いったいどういうことですか⁉」

ユウは電話の相手に強い口調で言い立てた。

「いや、もちろん申し訳ないと思っています」

鏑木がしどろもどろになる。

「しかし、単価が高いほうに売りたいのは人情でしょう」

「マタナットを考えたのはうちです。そのうちと組まずに、他社のボルトとセットにして商品化するところに人情とかってあるのですか⁉」

そろそろ、マタナット用のボルトの設計に入ろうと、カブラギ金属に電話したところ、彼からそう言い渡されたのだった。

「ぐうの音も出ませんよ、ユウさん。弁解の余地なしです。しかし、うちは今、本当にきつい状況にあるんです。一銭でも高い値を付けてくれるところと取り引きしたい。神無月商事さんが好条件を出してくれれば、やはりそちらで流通したい」

「で、神無月商事からの〝ボルトをつくる会社は、こちらで選ぶ〟という条件を吞《の》んだのですね？　カン結ボルトから付き合いのあるうちを裏切って」

「裏切り……ですか」

「違いますか⁉」

ユウがさらに物申すと、電話の向こうで彼が押し黙った。

「そう、裏切りです。私はミツワネジさんとユウさんを裏切った。謝るしかありません」

鏑木の詫《わ》びの言葉を振り切るように、「これから、そちらに伺います」と通告する。

「来ていただいても、同じことしか申し上げられませんが」

受話器を叩《たた》きつけるように置くと、ユウは社を飛び出しカブラギ金属に向かった。

だが事実、彼の言うとおりにしかならなかった。

鏑木はユウを避けることなく、正面から謝った。当たり前のことなのかもしれないが、それは評価していい。なにしろ周りを見渡せば腰が引けている人物ばかりなのだから。いや、よそう。自分は少し攻撃的になりすぎているかも。

神無月商事が、マタナット用のボルトを同族会社の神無月産業につくらせる決定をしたのを、鏑木から聞いた。

ユウは、マタナットの顚末《てんまつ》を山田に報告した。彼はこちらを見ずに、「分かった」とだけ応えた。その声は、それ見たことかと言っているようにユウの中で響いた。

工場長にも、生産管理のスケジュールから、マタナット用ボルトを外してほしいと伝えた。

「はん、スケジュールから外せだと？　それどころかレギュラーの仕事もなくなって、スカスカなんだよ！」

「え、だってこの前はいそがしくて現場はてんてこ舞いだ……」

「どういうことか分かるか？」

と青沼が話の腰を折る。

「あんたのせいだ。あんたが余計な動きをするから、神無月商事さまが仕事を寄越さなくなったんだよ」

ユウは言葉を失う。あたしのせいで仕事が減った⁉

「これ以上、余計なことをして現場を混乱させないでくれよな」

と青沼が蔑《さげす》んだように言う。

「一緒だな、あんたのママと。あんたのママは、さんざん現場を掻《か》き回した。忠志社長からその座を奪ったあげくな」

黙って聞き流すわけにいかなかった。

「どういう意味です？」

「あんたのママは、先代から社長の座を無理やり取り上げたってことさ」

そう吐き捨てた。

忠志が私情で社長の地位を譲ったと言ったり、令子が社長の座を奪ったと言ったり、いったいどちらなんだ？

「工場長――」

すがるようなユウの声を振り切り、青沼は行ってしまった。

もうひとり、辛《つら》い報告をしなければならない相手がいた。

「なんでだ⁉」

廊下に出てきた五味が、珍しく興奮した声を出した。

「マタナットを考案したのはうちじゃないか！」

ユウは黙ってうなだれるしかない。

「なあユウさん、訴えるっていう手段はないのか？」

彼が必死にそう提案する。

「向こうには神無月商事がついてるもの。かないっこない」

現にミツワネジは仕事を減らされているというではないか。帝都地下鉄の木津にも、マタナットの一部始終について報告していた。「いやあ」といういつもの口振りで、「うちとしては、ちゃんとしたものさえ納品してもらえたら、どこがつくっていても構わんのですよ」と木津の回答はすげなかった。「そうそう、揉《も》め事に巻き込まれるのだけは勘弁ですからね」と念を押されてもいる。

「なんだ、ずいぶん弱気なんだな」

五味から見下げたように言われ、ユウは肩を落とす。

「今度のことは、あたしの脇が甘かった。ごめん、許して」

五味が細い目をかっと見開いた。

「冗談じゃねえよ！　やってられるかよ、こんなこと！」

ユウの鼻の先で、設計部のドアが乱暴に閉められた。

4

社食でお昼を食べ終えると、営業部の自分の席に戻った。アウトサイダー試作ラボは、もはや完全に崩壊した──改めてそう思う。無気力にネットのニュースサイトに視線を送っていた。すると次の瞬間、「え⁉」パソコン画面にくぎ付けになる。

「どうしたの？」

まとめなきゃならない資料があるから、と朝買ってきたコンビニおむすびで机《つくえ》メシしていた辻が隣から覗《のぞ》き込んでくる。

「これ──」

ユウはニュースの見出しを指さした。

〔工業会活動費1830万円を横領、カブラギ金属専務を告発〕

それを見た辻も、「ええ⁉」驚いていた。「ユウさん、つまり、これって……あの鏑木専務ってことだよ、ね？」

ユウは無言で頷くと、再び記事を読み返した。

東日本螺子工業会は、同会の活動費1830万円を着服したとして業務上横領罪で株式会社カブラギ金属・鏑木陽一専務（51）に対する告発状を警視庁に提出し、受理されたと発表した。

同会によると、鏑木専務は昨年4月から会計責任者を1人で担当。約1年間で、口座から活動費計1830万円を引き出し着服した。1万〜250万円の現金を計37回にわたって引き出し、父親が代表を務める東京都墨田区吾嬬町内の会社の借金返済や遊興費などにあてた。後任の会計責任者が残高が少ないことに気づいて発覚したという。

鏑木専務は同会の調査に対し横領の事実を認めているという。

ユウはすぐさまスマホを取り出していた。

「なにしてるの？」

不思議そうにしている辻に、「鏑木専務に会う」と応える。

辻が開いた口がふさがらないとでもいった顔で、「会ってどうするつもり？　もう警察に捕まっちゃってるんじゃないの？」とさらに言って寄越す。

「会えるものなら会いたい。なんでこんなことしたのかを、本人の口から聞きたい」

「だから、どうして？」

「一緒に仕事をした人なんだよ。信じて一緒に仕事をした」

必死に言葉を重ねる。

「だけど、裏切られた。もういいじゃない、こんなやつのこと」

と、辻が打ち捨てる。

そうかもしれない。けれど、やはり会えるものなら会いたかった。それに鏑木は、ユウの知らない令子と修を知っている。青沼が口にした〝あんたのママは、先代から社長の座を無理やり取り上げた〟の意味を聞けるかもしれなかった。

「ともかく、直接会って話を聞きたいの」

ユウは鏑木の名刺に記載された携帯番号にかけた。すると、「もしもし」相手が出た。

指定されたのは、飯田橋駅近くにあるカフェだった。待ち合わせした夜の六時半に行くと、すでにテラス席に鏑木がいた。スーツにワイシャツ姿でネクタイはなし。傍らに鞄《かばん》もコートもなかった。

「少し寒いですが、店の中よりも話しやすいと思いまして」

明らかに面やつれした彼が言った。話の内容が公金横領である。

「ええ」

ユウは、店内カウンターで買ってきた自分のコーヒーカップをテーブルに置く。テラス席にいる姿を見つけた時、鏑木の前にはすでにコーヒーのカップが置かれていた。ユウが座ると、スプリングコート越しに椅子の冷たさがひんやりとお尻に感じられた。駅を出ると、外堀の桜が散ったばかりである。夜になると気温がぐっと下がる。

会社の終業後、真っ直《ま》ぐ《す》にここにやって来た。

「時間を取っていただいて、ありがとうございます」

まず、ユウはそう礼を言った。そのあとで、「勝手な言い方になりますが、鏑木専務にもお話ししたいことがあるのでは、と思ったんです。というのは、SNSを見ました」そう投げかける。鏑木個人のSNSに、この件での謝罪文が掲載されていた。そこには彼を批判するたくさんのコメントが寄せられ、いわば炎上していた。

「自分のしたことに対し、いくらでもお叱りを受けるつもりで、SNSはそのままにしていたんです。しかし、家族写真の妻や娘の顔にいたずら書きされるようになったので、正義を振りかざす人がたくさんいるのが今の世の中だ。

「すみませんでした」

と鏑木が頭を下げた。東日本螺子工業会にはミツワネジも加盟していて、活動費の一部を負担している。そういう意味では被害者にはなるのだろうが、もちろん詫びてもらうために来たのではなかった。

「なぜですか？」と率直に疑問を口にする。「工業会の口座からおカネを引き出すなんて、とても分かりやすい方法ですよね。鏑木専務ともあろう方が、すぐにばれるとは思わなかったのですか？」

「単純ではありますが、すぐにばれる手口とは言えないんです」

と説明した。とても冷静な話し方だった。

「会計は私ひとりが担当しています。カネの出し入れは、会計担当以外ノーチェックです。最初は十万円引き出しました。その時は、すぐに戻しています。収支が合えばいいわけです。必要に応じて、一万円、二万円と引き出したこともあります。一万円引っ掛けても、一千八百三十万円引っ掛けても、収支が合いさえすれば明るみにならなかった」

〝引っ掛ける〟という悪振った言い方に後悔が滲《にじ》んでいた。

「記事で読みましたが、おカネは会社の借金に使ったとか」

　彼が頷いた。

「私自身も〝遊興費などにあてた〟という記事を見て驚きましたが、ギャンブルに使ったり、女性に貢いだりといったことはしていません。〝生活費の足しにしたかもしれない〟と証言したことが、一部の報道にそうやって伝わったのかもしれません」

「生活費に？」

「いや、ほんの一部をごく一時的にあてがったという意味です。横領した目的は、あくまで会社にかかわる支払いのためです」

　そう弁明したあとで捨て鉢な笑みを浮かべた。

「もちろん、生活費はダメで、会社の支払いなら許されるだろうなどとは考えていませんが」

　ユウは少し考えてから言う。

「〝うちは今、本当にきつい状況にある〟この間マタナットのことで抗議した際、専務は電話でそうおっしゃってました」

「マタナットの件は、本当に申し訳ありませんでした」

　鏑木がまた頭を下げる。

「このような手段に出る前に、なにかもっと別の――」

ユウが言いかけると彼が遮《さえぎ》った。

「プライドが高かったんですね」

「プライド、ですか？」

鏑木が頷く。

「父は中学しか出ていなくて、応慧に進んだ私は自慢の息子でした。卒業後の私は、長らく大手企業で経理職に就いていました。それが、最近になって家業の調子が悪いと聞きましてね、安定した職を捨て、油まみれになってやってみるかと決意したんです。カブラギ金属を手伝いたいと申し出た時、父は喜びました。〝おまえが財務を見てくれれば、俺は思い切り現場で働ける〟と。しかし、会社の状況は想像以上に悪化していました。うちの現場をご覧いただきましたよね？」

とユウに目を向ける。

「ええ」

「社長は採算を度外視して、つくりたいものをつくっていた。そのための工作機を買うことにも躊躇《ちゅうちょ》しなかった。いい仕事をすれば収益は自然についてくるというのが、社長の考え方だったのです」

ユウは忠志のことを重ねていた。サンライズスプリングの鳥飼から小器用だと評された祖父。加工機を内製化し、ミツワネジの製品が高品質であると認められると、どんな注文でも受けた。そして、採算を度外視し、経営がうまくいかなくなったという。

「会社は赤字で倒産するのではありません。資金繰りで倒産するのです。すなわち、うちの場合、導入した機械の借金の返済に苦しんでいた。そして、私は結局はカブラギ金属を救うことはできなかった。その一方でプライドの高い私は、会社を潰せなかった。自分が父の期待に応えられなかったことを受け入れられなかったんです」

「お父さまから仕事を取り上げたくなかったのではないですか？　専務は、お父さまが愛してやまない仕事を続けさせてあげたかったのでは？」

「そう言っては、私のしでかしたことが、父のせいになります」

ユウは黙るしかなかった。鏑木も黙っていた。しばらくの沈黙ののちに彼が口を開いた。

「カネを引き出していた時、自分ではないもうひとりの自分がいました。月並みな言い訳に聞こえるかもしれませんが、本当にそんな感覚だったんです。ＡＴＭを操作している自分を、隣でじっと眺めているような……」

彼が小さく首を振った。

「工業会に横領が発覚してから一週間は、どうやって死のうかということばかり考えていました」

「いけません、そんな！」

思わずユウが声に出すと、鏑木がかすかに頷いた。

「すべてを明らかにし、罰を受けることが本当なのでしょうが、死ぬほうが楽だった。夜にひとりでリビングにいると、会社から帰ってきた娘が横に立って〝まさか、ヘンなこと考えてないよね？〟と言います。〝もう充分に迷惑かけてるんだから、これ以上迷惑かけないでよね〟と。私ははっとしました。そして、死んではいけない、と」

鏑木の落ちくぼんだ目の下と、削げた頬を見やった。自分と同じくらいの齢《とし》の娘がいると聞いていた。

「事件の規模が大きいので、所轄署の扱いではなく、警視庁が担当するのだそうです。弁護士の話では、一ヵ月ほどすると任意の取り調べが始まるだろうとのことでした」

それを聞いて急に不安になってしまう。ここは警視庁とも近い。これまで話していたことを捜査関係者に聞かれ、鏑木にとって不利な証言にならないだろうかと心配になったのだ。だが、見渡すと夜の街の雑踏があるばかりだった。

「ユウさんは、サンライズスプリングさんに協力を仰いでカナシバリの開発に至った。生産のために、今度はサンライズスプリングさんから加工機を購入した。私は、ネットワークの大切さを無視して、うちだけがよければいいとマタナットの件でミツワネジさんを裏切った。それなのに、こうやって私の話に耳を傾けてくれている」

「違うんです！　あたし、ミツワネジの経営が苦しくなった時、どういう行動をとるかを知りたかったんです！　あたしだったらって思ったんです！」

そう口にしながら、なぜ自分が鏑木に会いたいと思ったか、その本当の意味が分かったような気がした。

「母は、祖父から社長の座を奪ったんでしょうか？」

鏑木がこちらを見る。

「そんなことを誰が？」

まさか、うちの工場長から聞いたとは言えなかった。口を閉ざしている自分に向かって鏑木がゆっくりと語りかける。

「これだけは言えるのですが、修専務の財務能力がミツワネジさんを支えてきたのは確かです。もちろん、会社の進路に関して〝ゴー・ノーゴー〟の決断を下すのは令子社長でしょう。しかし、それを裏打ちしてきたのは、修専務の財務を読み込む確かな力だ」

パパの力……ユウの中に、修のいかにも人のよさそうな、のほほんとした横顔が浮かぶ。

なおも鏑木が力説した。

「私に、彼のような能力があったなら、カブラギ金属を救えたのに」

ふたりでまたしばらく黙っていたが、鏑木が自分の飲み終わったカップを持つと立ち上がった。なぜか、就活中に大学のアトリウムで、コーヒーのカップを手に良平の前から立ち上がった自分の姿を思い出す。あの時、あたしは拗《す》ねていた。

「弁護士の事務所がこの近くなのです。これからまた行って、話し合いをします。ユウさんに会うにしても、吾嬬町から離れたところがいいと思いました。私と一緒のところを見られては、ご迷惑がかかります。それで、ご足労いただきました」

ユウも立ち上がり、一礼した。

「そう、マタナットのお詫びと言ってはなんですが、会社を紹介します」

鏑木が上着の内ポケットから名刺を取り出して寄越す。

「パイプ屋さんなんですが、いいネジ屋さんを紹介してほしいと言われていたんです」

ユウは名刺を受け取ると、礼を言って再び頭を下げた。

「自分の娘に自殺を踏みとどまらせてもらい、娘と同じくらいの年齢のユウさんに、こうして腹を割って話をさせてもらった」

ぼそりそう呟き、「ありがとう」と言い残して鏑木が去っていった。ユウはカフェの椅子に力なくすとんと腰を下ろした。それはミツワネジに入社して一年が経過した、苦い夜だった。

「レギュラーの仕事が減ったというのは本当ですか？」

翌朝、部長席の前でそう質問する。

「ああ、売り上げが落ちてるね。しかも急激に」

山田がパソコンのモニターから目を上げずに言う。

「神奈月商事さまからの受注が止まっている、ということなのでしょうか？」

そこで山田が、やっと視線をこちらに向けた。

「だったら？」

「それは、つまり……あたしが……」

「自分の責任だと思ってるのか？」

「ええ」

ぼそりと応える。

「そう思うんだったら、どこかで取り返してきたらどうだ」

そんなふうに指示されたのは初めてだった。ぽかんと突っ立っていたら、山田が
「なんだ？」という顔をする。

「行ってこい」

「はい！」

今度はきっぱりと返事した。山田が薄っすらと笑みを浮かべる。その笑みが疲弊し

ていた。

一階に降りると、社長席にいる令子と修が深刻な表情で話し合っているのが、ガラス越しに見えた。急落した売り上げについて、方策を検討しているのかもしれない。潰れたらどうしよう⁉ と思う。自分のせいでミツワネジが倒産の危機に瀕しているのだとしたら……。

門を抜けようとする時、うららかな春の陽射しを背に、青沼が黒いシルエットになって立っていた。その影に向かって詰め寄る。

「教えてください。祖父は私情から、社長の地位を母に譲ったのですか？ それとも、母が社長の座を祖父から奪ったのですか？」

「その両方だ。父娘《おやこ》間のごたごたの末にな」

青沼の影が応えた。

「本人から聞いたらどうなんだ。おまえのママから。ママが忠志社長を殺した話もな」

ママがおじいちゃんを殺した⁉

あとはいっさい応えるつもりはないというように、黒い影が脇をすり抜けていった。

鏑木に紹介された平山《ひらやま》管材株式会社は大田区蒲田《かまた》にあった。蒲田も、吾嬬町と同様に中小の製造業が集まるモノづくりの町である。

「鏑木専務があんな事件を起こされるとは」

仲介者に関するコメントを、そこまでにとどめた平山社長と名刺交換する。平山は縁なし眼鏡を掛けた、知的な雰囲気の五十代後半の男性だった。作業服のVゾーンから趣味のよいネクタイを覗かせた姿は、研究者然としていた。

「うちは、ライフラインに直結する各種鋼管のほか、軽金属のパイプまで幅広く扱っております。その主業務のほか、新たにスポーツサイクル部門を設けることになりまして」

「自転車ですか？」

ユウが訊くと、「ええ」と彼がパイプを一本寄越す。

「どうです、軽いでしょう？」

「ええ、軽いです」

「超々《ちょうちょう》ジュラルミンといいます。日本海軍の零式《れいしき》艦上戦闘機――零戦《ゼロせん》の主翼に使われていました。この軽さと強度を誇る超々ジュラルミンを使って、スポーツタイプの自転車をつくりたいんです。スタートモデルは一般向けですが、将来的には競技用も視野に入れています。名づけてゼロファイター。設計、構造そのほか専任スタッフも採用しました」

平山が目を輝かせる。

「うちの若い従業員に自社へのプライドを持ってもらい、仕事に対するモチベーションを上げるための事業でもあるんです。ライフラインのパイプをつくることは確かに大切です。しかし、培った技術をほかにも活《い》かしたいじゃないですか」

「確かにそうですね」

　自社へのプライドと仕事に対するモチベーションを上げるための事業か、とユウは思う。自分は、ミツワネジの社員はどうだろう？　自社にプライドを持っているだろうか？　ふと青沼の言葉が蘇《よみがえ》る「ママが忠志社長を殺した」

「ミツワネジさんにお願いしたいのは、ゼロファイターの組み立て用ネジです。どうぞ貴社の技術で、強度に優れたネジをつくってください」

第八章 腐食

1

「なるほど、零戦《ゼロせん》のために開発された超々ジュラルミンか。〝超々〟って付いてるところに、国家の威信みたいなものを感じるね。〝超〟だってすごいのに、〝超々〟っていうんだからさ」

隣で辻がそう感想を述べる。営業部には、彼とユウのほか誰もいなかった。ミツワネジでは、水曜日はノー残業デーとされている。しかし、実際には定時で帰宅する社員は少なくて形骸化していたのだ。それが、このところ神無月商事からの注文が減って、みんな帰ることができるようになったというわけだ。「きみたちも早く帰れよ」と言い残して、山田もついさっき帰宅した。

「辻ちゃんは零戦にも一家言《いっかげん》あるんだ」

ユウは茶化したつもりだったが、自分の声に張りがない。会社を暇にしてしまった責任をつくづく感じていた。

それでも彼のほうは真に受けたようで、さらに講釈を続ける。

「東京駅の赤レンガ造りの駅舎ってさ、今でこそ大正初期の創建の姿に復元されてるでしょ」

話がとんでもないところに逸《そ》れたような……ユウの顔に「?」が並ぶ。

「だけどあの建物、太平洋戦争の空襲で屋根が焼け落ちてね、終戦後に応急処置で修理されてたんだ。その際、ドームに使われたのが超々ジュラルミンなんだな」

「え、なんでまたそんなところに？」

とユウが興味を示すと、辻が得意げに頷《うなず》いていた。いかん、いつの間にか辻ちゃんワールドに引き込まれてる。

「復旧に当たったのが、旧海軍の技術者だからだよ。海軍が解体されたあと、資材庫に保管してあった航空機用の超々ジュラルミン板を使ったってわけ。しかも、応急処置のつもりが、戦後六十五年以上にわたって東京駅はその姿であり続けた。ということは、創建当初の姿であったのは三十年くらいだから、応急処置の姿のほうが長いんだよね。その期間、超々ジュラルミンは東京駅のドームとして人々を見下ろしてきたんだ。時代が時代なら零戦の翼になってたところが、さ」

「きっと平和を喜んでたんじゃない？」

そうユウが感想を述べたら、「かもね」と辻も応じた。

ふたりで超々ジュラルミン板に思いをはせ、しばらく黙っていた。

「ところでさ」と辻が口を開く。「どうしよう今度の案件は？　僕たちふたりになっちゃったわけだし」

「そうだね……」

今度こそ間違いなく自分の声は沈んでいた。かつて一緒にいた五味と飛鳥。アウトサイダー試作ラボ。今となっては、あの頃の自分がひたすらはしゃいでいたようで恥ずかしくなる。

辻がこちらを見ると、「まあ、今日はこのくらいにしとこうよ」そう気遣わしげに言う。

「母さんが、夕飯にハンバーグつくるって言ってたんだ。帰ろ」

彼が足もとに置いていた鞄《かばん》を取り上げる。

「お疲れさま」

ユウが声をかけると、「お先に」と言って部屋を出ていった。

ため息をひとつつく。そのあとで、ここでうじうじしていても仕方がない、とパソコンをシャットダウンして帰ることにする。ロッカーからスプリングコートを出して羽織り、トートを肩に掛ける。

階段を降りて、総務部の前を通り過ぎようとしたら、誰もいないのに部屋の明かりがついていた。いや、人がいた。社長席の横に誰かうずくまっていた。

「社長！」

慌てて駆け寄る。

「……大丈夫だから」

下を向いたまま、か細い声で令子が反応した。

「でも」

手を伸ばすと、「大丈夫だって言ってるでしょ！」強い口調とともに振り払われた。

仕方なく隣でしゃがんでいると、令子がゆっくりと立ち上がった。ユウも一緒に立ち上がり、彼女の身体が揺れたので支えようとしたらまた手を払いのけられる。

「本当に平気だから。ちょっとふらっとしただけ」

「パパは？」

「先に帰って夕食の支度をするって」

「送ろうか？」

覗《のぞ》き込むと顔が土気色《つちけいろ》をしていた。

「結構よ。いいから帰って」

再び机に向かった令子の傍らで、黙ったままたたずんでいた。すると、こちらを見て、「なんなの？」いらいらした口調で言ってくる。

「あたしのせいかなって」

「え？」

「あたしのせいで心配かけちゃってるのかなって」

「そう感じてるなら、しっかりやってちょうだい」

令子から突き放され、弱気になっていたのは自分のほうだと気づかされる。

「お先に失礼します」

背筋を伸ばして会社をあとにした。

翌日の朝礼で、各部署からの伝達が終わり、いつものように製造部のベテラン、駒木根の、「声かけ合って安全作業」という号令で、全社員が安全標語を唱和する。

「本日も安全作業で頑張ろう！　ご安全に！」

「ご安全に‼」

そして、解散となった時だ。

「ちょっと待ってください！」

ユウは手を挙げた。すぐさま令子が素早い視線を向けてくる。その隣で修が心配そうな表情をしていた。何事だろうと、全社員が目を向けてくる。

「実は、大田区蒲田の平山管材さまからご依頼を受けた案件があります」

超々ジュラルミンでスポーツサイクルをつくること、そのための組み立て用ネジをつくってほしいことを伝えた。

「厚さ二ミリのパイプ部品に、四ミリのタッピンネジを打ちます」

通常、ネジでものを締める際にはナットなどの雌《め》ネジを用いる。ところが、細長いパイプの場合は、内側からナットで締めることができない。そこで、ナットがなくとも、自分で部材にネジ立てしながら（ネジ穴を開けながら）ねじ込むことができるタッピンネジを用いる。とがった先端部と、先端までネジが切られたタッピンネジは、ホームセンターでよく見かける。先端のとがっている部分は、穴のセンターの位置決めをするガイドと喰《く》いつきを助ける役割がある。誰しも壁やハードボードなどの木材に、ドライバーでネジどめした経験があるだろう。ドリルで下穴さえ開けておけばよいので作業性がよいという特長がある。

「相手材が二ミリしかないんじゃあ、四ミリのネジがガタつくな」

検査部から声が上がった。

「いや、それはバーリング加工すればいいだろう」

ロひげをたくわえた駒木根が言う。

「バーリング加工っていうのは？」

不思議そうにしているユウに、社員らの失笑が湧く。

「パイプに開けた穴の内側に、立ち上がり加工するんだよ」

それでも我慢強く駒木根が説明してくれた。

「パンチングで下穴を抜き、そのあとに穴の周りを加工して、内側に突起を成形するんだ。パイプの板厚二ミリに、バーリング加工してさらに二ミリの突起をつくる。そこに雌《タップ》ネジを切れば、四ミリのタッピンネジをねじ込める」

「ありがとうございます」

駒木根に対してユウは素直に礼を言った。

「座金《ワッシャー》はどうするつもりだ？」

と、さらに彼が訊《き》いてくる。

ユウは頷くと、令子と修、青沼、山田が立ち並んでいる前方へと進み出た。ちらりと確認すると、令子は面白そうな目をしていた。

「こういう座金を考えてみたんです」

ひと言述べると、ユウはホワイトボードに自分がイメージした絵を描き始める。最初冷やかだった社員らが、興味を持ってこちらを注視しているのが背中に感じられた。

描き終えると、「おお!」一同から声が上がった。それは、ドーナツ型の一部が切れ、らせん状にねじれた形状をしている。

「スプリング座金《ワッシャー》です。ヨッシャーと名付けてみました。ヨッシャーの持つバネの反力が、ネジの頭と部材の両方に食い込むことによって緩み止めの効果が出ます」

「なるほど、こいつはいいや」

駒木根が愉快そうに言う。

すると、手を挙げた社員がいた。設計部の白石だった。

「ところで、そのヨッシャーとタッピンネジの材質はどうするつもりだい?」

知識と技術を兼ね備えた若きエースと相対し、ユウの中に緊張が走る。

「ステンレスを使おうと思うんです。錆《さ》びずに、強度の高いステンレスがいいと」

そう発言した途端、人々が凍りついたようだった。え、なに、この空気? あたし、まずいこと言った?

沈黙を破ったのは白石だった。

「じゃ、ダメだな」

一刀両断された。

「どういうことです？」

納得できるはずがない。

すると、白石が口の端を斜めにする笑みを浮かべた。それは自信家の彼が時折見せる皮肉めいた笑顔だった。

「アルミとステンレスが接触すると、腐食《ふしょく》が起きるんだ。自転車ということは、風雨にさらされるよね？　するとアルミ部品の腐食が促進され、ステンレス製のネジの固定に必要な強度が保てなくなる」

そこでユウは言い返す。

「ゼロファイターに用いられるパイプ部品は超々ジュラルミンです！」

白石がうんざりしたように首を振った。

「ジュラルミンていうのは、マグネシウムやマンガンを加えたアルミ合金だ。〝超々〟と付こうがそれは変わらない」

ユウは呼吸が止まりそうになった。救いを求めるように辻に視線を向けると、彼も口をぽかんと開けたまま蒼褪《あおざ》めていた。

検査部の社員が、「きみらみたいな素人に見せるためのサンプルだ」いつの間に持ってきたのかブラインドを手にしていた。

「アルミ製のブラインドだ。ネジはステンレス」

彼が言って、ネジどめしている部分が錆びて、抜け落ちそうになっているのを突きつけた。

「とんだ茶番だ！」

大声が会議室中に響き渡った。皆の視線が声の主である青沼に集中する。

「なにがヨッシャーだ。バカバカしい。これ以上、素人のたわごとに付き合ってられるか！」

「待ってください」

そう口にしたのは、青沼のすぐ横にいた山田だった。

「営業職に就いてる私が言うのもなんですが、ネジ屋は品物こそが一番の営業マンだと思うんです」

意外にもそんな発言を始めた。

「私らがあちこち出向いて頭を下げるよりも、つくったネジが認められてこそ新しい仕事が来るんだ、そう考えます」

山田がこちらに目を向けた。

「能代土木さまからカナシバリの依頼が入ったのは、カン結ボルトがあったからです。

今度のことも、ユウ君の実績が認められて入ってきた仕事なんです。彼女の話をもう少し聞いてもいいじゃないですか」

「部長……」いったんは押し黙った青沼だったが、再び目を剝《む》いた。「それを言うなら、俺たちが積み重ねてきた実績はどうなる⁉　俺たちはいい仕事をしてきた。そうやって築き上げてきた神無月商事さまからの安定した受注を、この小娘が止めてしまったんだぞ！」

「私の部下を小娘などと言わないでいただきたい！」山田のどす黒い顔色が赤みを帯びていた。「だいたい安定した受注などとおっしゃるが、神無月商事さまからは〝海外生産なら三分の一だ〟と発注金額を叩《たた》かれてる。そういう意味で、収益は安定して下がり続けているということなんだ。それだけに頼ってはいられないところまで来ていた。ところが工場長、あなたはなんの手も打たずに、ただただ同じことを続けているばかりだ」

「辞めるよ」

青沼がぼそり呟《つぶや》いた。

「え？」

山田が問い返す。

「辞めるって言ってるんだよ」

「工場長……」

「先代社長が築いたネジづくりの精神を、俺はこれまで貫いてきたんだぞ。けっして手抜きなどしなかった。機械を内製し、ミツワネジの製品が高品質であることを認めさせてきた」

青沼が社員全員に向け、威嚇《いかく》するように唱える。

「確かに買ってきた機械ではできないネジづくりですよ、工場長」

なだめるようにそう言ったのは修だった。すると、青沼が睨《にら》み返した。

「あんたになにが分かる⁉ 帳面しか見てないあんたに、なにが⁉」

山田が今度は穏やかに、「これからも、ミツワネジのために、その技術を発揮してくれませんか」と説き伏せる。

「俺は常に会社のためを思ってやってきた。俺なりにな」

「そう、あなたなりに、ね」

令子が言った。

「俺は先代の気持ちを受け継いだんだ」

令子がじっと青沼を見つめていた。

「世話になったたな、レイちゃん」

その時だけ、青沼の目が愁《うれ》いを帯びた。

「わたしも先代社長の言葉を受け継ぎましょう――門はいつでも開かれています」

それはユウが工場見学でミツワネジを訪れた際、青沼の口から聞いた言葉だった。すべての部署で立って仕事をすると令子が発表した時のことを、「〝反対なら辞めていただいて結構〟って言ってたな。〝門はいつも開かれているから〟って」と不満げに伝えた。今、令子は戻ってくるつもりがあるなら、いつでもそうなさいという意味で使っていた。

「先代の言葉だったのかい、それは」

青沼が驚いた目をしていた。令子が無言で頷く。ふとユウは、ミツワネジの正門には門柱だけが立っていることに思い至る。門扉《もんぴ》がないのだ。

ホワイトボードの前に立っているユウを、青沼がちらりと見やった。だが、それだけで彼は頑《かたく》なな背中で会議室を出ていった。

残された者たちの間に白々とした空気が流れていた。受注が減った。工場長が去った。みんなの気持ちがばらばらに離れているような気がした。あたしのせいだ、とユウは思う。爪が食い込むほど拳を握り絞めた。あたしのせい……。

「収益が落ちているというのは本当です」そこで令子が社員に向けて告げた。「しかし、値段が落ち続けるものを追い求めるのではなく、自分たちでオリジナルのものをつくって、こちらで値段を決める側に立ちたいんです。研究開発型メーカーになって、新しいマーケットを開拓し、付加価値を築くのが当社です」

全員が社長の言葉に耳を傾けていた。

「中小企業が自社の技術で、大企業に運命を左右されることなく、自分の足で立つ。みんなで協力して、自分たちの足で立ちましょう」

しばらくの沈黙のあと、「さっきのゼロファイターの件なんだが」と声が上がった。製造部の駒木根だった。

「アルミ合金とステンレスが直接接触しないように、絶縁させるっていうのはどうだろう」

すると今度は同じ製造部から、「いっそのこと、ネジも座金もアルミにしてはどうでしょう？　それなら異種金属接触腐食がなくなります」と意見が出た。

「アルミネジか」と駒木根が受けて、「スポーツサイクルに使うからには、やはり強度のあるネジで行きたいな」と却下する。

「アルミのパイプとステンレスネジの間に挟む座金を、プラスチックにするのはどうですか？」

そう提案したのは白石だった。

「プラスチック製の座金なら、絶縁できます」

すぐさま、「いや」という声が聞こえた。反論したのは意外な人物だった。同じ設計部の白石の横で、ひょろりとした長身の五味が丸刈り頭を撫《な》でていた。

五味さん……ユウは目を見張る。

「ユウさんが考えたヨッシャーを使わない手はないと思う」彼がそう言ってから、「だよな?」とこちらを見た。ユウは胸が熱くなる。

「しかし、プラスチックで、ああいう反力のあるバネ状の座金はできんぞ」

と白石がすぐ横にいる五味の顔を見やった。

「ヨッシャーは、ステンレスでつくります」

五味は白石のほうを振り向かず、真っ直《ま》ぐ《す》こちらを向いたままだった。その顔に不敵な笑みが浮かぶ。

「ステンレスのヨッシャーを、プラスチックで包むんです」

「ええ⁉」というどよめきが広がり、そのあとで「なるほど」とか「そういう手があったか」といった声がしていた。

「問題は、そんなことができるプラ屋があるかどうかですよね」

辻がそう言い、難しい顔をして腕を組んだ。

「誰か心当たりはないか?」

山田が声をかける。

「あのー、この社長ならっていう人がいるんスけど」

ユウは、声がしたほうを見た。飛島が、もじもじと身体を揺すっている。

「自分、ファクトリー5《ファイブ》っていう吾嬬町の工員同士でつくってるロックバンドでキーボード弾いてるんス。そんで、バイクのほかにキーボードのローンまで抱えちゃったんスけど。あと、家にも三万入れなくちゃならなくって、毎月大変で」

「で、どうしたんだ？　早く結論を言え！」

山田が急《せ》かすと、あちこちで笑い声がした。けれど、ユウの目には涙が滲《にじ》んでいた。結びつこうとする力は、分かつ力よりも強いのだ。そう信じたい。

2

「トシビがうちを推薦してくれたってか、よーく分かってるでないの彼も、わははははは」

株式会社ほづみ合成工業所《ごうせいこうぎょうしょ》の穂積《ほづみ》社長は、色黒で丸顔、身体全体も丸っこく、どこかツキノワグマを連想させる人物だった。紺色の作業服を着て、同じ色のウィンドブレーカーを羽織っている。「ファクトリー5のバンマスが、穂積社長なんス」と飛島から聞いたユウは、さっそく吾嬬町内にある合成樹脂成型加工会社、ほづみ合成工業所を訪ねていた。

「工場見るかい？」

と、さっそく誘われた。そして穂積が、左手を斜め上に、右手をお腹の前に持ってきて、両方の指をウネウネと動かしながら歩くあとに付いていく。それが、ギターを演奏する仕ぐさであることがユウにも分かった。

ベニヤ板張りの壁に向かってスチール机が三つ並ぶ、細長い通路のような事務所の奥が工場に通じているらしい。

やはりベニヤ板張りのドアを開くと、「！」そこにはずらりと成型加工機が並んでいた。合成樹脂材料を供給するためのじょうご型のホッパーを煙突のように頂いたウグイス色の射出成型機は、周囲に熱を放ちながら威容を誇っている。建屋こそ古いが、ほづみ合成工業所の設備は充実していた。いずれも新型の成型機で、どうやら穂積は相当な機械好きらしい。と、そこでつい警戒してしまう。カブラギ金属のことがあったからだ。

「うちは大丈夫だよ」

穂積が片目をつぶってみせる。

「まあ、なんとかやってるよ。わはははは」

そう言われてユウは頰が赤くなった。そして、低いモーター音とともに駆動する成型機の間を、社員らが忙しく往き交う活気ある光景を眺めていた。

「ところで、ヨッシャーだっけ？　そのバネ式の座金をプラでモールドする件だけど、物理的にはなんとかなると思うよ」

「ほんとですか？」

つい声が明るくなる。

「ああ。わはははは」

穂積が再び目に見えないギターを両手で弾き始める。

「樹脂材料を吟味することで、バネの反力も最大限に引き出せるし、うちの成型機でばんばん量産できる。ははは……」

そこで穂積の笑い声が消え、エアギターの指も止まった。

「ただね、型をどうすっかだな」

「金型ですか？」

ユウが問い返すと、それまでにない難しい表情で頷く。

「型をつくるのが難しいということでしょうか？」

「うんとね、まあ、確かに簡単ではないけど、型はつくれると思うよ……でも、うーん、そうね……」

なにやら言いにくそうに意気消沈してしまった。

「ともかく、この吾嬬町にあるいい型屋を紹介するよ。そこで、相談してみて。はは」

「ちなみにね、お宅のトンビが入る前は、その型屋の社員がファクトリー5のキーボーディストだったの。マッチョな大男。けど、カノジョができてから練習サボりがちになってね。たまにきても、以前の熱意が感じられないわけさ。身体の底から突き上げてくるようなロック魂が欠けてんの。いや、うちら真剣に遊びたいのさ。中途半端は嫌なんだな、仕事もバンドも。そこで後釜《あとがま》に入ったのがトンビ。いいね、彼、凝り性で。わはははははは」

すっかり元気を取り戻している。

「しっかし、これもファクトリー5のつなぐ縁てやつでないの。はははのは」


その建物はミツワネジのプリンちゃん以上に異彩を放っていた。四階建てのビルの壁面はピンク色。右側にある西洋の城のような円筒の搭には所々に長方形の縦長の窓があって、メルヘンチックな雰囲気を醸し出している。しかし、一階正面は大きなシャッターで、それが開け放たれていることから、紛れもなくこの建物が工場であることが分かる。中では工作機械が稼動しているのが見渡せた。

搭の部分は階段室らしくドアがあって、その横には〔株式会社花丘製作所《はなおかせいさくしょ》〕という黒々とした墨文字の木の看板が、童話の宮殿のような建物とは不釣り合いに古風に掛かっている。

ユウはシャッターの開いている広い間口から中に入った。構内を見回してさらに驚く。黄色、緑、青、柱は一本一本がカラフルに色分けされている。見上げると壁に沿って走る作業用のキャットウォークの手摺《てす》りは赤だった。

大きな影が忍び寄る気配に、ふと見上げると全身これ筋肉の塊《かたまり》のような男性が立っていて、ぎょっとする。緑色を帯びた薄いブルーの半袖の作業服を着ていて、太い二の腕が覗いていた。あ、この人が、穂積の言っていたファクトリー5の元キーボーディストに違いないと思いながら、「事務所はどちらでしょう?」と訊いてみる。

男が、オレンジ色のエレベーターの扉を指さす。上膊部《じょうはくぶ》が瘤《こぶ》のように盛り上がっていた。

「三階です」

厳《いか》つい顔に似合わない優しい声だった。

オレンジ色の扉が開くと、エレベーターは重機が運搬できる大型で頑丈なものだ。ステンレス鋼板の床にヒールの音を響かせて乗り込みながら、さっきの男性が身につけていた浅葱《あさぎ》色の作業服と、その胸にあった〔HANAOKA〕というネームを思い出し、もしかしたら……と考える。

三階に到着しケージを出ると、すぐに〔Hanaoka－Products Co,.Ltd.〕と銀文字の入った透明のガラス扉があって、その向こうが事務所だった。左側は例の円筒形の階段室で、普段は皆エレベーターではなく階段を上がり下りしているのだろう。

ユウはドアを押して事務所内に入った。フロアの三方が窓で明るい。カウンター越しに六つの机がふたつずつ向かい合わせに配置され、人々がパソコンで作業したり、電話で話したりしていた。もちろん、ミツワネジと違って座って仕事をしている。その向こうに管理職の席らしい机がひとつだけこちらを向いている。その席の主《あるじ》は不在だ。

カウンターに一番近い席の、中年の女性が立ち上がってユウのほうに歩み寄ってきた。

「いらっしゃいませ」

眼鏡の奥の瞳にそこはかとない色気があった。薬指に結婚指輪をしている。

「ミツワネジ株式会社の三輪と申します。社長にお会いしたいのですが」

「花丘は外出しておりますが」

そう彼女が応えると、「ルリちゃん」と、六つの机の島の奥に座っている、耳の上と後頭部にわずかに髪を残しただけで、あとは完全に禿《は》げ上がった、でっぷりとした初老の男性から声がかかった。

「もうすぐアッコさん、帰ってくると思うよ。吾嬬駅に着いたって、さっき電話があったから」

「だそうですわよ」

ルリちゃんと呼ばれた女性が、「ふふ」と色っぽい笑みを浮かべる。え、どういうこと？　あのアッコさんが花丘製作所の社員かもしれないとまでは想像したけれど、まさか社長⁉　でも若過ぎない？

すると、と階段室のほうで声が響いた。

「ちょっと待ってくださいよ、アッコさん！　息が切れちゃって」「なに言ってんの、ホームズ。あなた、いっつもパソコンに張り付いてばかりで、運動不足なんだから」

そんなやり取りがだんだんと近づいてくる。やがて、ドアが開くと、「ただいま」明るく高い声とともに去年、荒川土手で会ったアラサー女性が現れた。

「あら、お客さま？」

「やっぱりあの時の――」

「どこかでお会いしましたっけ？」

「消波ブロックをつくっている現場を、土手からご一緒に見ました」

彼女はしばらく記憶を手繰《たぐ》り寄せているようだったが、「ああ」と思い至ったらしい。

「そうそ、あの時、ホームズと一緒にトライアルに行くところだったんだ」

そのホームズは彼女のあとから事務所に入ってきて、何事だろうと分厚い眼鏡レンズ越しに目をぱちくりさせていた。

「花丘製作所の花丘明希子《あきこ》です」

　ふたりは名刺交換した。

「あたし、花丘社長にお礼が言いたかったんです」

「アッコでいいです。みんなそう呼びますから」

明希子がそう言って微笑《ほほえ》む。

「あ、では、アッコさんにお礼を伝えたかったんです」

「なにかしら？」

ユウは、消波ブロックの型枠を組む様子を見ていた明希子が口にした「あのボルト、もっと簡単に締まったらいいのに」というひと言がカン結ボルトに結びついたことを話した。

　明希子と夏目《なつめ》（ホームズはあだ名で、それが彼の苗字だった）は、あの日出かけていった多摩地域にある三洋《さんよう》自動車の工場に、今日もトライアルで出かけ、帰ってきたところだという。

「ヨッシャーをプラスチックで包む金型を、貴社でつくっていただけないでしょうか？」

祈るような思いでユウは訊いた。

「できません、という返事はうちにはないの」

明希子がきっぱりと応える。それは、いつか自分もこうなりたいとユウに思わせる表情だった。

3

明希子に案内され、カウンター内のブースに移って話を続ける。ふたつあるブースの向こうも事務所が続いていて、設計部のようだった。夏目はそちらへと戻っていった。

「実はうちでアクセサリーのような補聴器《ほちょうき》をつくりたいな、って考えてるのね」そう明希子が話し始めた。「知り合いのお嬢さんで、補聴器を付けたがらない小学生の女の子がいるの。その子のために、みんなが〝ステキね〟って言われるようなものをつくりたいって思った。隠そうとしたり、目立たなくするんじゃなく、眼鏡がオシャレなアイテムになったように」

話しているうちに明希子の目は光を帯びていた。

「アイドルグループが同じ型でつくったイヤホンを付けて歌ったり踊ったりするのを

見て、あれをしてみたいって感じるような。そんな補聴器をつくりたいの。ひとりの女の子のために、多くの女の子のために――それができるのが金型だから」

ユウは話に惹《ひ》き込まれていた。同じものをたくさんつくることができるのが金型。いわば、ものをスタンダードにするのが金型なのだ。であれば、アクセサリータイプの補聴器を当たり前にすることだってできるかもしれない。

「わたしがイメージしたのはこんな感じ」

明希子が机上にあったメモパッドに付属のボールペンでなにか描いた。雛菊《デイジー》のようだった。

「花の中心に円形があって、それを花びらが取り囲んでる。中心部分を黄色のプラスチックで、花びらを白のプラにして、一個の型でつくりたいと思った」

「できるんですか、そんなこと!?」

ユウは驚いて目を見開く。明希子が微笑みながら頷いた。

「二色成型の金型ならできる」

円形の金型に射出成型機のふたつのノズルから樹脂を注入する。ひとつのノズルはA型に黄色い樹脂を、もうひとつのノズルはB型に白い樹脂を注入する。この時、A型でデイジーの円い黄色の中心部分を成型する。B型では白い花びらの部分を成型している。次に金型を回転させ、今度はA型に、白い樹脂を注入して黄色い中心部分の周りに花びらを成型する。B型には黄色い樹脂を注入し、白い花びらの真ん中に黄色い円を成型する。これが二色成型だ。

「この金型を使って、A型でヨッシャーの表側を、B型でヨッシャーの裏側をまずモールドするの。あ、モールドっていうのは、プラスチックで包むっていう意味ね。そのあと金型を回転させて――」

そこまで明希子が言ったところで、「分かりました!」ユウは思わず手を挙げる。

「A型のヨッシャーの裏側と、B型のヨッシャーの表側をモールドするんですね!」

「そう」

明希子が指を鳴らした。

「すごい。ひとつの金型で、二個のヨッシャーの樹脂コーティングを同時に行うなんて」

改めて感心してしまう。

「でもね」と、そこで明希子の顔から笑みが消えた。「ひとつ大きな問題がある」

「なんでしょう?」

「価格面。高いのよ、二色成型の型って」

ユウは恐る恐る、「幾らくらいになるんでしょう?」と尋ねてみる。

「八百万~一千万円てとこかな」

それを聞いて大きく息を吐いた。

「無理です」

「そうでしょうね」

ユウは肩を落としてしまう。先ほどほづみ合成工業所の穂積が言いにくそうにしていたのは、この価格の問題だったのだ。

「もちろん花丘製作所でも、この価格についてなんとかならないかっていうのが懸案《けんあん》だった」

ユウはうつむいたままでいた。

「そもそも、二色成型の型はモールド用じゃない。だからオーバースペックなの。単色のプラでモールドするんだから、二色の材料を型に流し込むノズルなんて必要ないでしょ？　万事がそんな仕様なの。それで価格が高くなっちゃう。ここはモールド用の型を新たに考案する必要がある。そうでないと、価格は下がらない」

ヨッシャーをプラスチックで包むなんて、あきらめるしかないんだろうか……。

「で、新たな試みをずっと続けていたわけ。それが今日のトライアルで達成できた」

その言葉にさっと顔を上げる。

「本当ですか？」

明希子が頷いた。

「もっとシンプルな方法でモールドを可能にする。シンプルだけど、大胆な方法で」

「シンプルだけど、大胆──」

それはサンライズスプリングの鳥飼会長がカナシバリを評した「シンプルだが大胆な発想」という言葉をユウに思い出させた。

「三洋自動車さまでも、モールドが必要な金属部品があって、うちで開発を進めていた型を提案したの。去年の夏、あなたに土手で会った時、夕方四時近かったでしょ？そんな時間から多摩まで出かけていくんだもの。こちらからの提案だったから、トライアルも工場が稼動している時間外を指定されてね、あの日も真夜中までかかった。でも、それがついに今日、完璧にできた」

「どんな型なんです？」

ユウは興味津々だった。

「最初に表側をモールドして、型内部に仕込んだロボットアームで反転させるの。それで、裏側のモールドを行う」

「ヨッシャーの表側をプラスチックで包み、途中で引っ繰り返すってことですね？それで裏側をプラ加工する……」

もはやユウは言葉を失っていた。この金型を発想し、そして実際に手がけてみようとする勇気に衝撃を受けていた。

「難を言えば、サイクルショットが少し長くなることかな」

明希子がそう付け足す。サイクルショットとは、一回の射出成型加工が開始してから終了するまでの単位時間だ。だが、それも花丘製作所は近い将来短縮させてしまうだろう。

「アッコさん……」

と訊きづらいことを切り出す。

「そうそ、価格だったね。二色成型の五分の一ってとこかな」

「だとしたら、百六十万〜二百万」

明希子が頷いた。

「そんなに値段が下がるんですか？」

ユウはまたその先の言葉が出なくなった。

「ヨッシャーの生産はサンライズスプリングさまが引き受けてくれました」

帰社すると、ユウはさっそく令子に報告した。

「こんな小さい仕事を、よく受けてくれたわね」

「〝ヨッシャーはバネだ。餅《もち》は餅屋で、バネ屋のうちがつくるほうがいいだろう〟と鳥飼会長がおっしゃってました」

令子が満足げに頷く。そのあとでユウの顔を見た。

「どうしたの？　あなた、なにか嬉しそうね」

「今日、ステキな人に会ったんです」

明希子のことだった。目標にしたい人。彼女が言っていた。「わたしね、成り行きで父の会社を継いだの。知らないことばかりで、最初はとっても辛《つら》かった。いろんなことで翻弄《ほんろう》されたし、会社もわたしも外圧を受けた。だから、すべてを決めることができる立場になりたかった。それで、いつしかメーカーを目指すようになったの」

メーカーを目指す、というのは令子の考えに似ている。ふたりは、もしかしたら気が合うかもしれない。だが、ユウはそれ以上は口にしなかった。なぜなら、どこか令子の立ち居振る舞いが億劫《おっくう》そうに見えたから。何日か前にも立ち眩《くら》みがしたみたいだし、疲れが溜《た》まっているのかもしれなった。報告は済んだ。早々に退散することにする。

「失礼します」

すると、「ねえ、ユウ」呼び止められる。

「今度は合格よ」

「え？」

「ミツワネジは小さい企業なんだから、総がかりでモノづくりしないと。ヨッシャーはそれができた。だから、合格」

令子が大きな笑みを浮かべた。

「ありがとうございます！」

母に褒められると嬉《うれ》しかった。やはり嬉しい。胸躍る気分で廊下に出る。

「ユウさん」

製造部の前にいた飛島から声をかけられる。

「お帰りなさい」

「ただいま」

ユウは笑顔で言葉を返した。

階段を上がり、営業部のドアを開けようとしたら、中から出てきた五味とすれ違う。

「よ、お帰り」

「ただいま」

ユウが室内に入り、「ただいま」と告げると、部長席で話をしていた山田と辻がこちらを見て、「お帰り」と言った。そう、ここはあたしが帰ってくる場所なんだ。

プラでモールドしたヨッシャーとステンレスのタッピンネジで組み立てたスポーツサイクル、ゼロファイターの市場デビューが秋に決まった。カン結ボルト、カナシバりの受注も順調に推移していた。

ミツワネジでは社員の福利厚生として毎夏、日帰り旅行に出かける。仕事が忙しくて、今年はそれが夏の終わりになった。家族の参加も可で、時給のパート社員らは出勤扱いになり、給与も支払われる。今年は辻が幹事を務めた。観光バス二台をチャーターし、伊豆半島に出かけた。水族館でイルカやアザラシのショーを楽しみ、老舗割烹《しにせかっぽう》で桜エビづくしの会席膳に舌鼓《したつづみ》を打つ。

バスは駿河湾を臨む海岸線を走り、砂浜に立ち寄る。

「あー、いい気持ち」

青空に刷毛《はけ》で掃《は》いたような雲に向けて、ユウは両手を広げた。

「辻ちゃん、幹事お疲れさまね」

隣にいる彼に言う。だが辻は、ユウのほうを見ていなかった。向こうを見つめていた。

「なんか、社長が楽しそうにしてるのが、嬉しいんだ」

辻の視線の先では、社員らに囲まれた令子が、誰かの小さな子どもを抱っこしていた。確かに今日の令子は明るかった。どこかはしゃいでいるようでさえある。

「辻ちゃん、お母さん呼んだらよかったのに」

「仕事があるもん」

抱きかかえた子を高い高いしている令子を見て、幼い頃の自分も母にあのようにしてもらったのだろうか、とふと思う。そして次の瞬間には、この明るい景色とは不釣り合いな「本人から聞いたらどうなんだ。おまえのママから。ママが忠志社長を殺した話もな」という青沼の忌まわしい言葉が蘇《よみがえ》る。なにを言っているんだ⁉　そんなはずはない！　その時、令子がどさりと倒れた。砂に足を取られたのかもしれなかった。ユウはそちらに向かって走る。やはり砂に足を取られながら。途中で辻に追い抜かされた。

「右の上腕骨が折れています」

令子を救急車で搬送した救急病院の医師に告げられた。付き添ってきた修とユウは、小さく息をもらした。再びめまいに襲われた令子は、とっさに抱いていた子どもをかばって骨折したのだった。

「通常なら、皮膚を切り開き、骨のずれを整復してボルトを埋め込み固定する手術をします。しかし、それができません」

「どういうことでしょう？」

隣で修が尋ねた。救急車で令子は錯乱していた。自分のことにではなく、社員の子にケガを負わせたのではないか気がかりだったようだ。子どもが無事であることを知り、今は病室で眠っている。

「ご覧ください」

と医師がパソコンの画面を示した。令子の腕のレントゲン写真が映し出されている。

確かに骨が斜めに分断されていた。

「骨全体が薄くぼやけて映っているのが分かりますか？　これは骨密度が低下しているからです。萎縮《いしゅく》も見られます」

修にも自分にも事情がよく呑《の》み込めなかった。

「きちんと検査する必要がありますが、なんらかの疾患があると考えられます」

低すぎない温度設定になっているはずの診察室の空調が、ユウには寒く感じられた。

第九章　母のためのネジ

1

　喫茶アズマのカウンターの一番隅の席に、ユウはうなだれて座っていた。パーマした髪を紫に染めたあのマスターも、今日は軽口を叩《たた》いたりしてこない。きっとなにかあったと察したのだろう。

　ドアに掛けられたウインドベルの貝飾りが、カラカラと乾いた軽い音を立てた。

「いらっしゃい」

とマスターの声がし、カウンターの椅子をひとつ挟んだ隣の席に誰かが座った。

「コーヒー」

という聞き覚えのある声に、ユウは顔を上げてそちらを見やる。

「リョッペー」

とささやきかけた。良平のほうは正面を向いたままだった。

「よくも俺を呼び出せたものだな」

むっとしてそう言う。

「ごめん」

マスターが良平の前に、長い爪にネールした指でソーサーに載ったコーヒーカップを置く。その表情は、どうしてこのふたり、すぐ隣に座らないんだろう？　と訝《いぶか》しげなまま去っていく。

この距離が、今の自分たちを象徴している、とユウは思いながら、「ごめんね」ともう一度謝った。

「仕事だけじゃなくて、いろいろあって」

「ミツワネジさんは、ごたついてるようだな。お宅を辞めた青沼さん、今は神無月産業にいるよ」

と良平が蔑《さげす》んだような口調で教えてくれた。

「工場長が⁉」

驚いているユウに向けて、彼が頷《うなず》いてみせる。そして、ゆっくりとカップを取り上げ、ひと口コーヒーを飲んだ。

「あの人、お宅の情報をうちの大道寺主任に流してたんだ。それで、カナシバリに使われてる線材のJISコードも分かったし、お宅がカブラギ金属に出したマタナットの見積金額も知ることができた。大道寺主任は、その情報で妨害工作をし、見返りとして青沼さんが神無月産業に取り立てられるよう口利きした」

なんということだ……。

「大道寺主任は働きが認められ、カブラギ金属の経営再建のための責任者として出向することになった。カブラギ金属は神無月グループに吸収されたんだ。今後はグループ会社として支援を受けつつ再生を目指す。あそこの持ってる技術は確かなんだから」

ユウは飯田橋のカフェを立ち去る時の、鏑木の後ろ姿を思い出していた。鏑木は実刑が確実で、横領した金額などから量刑を推定すると、五年以上十年以下の懲役になるだろうとその後報道されていた。

「ねえ、リョッペー、さっき〝いろいろあって〟って言ったのは、母についてなんだ。

助けてほしい」

そう願い出た自分の声がかすれている。

「どういうことだ？」

と訊《き》きながらも、良平は謀反《むほん》を起こしたネジ屋の自分とこうしているのが納得できないようだ。気乗りしない口調だった。

「実は――」

令子が右の上腕を骨折したこと。骨が脆《もろ》くなっていて、ネジで固定する骨接合術ができないことを伝えた。

「脆くなっている骨をつなぎとめるネジってできないかな？　そういうネジをつくれるとこを知らない？」

事情が事情なので、良平の表情がしっかりと聞く耳を持つものに変わった。だが、

「医療用ネジをつくっている会社と取り引きはあるけど、そんな特殊なものはな……」と考え込んでしまった。ユウはうつむくしかない。

すると、彼がなにか思いついたように、「ん」と声を出す。

「この間、テレビ観たんだ」

「テレビ？」

「『THE対決！』って番組だ。製造業の異種格闘技戦とかいって、そこに凄腕の旋《せん》

製造業にまつわるそうした番組が放送されたのはユウも知っていた。ただ、浮かれたエンタメだろうと見る気がしなかったのだ。

「数値制御のNC旋盤は大量生産向きで、いったん削り出した製品については微調整の直しが利かない。一方で手仕事の汎用《はんよう》旋盤は、削っては直しを繰り返して単品生産の特殊なネジを削り出すのに向いている。汎用旋盤によるネジ切りはもっとも高度な技術だ。汎用旋盤を専門に扱っている会社は希少で、あのテレビに出ていた職人は、その中でもトップクラスのはずだ。汎用旋盤で単品ものを削る中で磨かれたフィーリングを持つ彼なら、なにかいいアイディアが浮かぶかもしれない」

「そのひとがネジをつくってくれるの？」

「どうかな……。ただ番組を観ていて、ものをつくる執念と、困難を乗り越えるうえでの機転が利くのに驚かされた」

執念と機転——。

「この吾嬬町にある削り屋さんだ。ダメもとで相談してみたらどうだ」

そう、とにかく藁《わら》にもすがるつもりで行ってみよう。

「ありがと」

ユウが礼を言ったら、良平がそそくさと立ち上がった。

「じゃ、俺、帰るわ」

「うちの母、もう長くないの」

思わずそう口にしていた。

「え？」

良平が立ち止まる。

「ステージ4の末期がん」

伊豆の病院で右腕をギプス固定してもらい、その後、今度は墨田区内の中央病院に検査入院した。そして今日、過酷な結果を医師から告げられていた。膵臓《すいぞう》がんを原発《げんぱつ》巣《そう》とし、肝臓、肺など複数の臓器に転移している。手術や放射線治療は不可能。抗がん剤も効果が望めず、今後は緩和ケアを中心に行っていく、と。

「母はあと半年しか生きられないの。でも、その半年間をずっとギプスをしたままにしたくない。ネジを使って骨を接合すれば、機能回復が早くなる。二ヵ月でギプスが取れるって……」

そこでユウの目から、ぼろぼろっと涙がこぼれ落ちた。

「少しでも暮らしやすくしてあげたい……」

「ユウ……」

立ち上がった良平が、再びカウンターの椅子に座った。ひとつ空けてではなく、すぐ隣の席に。そうして、声を押し殺して泣いている自分の横に、ただじっといてくれた。

2

翌朝、ユウは、引き戸を開け放ったトタン張りの工場の中を覗いていた。そこでは、薄汚れたネズミ色の作業服を着た男たちが汎用旋盤に向かって作業している。株式会社鬼頭精機《きとうせいき》は、荒川の土手下の通りを脇に入ったところにあった。入り口に立ったままユウがどうしようか迷っていると、作業する手を休め、大柄で太った若い男がこちらにやってきた。

「なんか用かい？」

「あの、剣拳磨《つるぎけんま》さんにお会いしたいのですが」

良平から聞いた、時代劇の剣豪のような名前を出して尋ねてみる。

「剣に？　ダメダメ。あんたもテレビ観たんだな」

「テレビは観てません。でも、テレビを観た人から教えてもらって来ました」

「なに言ってんの？　ともかくダメだよ。『ＴＨＥ対決！』観てェ、イケメンの剣選手に会いに来ましたァ♡〃って職人萌えした女子が毎日のように押しかけて、仕事の邪魔なんだ」

その時、「俺にどんな用があるんだ?」声がした。見やると、作業服と同じ色の帽子の後ろから、長い髪をはみ出させた男が近寄ってきていた。ユウよりも齢上《としうえ》で二十代半ばといったところか。

「あなたが剣さんですか?」

〝凄腕《すごうで》の旋盤職人〟と良平から聞かされていた相手が、予想に反して若かったことに戸惑いを覚える。

「ああ」

ぶっきら棒に応えた。だが、嫌な感じではない。汗染みのある作業帽の下の目もとが涼しかった。

「なんだ剣。ちょっとかわいい子だからって、このぉ」

はやし立てられて剣が、「ちっ」と舌打ちする。

「うるせえなあ。おい室田《むろた》、いいからおまえ、あっち行ってろ」

室田と呼ばれた大柄な男は、未練たっぷりな表情で引き下がる。コウジョウというよりもコウバというほうがぴったりの作業場だった。ユウが研修に通った葛飾の長谷川螺子兄弟社を思い起こさせる。なにもかもが古いが、整理整頓され、すべてが磨き込まれて黒光りしているのも、長谷川社長のところと一緒だ。

「いまだに汎用中心にやってる削り屋は、うちくらいなんじゃないかな」

興味深げに中を見回していたユウに向かって剣が言う。四台の汎用旋盤が置かれ、室田ともうひとり中年の背の高い痩軀《そうく》の男性が作業していた。改めて見ると、旋盤という横長の機械は小型蒸気船のようだ。ミツワネジにもあるが、青沼や駒木根といったベテランは、旋盤を駆使して歯車一個からつくり、内製した加工機を修繕してしまう。それはまさに繕い直すとでもいった手際だった。ミツワネジを去った青沼を思い、ユウは胸を突かれる気がした。そして、彼は会社に背いていたのだ。

ふいに、「きみ、何屋さんだい？」と剣に訊かれ、はっとする。

「いや、この業界の人なんだろ？　現場を見る目で分かるよ」

「ネジ屋です」

と応えながら少しだけ誇らしかった。自分も、この仕事が板に付いてきたということか。そして、ユウが製造業に従事する人間らしいと感じて剣は応対してくれたのだと改めて思った。

「申し遅れました。ミツワネジの三輪といいます」

ユウは訪問した用件を伝えた。令子が末期がんであることまでは話さなかったけれど。

「それはなかなか難しいネジだな」

剣は考え込んでしまった。しばらくしてから、「だが、できないネジではない」と言った。

「本当ですか？」

「たぶんな」

　こちらを見やる。

「剣さんにつくっていただけないでしょうか？」

　すぐさま彼が首を振った。

「どうしてですか？　失礼ですが、お礼なら……」

「そういうことじゃないんだ」

　剣が微笑《ほほえ》む。柔らかな笑顔だった。

「俺は不器用だからな、反復作業して課題を克服する」

　彼がそんな話を始めた。

「何度も同じことを繰り返す。数やらないと身につかない。身体が勝手にできるようになるまで繰り返す」

　ユウは黙って聞いていた。

「身体ができるようになったら、あとはいかに気を込めるか、だ」

　彼がこちらを見る。

「旋盤で使う刃物をバイトっていうんだ。こいつを回転する金属にあて、製品を削り出す。バイトは、一から手研ぎしてつくることもあるし、市販されてるものを使う場合もある。市販のバイトを使う時にも、俺は必ず艶出しする」

「ツヤダシですか？」

「刃を研ぐってことだ。いや、改めて自分仕様にバイトをつくるっていってもいいな」

剣の語る言葉には手触りがあった。しかし、彼がなにを伝えようとしているかは、捕まえられないでいた。

「艶出しするのは、単にバイトを使いやすくしたり、切れる面《つら》にするためだけじゃない。気を込めるってことなんだ」

彼が照れたように鼻の下を人差し指でこすった。

「おかしいよな、こんなこと言うの。とんだアナログだ。けどよ、俺はやっぱそう思ってる。マジでな」

彼が再びユウに顔を向ける。

「ミツワネジさんにも旋盤あるだろ？」

「あります」

「設計や製造のスタッフだっているはずだ。なんで俺のとこになんて来たんだい？」

「それは……それは……」

「信じてないのか、自分とこの社員を？」

「まさか！　信じてます！」

むきになって否定した。それで改めて気がつく。令子のためのネジをつくりたい、そうみんなに申し出れば、母の健康状況について訊かれることになる。社員たちにとって、令子は心身ともに強い社長でいてほしかった。だから、外部に協力を求めていたのだ、と。

真《ま》っ直《す》ぐな視線で剣が言う。

「きみにとって、社員にとって大切な人のためのネジだ。俺なんかよか、自分たちでつくったほうが気が込められる。また、それだけ厄介な細工になるだろうな、このネジは」

自分が恥ずかしかった。勝手な思い込みから、社員みんなに壁をつくってしまっていた。そこに信頼があるといえるのか！

剣に送り出され、外に出る。そこで彼が言った。

「普通だったら骨をつなぐネジなんだろうな、きっと。だが、骨が脆くなってるってことは、つなぎとめるネジをつくらないとな」

引き受けてもらえず、うつむきがちだったユウはさっと顔を上げた。

「つなぎとめる、ですか？」

「そうだ」剣も見返してくる。「骨折した骨をつなぐようにネジが支えるんじゃない。ネジそのもので骨をつなぎとめるんだ」

ユウの中でイメージが閃光《せんこう》のように走る。

「ありがとうございます！」

「なにか思いついたかい？」

再びユウは下を向き、首を振った。そのイメージは、捕まえる前に指の隙間《すきま》から逃れ出ていってしまった。

剣に礼を言うと、そのまま中央病院に向かう。令子が検査入院している個室の横開きドアを開《あ》けると、母の姿がなかった。消毒薬の臭い、点滴のスタンドカートやストレッチャーが廊下で立てるカラカラという音の中、嫌な予感に襲われる。ナースステーションに行こうとした時だ、廊下の向こうから看護師の女性と並んで令子が戻ってきた。半袖のブラウスに黒のパンツ姿だった。右腕を三角巾《さんかくきん》で吊《つ》っているが、まるですぐにでも出社するつもりのようだ。

「小倉《おぐら》さんに髪を洗っていただいたの」

さっぱりとした表情で令子が言う。こうしていても信じられなかった。母の余命が半年だなんて……。ユウは医師の口から直接聞いたわけではない。検査結果を聞いたのは令子と修だった。ユウは、修から暗い口調で知らされた。父は、自分の知らないところで泣いているはずだ。

令子の隣にいる看護師が小倉だった。

「ありがとうございます」

ユウがぺこりと頭を下げると、「こんにちは」と明るくさばさばした声が返ってきた。彼女は四十代前半といったところか。細身ではあるがタフそうだ。娘がヘラ絞りの職人をしているらしい。ヘラ絞りとは、回転させた金属の板状素材を、ヘラと呼ばれる金属やプラスチックの棒を押し当て、金型に沿わせて成型加工する技術だ。「女のヘラ絞り職人なんて珍しいのね」と言って、令子もこの看護師に親近感を覚えたようだ。

令子が病室に戻ると、小倉は、「なにかあったら呼んでね」と言い残し、去っていった。

「治療用のネジね、社内でつくってみようと思うの」

ユウが伝えると、ベッドに腰を下ろした令子が、「わたしのことはいいの。だって……」と口にしかけてやめる。

「右腕が少しでも使えたほうが、仕事だってしやすいでしょ」

わざと明るい調子で返した。

「そうね」

母が微笑んだ。

どうしようか迷ったけれど、良平から聞いた青沼の件を話すことにした。令子は黙って聞いていたが、やがて語り始めた。

「わたしが社長に就任した時、ミツワネジはいわゆる町工場然としていた。品質面はしっかりしているものの、担当者がルーズだと納期が遅れる。わたしがまず行ったのは、社内の組織図をつくることからだった」

「会社なのに、組織図がないの？」

驚いてユウが声に出すと、令子が頷く。

「というより組織化されていなかったのよ。よい言い方をすれば職人の集まり。裏を返せば、腕に自信のある個人商店主の集まりみたいなもので、それぞれが勝手な仕事をしていた。だから当時の大量生産に、現場は追いつけない状態が続いていたの。納期遅れは当たり前で、客先から催促があったものから取りかかっていくといった感じ」

令子が当時を振り返って話を続ける。工場長の青沼から、「製品一万個のうち、急ぎ二千個を今日の内に出荷しろ！」という指示が飛ぶ。そうなると、宅配の最終便が出る夜の九時までに梱包《こんぽう》し、集荷所に持ち込まなければならない。手の空いている誰かがそれをやる。

みんな残業は、毎晩十〜十一時は当たり前である。終わるまで帰れない。令子はこんな毎日でいいのだろうか、と思った。工場全体の生産管理体制ができていないのだから、自分で考えるしかなかった。横軸に日付、縦に機械番号を入れた表をつくり、予定を立てることにした。最初は当然予定どおりにいかない。しかし、いかない原因を考えるようになった。そして、次にどうするかを――。

不良を出せば、そのやり直しに時間を取られ、納期が遅れる。だから、不良を出さない工夫をしようとした。ベテラン職人たちから「現場が分からないくせに」「邪魔だ」と言われながら、令子は機械の仕組みについてしつこく聞いて回った。

二十年前の製造業は、今よりずっと男社会だった。新しい改革が、古い職人は嫌いだ。ママは四面楚歌《しめんそか》状態だったに違いない、とユウは思う。

「〝現場が分からないくせに〟は、彼らの常套句《じょうとうく》なの。そこにおいてのみ、優位に立とうとする。だから、わたしは、あなたをまず現場研修に行かせた」

「え、そうだったの⁉」

それは初めて聞く真意だった。そして青沼が令子を揶揄《やゆ》する「現場に出たことのねえ社長か」「結局、現場ってものを知らねえ」という言葉を思い出していた。一方で、ユウが研修を終えて出社するようになると、青沼が「長谷川螺子兄弟社で、なにを習ったんだ？」と盛んに知りたがっていたことも。

「べつにわたしの跡を継がせるのが目的で、あなたを現場研修に出したわけではない。かと言って、辻君やほかの社員をよその現場で研修させないのに、ユウだけにそれをさせたのは、やはり特別扱いってことになるわよね」

特別扱い……だったんだ。

「できることなら一年はよその会社の現場で勉強させたかった。しかし、うちも人手が足りない。それで三ヵ月という短い期間だったけれど、ユウは自分の手でネジをつくることを体験した。だからこそ、カン結ネジやカナシバリを考案できたんだと確信してる」

思えば、令子とふたりでこんなふうに話をするのは初めてだった。評価されたことも嬉しかったけれど、「新米時代の令子社長の話がもっと聞きたい」と先を促す。うるさがられながらも加工機の仕組みについて聞き出した令子は、不良防止に努めた。機械のツールや、レイアウトなど、トラブルが出ないやり方を考える。センサーを付けてもみた。だが、センサーが察知することでトラブルは防げても、なにかというと機械が止まってしまっては作業にならない。試行錯誤を繰り返しつつも、令子はだんだんと仕事をコントロールできるようになった。納期を前倒しすれば、急な受注も入れられる。生産性は目に見えて上がっていった。

「するとね〝女にしとくのはもったいない〟って言われた」

令子が笑った。ユウも「所詮、女には分からねえ世界なんだよ」と言い放つ青沼に食ってかかったことを思い出し、一緒に笑っていた。笑っているうちに、目尻に涙が滲《にじ》んだ。もっと早くこんなふうに一緒に笑えたらよかったのに。もっと早く……。

「ただね、管理されるのが気に入らない人たちもいた。ベテラン職人がそっくり辞めてしまったの。当時、社員四十名ほどだったミツワネジは空中分解しそうになった」

彼らは、〝ミツワネジから暖簾《のれん》分けした〟と偽り、商社から注文を取った。すると、ミツワネジの仕事ががたっと減ってしまった。

ユウは、「え⁉」と驚いてしまう。青沼から「令子社長は就任と同時に、多くの現場の仲間のクビを切った。俺も辞めようかと思ったが、先代の〝おまえだけは会社に残って、令子の面倒を見てやってくれ〟という言葉に従った」そう聞かされていたからだ。それを令子に言ってみた。

「リストラを考えなければいけないくらい会社が逼迫《ひっぱく》していたのは確か。でも、わたしはそれをしたくなかった。だから、生産管理をシステム化することで、当座をしのごうとしたの。でも、面白く思わない人たちが辞めてしまった。もちろん、取引先の商社の中には〝クビを切る手間が省けたね〟と言うところもあった。わたしはそんなふうには思えなかった。会社は、やっぱり人こそが力だと思うから」

リストラをしたくなかった令子は、現場を統制した。彼女のやり方が気に入らずに、職人たちが辞めていった。青沼は、この件について多くの現場の仲間がクビを切られたと解釈した。

「工場長は、ママに復讐《ふくしゅう》するためにミツワネジに居続けたってこと？」

するど、令子がほんのり笑った。

「久し振りにママって呼んだね」

照れて視線を下に向けてしまう。

「先代の言葉に従ってミツワネジに残ったというのは本音だと思う。わたしの父、忠志社長への思いが厚い人だったから」

ユウは少しためらったあと、やはり思いきって話を持ち出す。

「工場長が言ってた。〝ママが忠志社長を殺した〟と」

令子が短いため息をもらす。

「わたしが社長になる時、父には会社の経営からいっさい退いてもらった。ある朝、かかってきた電話の母の声が、〝お父さん死んじゃったよ〟と知らせた。前日まで普通に暮らしていた父は、その日もいつものように朝食をとった。母が台所で片付けをして居間に戻ると、ソファに座ったまま冷たくなっていた。心筋梗塞《こうそく》だった」

「だったら、なぜ工場長は、ママが殺したなんて――」

「わたしが、父から会社を奪った。そのことで父は生きる意欲を失った。父の片腕だった工場長にはそれが許せなかった。だからミツワネジで、ただひとり先代流の昔《むかし》気質《かたぎ》を貫き通そうとした」

「そんな……」

するど、令子が小さく首を振った。

「死の前日まで普通に暮らしていたと言ったけど、父は抜け殻のようになっていた。そして結局は心臓の発作で逝《い》ってしまった」

そこまで聞いて、ユウの中に新たな疑問が湧いてくる。忠志を排除し、多くの職人らに背かれ、青沼に憎まれ続けても手に入れたかった社長の座とはなんだろうと。令子はなぜミツワネジの社長になろうとしたのだろう？

「あなた、そろそろ会社行ったら」

と、令子がしらける発言をする。せっかく打ち解けた気でいたのに。それにまだ聞きたいこともあった。

さらに母が、「わたしも午後から出社する」と言うのを聞いてユウは驚く。改めて彼女のブラウスとパンツという服装を見やった。やはりそのつもりだったのか。

「検査が終わったから退院するのよ。わたしが動きやすくなるように、みんなでネジをつくってくれるんでしょ？」

「はい」

　そうだ、みんなでネジをつくるんだ。

「ネジそのもので骨をつなぎとめる、か――」

　五味が考え込んでしまった。

　設計部に来ていたユウは、「今回のようなケースだと、まず、骨折した骨の一方から、もう一方の骨の中ほどまでドリルで雌《め》ネジを切る。それで、三〇ミリのボルトで双方を固定するのが、通常の接合術みたい」と説明した。

　今度は五味の隣の席の白石が、「今、ユウ君が言ったのが、骨折した骨をつなぐように支えるネジだとしたら、ネジそのもので骨をつなぎとめるって、どんなネジだろう？」と、やはり難しい表情で腕を組んだ。

　骨が脆くなっている社長の治療用のネジをつくってほしい、とユウはふたりに相談した。彼らは、すぐに承諾してくれた。令子の体調について詳しい説明を求めるようなことはいっさいなかった。

　三人それぞれで検討してみることにして、営業部に戻ると、「ユウさん、専務から内線があったよ」と辻に言われる。「〝昼休み、食事が済んだら会議室に来るように〟って」

食欲はなかったが、前に進むために社食できつねうどんを啜《すす》り、会議室に向かう。

「ママ、どんな様子だった？」

がらんとした部屋の真ん中に立っていたら、あとから入ってきた修にそう訊かれた。

「午後から出社するって」

「そうか」

修が苦笑いする。

「あたし、いまだに信じられない。ママが……」

「パパだって信じられないさ」

ふたりしてしばらく黙っていた。

「病院でママといろいろ話してきた」

ユウはぽつりそう口にする。

「どんな話をしたんだ？」

「ママが社長になったばかりの頃の話。頑張ってたんだね」

「ああ」

と修が頷く。そして彼方を眺めるような目をする。それは、このような現実が待ち受けているとは想像もつかない過去だった。

「なりたくてなった社長じゃないっていうのに、頑張ってたよ」

それは意外な言葉だった。

「ママはなりたくなかったの、ミツワネジの社長に？」

「そうだ」

修が語り始めたのは、ユウの思いも及ばない令子の姿だった。

男女雇用均等法は施行されていたとはいえ、三十年前の社会では女性が働くステージは今と比べものにならないくらい狭かった。大学卒業後、忠志はミツワネジに入れと言ったが、令子は従わず自分で進む道を選ぶ。比較的活躍できる職場として、デパート、化粧品会社、アパレル業界があり、令子はそこに就職先を求めた。

「それがママの就活だったんだね」

大手アパレルメーカーに入社した令子は、営業部門に配属された。だが、やることといえば店舗での販促やディスプレーの手伝い、あとは雑用。男性社会を感じざるを得なかったが、すぐに大きな仕事など任せてもらえるはずもないと必死で働いた。

これも今や信じられない言葉だが、二十五歳を過ぎた独身女性を「売れ残りのクリスマスケーキ」と呼んだ時代である。そんな言葉など意識していなかった令子は仕事を続けたかったが、二十七歳で修と結婚し寿退社《ことぶきたいしゃ》する。

「なに、それ？　意味がよく分からない」

「居づらくなるんだよ、会社に。女性社員は結婚までの腰掛けに入社する。男性社員は、自分の結婚相手を若い女性社員から物色する。二十五歳までに結婚できなかった女性社員は退職して、新しく入ってくる女性社員に席を明け渡す。大手企業ではそれが暗黙の了解事項だった」

「そんなの信じられない」

ユウはつくづく感想を述べる。令子と修が子ども時代から、この国は自由だったはずだ。でも、今ほどには自由でなかったということか。ならば数年経《た》って振り返ったら、今のこの時代はどんなふうに映るんだろう？

「まったく信じがたい話だけどな。しかし、二十五年前はそうだった。ママは二十七歳までよく居座ったほうだと思うよ。図太いのさ」

ふたりで声を上げて笑った。そのあとでしんみりしてしまう。仕事を頑張ろうとした若き日のママ。

「結婚してパパが三輪姓に入ったのは、ママが望んだことなんでしょ？」

鏑木が「彼女こうも言ってましたよ〝わたし、ずっと三輪姓でいるから〟と」そんな話をしていた。それに以前、修に「婿養子になることがママとの結婚の条件だったの？」と質問した時にも「そうだよ」と応えていた。

「私が三輪姓になったのはママの希望ではなく、先代の希望だよ」

「おじいちゃんの？」

修が頷く。

「先代は愛してやまないミツワネジをどうしても自分の娘に継がせたかった。だから、将来の経営者として厳しく育てた。ママは幼い頃からピアノとバレエを習っていた。小学校の時、好きなバレエに力を入れたくてピアノをやめたいと言ったら、〝それなら両方やめてしまえ〟と断じられたらしい」

「え、そう言ったのはおばあちゃんじゃないの？」

「おばあちゃんはおとなしい、常に先代の三歩後ろを付いてゆくような人だった。先代が亡くなると、数年後にはあとを追うように逝ってしまったのはお義母《かあ》さんの姿を象徴するようだ」

やはり鏑木は、高校時代に令子から聞いた話を間違って記憶していたんだ。

「ママは幼い頃から、結婚するなら苗字は〝三輪〟のままだぞ、と先代から言い含められていた。それが呪縛《じゅばく》のようになっていて、パパとの初デートの時にも自分はそんな面倒な家庭環境にあるから、とあらかじめ言って寄越したりした。一方で、なにかにつけて型にはめられるのが嫌だという反発心もあって……そんな相互に矛盾する意識の中にいた」

令子は抗《あらが》いながらも、結果的には忠志の敷いたレールの上を歩いていた。それは、ミツワネジの社長へと至るレールだった。

「二十七で結婚し、二十九でおまえを産んでしばらくの間、ママは専業主婦だった。おまえが二歳の時だ。まず、先代からの連絡は私に向けて入った」

修が勤める会計事務所に忠志から電話があった。「実はミツワネジの経営状況がよくない。助けてほしい」と。財務諸表を見ると、想像以上に悪かった。売り上げに対して負債が倍以上という債務超過に陥っていたのだ。

ユウは、サンライズスプリングの鳥飼の「忠志社長はネジをつくることが純粋に好きだったんだろうな。だから、採算を度外視した。そのために経営がうまくいかなくなったのだ」という言葉を思い出していた。

会社の在り方を根本的に変える必要がある。「社長を辞めてください」そう忠志に告げたのは、修からミツワネジの現状を聞いた令子だった。忠志は意外にもあっさりと了承した。だが、「俺の代わりにおまえが社長になるのだ」という条件を突きつけた。従業員のために会社を潰すわけにはいかない。令子は自分が社長を継ぐことにした。しかし、もうひとつ条件をつけた。社長を退いたあと、忠志が会長職に就かないことを約束させたのだ。忠志が会社に残ることで院政のようになっては、社員は誰についていけばよいか分からなくなる。これにも忠志は同意した。

母の志乃に幼いユウを預けると、令子はミツワネジに出社するようになった。修も令子を助けるために、ミツワネジに転職した。忠志は、令子に社長を継がせたことでほっとしたのか、それとも大好きなネジづくりを取り上げられ気が萎《な》えたのか急逝《きゅうせい》する。

たとえ先代の娘とはいえ、それまで専業主婦だった三十一歳の女が社長として執務を取るなど、納得しない社員もいた。思わぬかたちで製造業界に飛び込んだ令子は、内からも外からも男社会のさらなる分厚い壁に直面することとなった。社長として客先からの電話に出ても相手にされない。「誰でもいいから男と代われ」と催促される。女では役に立たないと決めつけているのだ。しかし、せっかくの引き合いを逃すわけにはいかない。「まあ、そうおっしゃらずに少しお話しさせてください」とねばった。取っ掛かりさえつかめば、そういう相手にかぎって気さくによく話してくれたという。

令子にしてみれば、アパレル会社で未消化のままになった営業という仕事を、今度こそ極めたいという考えもあった。事務部にある受注データをチェックし、それが有益な営業資料であるのに気づいた。商社からの発注が、一定周期で少量ずつ入っているのだ。

「営業マンは事務方を軽んじているし、事務のほうは疎外感を持っているから意思疎通ができていない――ママはそれを前の職場で見てきたんだな」

注文にばらつきがあるより、まとまっていたほうが生産体制が組み立てやすい。仕事があることが分かっているので、人も雇える。令子は商社に発注をまとめてもらるよう交渉した。

「しかし、それができたのも、商社からの信用があったからこそだというのをママは忘れなかった。〝父が築いた技術力への信頼ゆえに成り立ったことだ〟そう言ってたよ。〝自分はやり方と売り方を変えただけだ〟と」

「だとしても、ママは立派だよ。四十名だった会社から、フィリピン支社を持つまでにして、今では社員百三十名を養ってるんだもの」

経営がうまくいかなくなったミツワネジを「あんたのお母さんが建て直したんだ」と鳥飼は明言した。令子はついに生き生きと活躍できる職場を得たのだ。皮肉にもそれは、継ぎたいとも思わなかった実家の会社の社長職だった。「研究開発型メーカーになって、新しいマーケットを開拓し、付加価値を築くのが当社です」かつて専業主婦だった母はそう宣言した。

「ママは仕事がしたかったんだよね。自分の能力を発揮したかったんじゃないかな。あたしは邪魔だったのかも。おばあちゃんと、おばあちゃんが亡くなってからはサリーにあたしを任せて」

そのサリーを令子は解雇した。令子と少し話をしたからといって、修から話を聞いたからといって、母のすべてが理解できたわけではない。

すると、修がむきになって否定した。

「邪魔だなんてことがあるもんか！　結局、自分は親の思いどおりに会社を継いだけれど、ユウには自分の進む道を自由に選択してほしいって言ってた。雑草でもかまわないから、外に出ていって、新しい場所で根づいたらいいって。それがママの口癖だった」

「そして、ママはひたすら仕事に邁進《まいしん》した。家族よりも会社を選んだ。病気のことだって、自覚症状があったはずだよね。それなのに、パパになにも言わず、仕事を続けてた」

修が顔を背けた。ふと、ある着想が浮かんだ。先ほど修が口にした言葉がヒントになった。

「さっき、雑草でもかまわない、外に出ていって根づけっていうのがママの口癖だって」

父が逸《そ》らしていた目をこちらに向ける。

「どうした？」

不思議そうな表情をしていた。

「考えついたの、ママのネジ」

そう、今はなによりそれなんだ。令子の腕を治す。そして、少しでも暮らしやすくしてあげる。ユウは会議室を飛び出すと、廊下の斜め向かいの設計室のドアを開けた。

室内の視線がいっせいに集まる。白石と五味もこちらを見ていた。

「なにか思いついたって顔だね、ユウ君」

白石が言い、隣で五味が丸刈り頭を撫《な》でていた。ユウは急いで彼らのもとに歩み寄る。

「ボルトを骨折した骨の一方から、もう一方の骨の中ほどまでねじ込んで固定させるのが通常の骨接合です。骨が脆くてそれが不可能なら、もう一方の骨をボルトで貫くというのはどうでしょう？　そして、貫いた骨の外側でネジの先端がふたつに開き、根が張るように固定する」

外に出ていいって根づけ、だ。

「そりゃスゲーや」

思わず五味が感想をもらす。

「いや、すごいといえるのは、実際にその仕組みができたら、だ」

「またまた白石先輩は、すぐに水を差す」

ぼやく五味に向け、「しかし、事実だ」と冷静に断言した。

「ボルトの先端が、骨の向こう側でふたつに開くまで、最初のうちは閉じてるように、どうやって外圧を加えるかだよな」

気を取り直した五味がつぶやく。

ユウがはっとして、「ネジ自体で外圧を加えるというのはどうでしょう? つまり、ネジの中からふたつに開く先端が出るようにするっていうのは?」そう提案してみる。

「ネジの中から、ふたつに開く先端が出てくる、か——その、先端を外に押し出す方法はなんだ?」

五味が言うと、今度は白石がにやりとして、「いいことを思いついたぞ」とパソコンに向かう。

「ラフの図面をつくるから、駒木根さんのところに行こう」

青沼が退職したあと、製造部は駒木根が束ねている。三人で製造部に行き、ボルトの図面を見せた。

「これは——」

駒木根が目を見張っていた。

「大きなネジの内側に、もうひとつネジを仕込んでおくんです」

白石が説明する。

「まず大きなネジをねじ込んでいきます。そして、骨折した骨を貫き、分断したもう一方の骨の端までネジの先端が達したところで、ドライバーを小振りなものに替えます。そして、二重ネジの内側のネジを今度は逆に回すんです」

駒木根が頷いて言葉を続けた。

「すると、内側のネジが骨の外に出て、それまで外ネジからの圧がかかることで閉じていた先端がふたつに分かれ、ハーケンのように引っ掛かることで、骨折した骨を固定するわけだな」

白石、五味、ユウの三人は頷いた。

「なるほど二重ネジってわけか。大したネジだ」

感心したように駒木根が言葉をもらす。

「このネジはＮＣ機ではつくれない。私が汎用旋盤で削ろう」

「自分にも手伝わせてください」

飛島だった。

「自分、汎用も扱ってみたいって、前から思ってたんス」

「一緒にやってみるか？」

駒木根が改めて確認すると、「ぜひ」と彼が応える。

「ボルトの金属はチタンがいいっスね。感染に強いし、空港の金属探知機にも比較的反応しにくいっスよ」

母が空港を利用することは、この先ないかもしれない。しかし、チタンならＭＲＩの撮影ができる。接触腐食の件以降、ユウも金属について勉強していた。駒木根と飛島に向け、「よろしくお願いします」と頭を下げた。「試作品ができたら、さっそくお医者さまに見せて相談します」

二階に戻るため、白石、五味とともに玄関横にある階段に向かう。すると、廊下から真っ直ぐに見渡せる、明るい屋外の門の前にタクシーが停まった。降りたのは令子で、右手を吊り、左手にはビジネスバッグを提げていた。ブラウスの肩にスーツのジャケットを羽織っている。

三人で立ち止まり、彼女にお辞儀した。こちらに向かって歩きながら令子が微笑み返す。

「門に門扉がないのは、外に開かれた工場でありたいっていう前社長の考えだそうです」

廊下に立ったままで、ユウがなんとなく呟《つぶや》く。すると、白石と五味のほうからも、「へえ」という応えがなんとなく返ってきた。

鳥飼や修から聞いた祖父像は、心が広い人物とはいえなかった。しかし、〝外に開かれた工場でありたい〟との思いを抱くことで自らを戒《いまし》めていたのかもしれない。近づいてくる令子を見つめながら、ママのネジができるよと思っていた。

第十章 地球にネジどめ

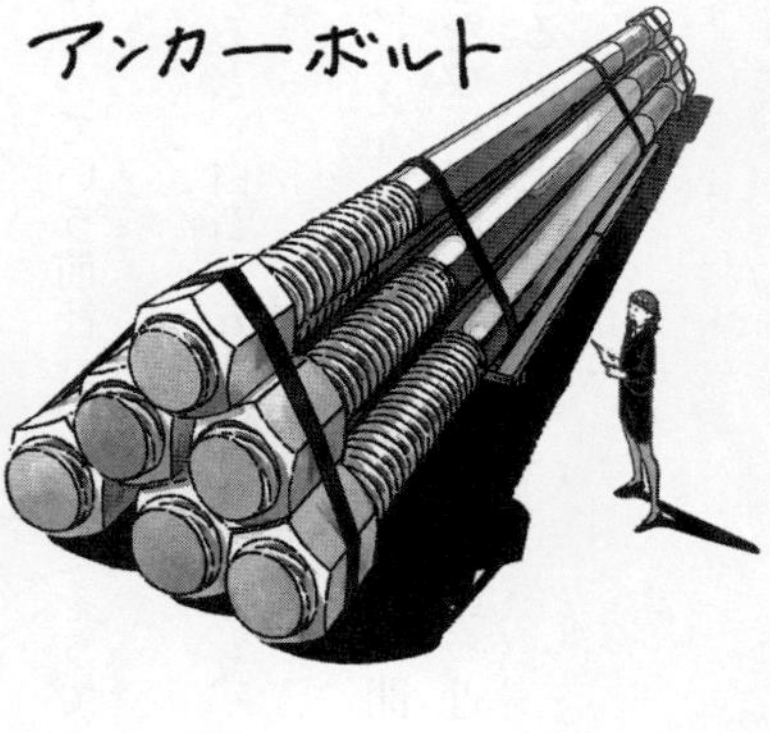

1

ミツワネジの社員がつくったボルトのおかげで、二ヵ月後に令子の右腕のギプスが取れた。その二ヵ月の間に、辻とユウは山田部長の引率でフィリピン支社を見学していた。もとはといえば、この海外拠点で働きたいがために入社志望したミツワネジである。やっと訪れることができたというのに、滞在した四日間は母の病状ばかりが案じられ気もそぞろだった。そして、ユウの不安を具現化するように、ギプスが取れて一ヵ月半ほどで令子は再び倒れ入院した。

空が低くなり、今年も冬がきた。ある日、トンセグの松村から電話があった。

「きみにまた提案がしたくてね」

「そうだろうと思いました」

ユウが応えたら、受話器の向こうで、「うん？」と戸惑った声がした。

「松村社長からご連絡をいただけるのは、〝こんなネジを欲しがってるところがあるよ〟という時なので」

「だったら当たりだ」

と松村が笑った。そして、打って変わって厳《おごそ》かな声で、「大きな仕事だよ。しかも非常に大きな」と言ってくる。

ユウは松村から聞いた案件をどうすべきか相談しに、すぐさま令子のもとに向かった。彼女は検査入院したのと同じ中央病院の個室にいた。

「それは確かに大きな仕事ね」

令子はベッドの上に身を起こしていた。病室の窓から薄い陽が射している。ベッドの傍らにスタンドカートが置かれ、そこに吊《つ》るされた点滴と左腕がチューブでつながっていた。パジャマの肩にカーディガンをふわりと掛けている。それでも、その肩がまた薄くなっているのが分かり、ユウは思わず目を逸《そ》らす。

電話の松村の声が、「新潟県本土と佐渡島《さどがしま》を結ぶ連絡道の計画がある。佐渡海峡横断道だ」と伝えた。

「知ってるとは思うが、佐渡は新潟市の西方、日本海に位置する孤立大型離島だ。全島が佐渡市の区域となっている。佐渡と本土の間の佐渡海峡を最短である新潟市の角《かく》田《た》岬から佐渡市の鴻《こう》ノ瀬《せ》鼻《ばな》までつなぐ総延長約三二キロの横断道だ。このうち、新潟側の約二七キロを大型船舶が通過する都合上、海底トンネルにし、佐渡側の約五キロを橋にする。この橋が竣工すれば、東京湾アクアラインのアクアブリッジを抜いて日本最長の橋になる。どうだ、壮大な計画だろう？」

受話器を握り締めたユウは、口をあんぐり開けて松村の話を聞いていた。

「そしてだ、ミツワネジさんに提案してほしいのは、この橋脚《きょうきゃく》部分を海底にネジどめする巨大ボルトなんだ。どうだい、お宅がやる気なら、うちのほうで業者の決定をコンペ形式にするよう発注元に掛け合ってもいい。今のところ神無月産業に頼むつもりのようだが、もっといいのをつくれる会社を知ってるからって推薦するよ。発注元は政府系企業の東日本道路株式会社——ＥＮＷだ」

改めて思い返しても心が震えるような大仕事だった。

「橋という巨大な構造物を地球にネジどめするわけね」

母の言葉に、「地球にネジどめ、か」と繰り返しながら、沸騰するようなわくわく感で胸の内が熱くなる。しかし、手放しで喜んでもいられない。なにしろ、ミツワネジに発注されるどころか、コンペに持ち込めるかさえ決まっていないのだから。

「松村社長は、こんな重要な案件を過去の実績だけで、最初から神無月産業ありきで決定すべきではないって言ってる。〝トンセグは佐渡海峡横断道のトンネル部分のセグメントを供給することになっている。だが、ほかに、うちよりもいいものをつくると名乗り出る会社があれば、競い合ってもいい〟そうENW側に伝えたって。それこそが、松村社長の信条である〝社会の安全を担保することだから〟と」

ユウは母に顔を向ける。

「今の段階ではなにも決まってないの。それに、ミツワネジの主力製品は三〜六ミリのネジ。カン結ボルトだって、カナシバリだって、手のひらに載る製品だもの。そんな数メートルにもなる大きなボルトをつくる設備も経験もない」

黙って聞いていた令子が、「ミツワネジの経営が安定してきた時、わたしは真っ先に海外での展開を考えた」そんな話を始めた。

「それは入社面接であなたにも話したとおり、作業時間がかかる設計を賃金が安い海外で行い、国内では工作機を使って人手を少なく加工するためだった。やっと業績を持ち直したばかりの時に無謀だと思うかもしれないわね？　でも、わたしには自信があった。修さんに相談したら、フィリピンに工場を出すための財務態勢があることを精査してくれたから。相手国が雇用増大や技術導入、外貨獲得を目的として設置した工業団地では、免税などさまざまな優遇措置がはかられたし、人件費を考えれば設備投資も早期に回収できると。わたしの強みはそこにある。修さんの財務を見る確かな目。わたしはただ〝ゴー・ノーゴー〟の掛け声を上げていればよかったんだから」

ヤシの並木が続くリゾート施設のような工業団地の一角に、ミツワネジのフィリピン支社はあった。設立から十五年。社員数五十名。日本から派遣しているのは二名で、あとは総務、経理、品質、設計、購買、人事などを管理する役職者も含めて従業員はすべて現地採用している。定着率も高い。設計を中心に行う支社は静寂に包まれ、インテリジェントな雰囲気だ。女性従業員も多かった。そこに、ユウはサリーの面影を見る思いでいた。若くして日本人社員と結婚し、来日してユウのベビーシッターとなったサリー。彼女は幼いユウを〝わたしのリトルガール〟と呼んだ。

「海外支社の開設に踏み切るうえで、もうひとつ勇気を与えられたのは新條《しんじょう》君の存在があったから」

それがサリーの夫だった。

「海外で起業するにあたっては、幅広く高度な技術を持った社員を送り出さなければいけない。それに次ぐ問題はやはり語学。元外国航路の貨物船員だったという異色の経歴を持つ新條君は、英語はもちろんタガログ語の上達も早かったため準備段階から渡比《とひ》し、現地従業員に直接教育することができた」

幼かったユウには新條はただのオジサンに見えたけれど、当時まだ三十歳そこそこだったろう。

「十代で船員となった新條君は、陸《おか》に上がるとミツワネジに勤めた。船員は船の中で完結する使命を帯びている。だから、電気、機械、冷凍機、ポンプなどさまざまなことを学んでいた。その彼が興味を持ったのは、どんなものにでも使われているネジだったのね。彼は、父の時代からの社員だったけれど、職場では異端の存在。どんな派閥にもくみせず、我が道を行くタイプだったわ」

その新條さえも妻のサリーとともに会社を去ったのはなぜ？

「フィリピン支社を開設して間もなく、ミツワネジが得意としているカメラのネジの需要が一挙に上がったの」

フィルムからデジタルへと変わったことで、一部のマニアを中心としたカメラが一般化し、生産台数が増えたのだ。それにともなって、カメラメーカーの生産拠点が人件費の安い海外へと移った。そこに、日本の部品会社が必要な部品を供給する。ごく小規模な部品会社や、海外輸送に慣れていない会社、不得手な会社は自社で送れないのでメーカーが送ることになる。しかし、それではメーカー側も不便である。

フィリピン支社を開設していたミツワネジは、すでに自社部品を海外に送る道筋を持っていた。その支社に、ミツワネジの製品以外にも金属部品を調達してくれないかと、メーカーの海外工場から相談の声がかかるようになった。ネジを含むナットや歯車などの部品を締結部品《ファスナー》という。いつしかミツワネジに頼めば、きちんとした締結部品が揃《そろ》うという定評ができてきた。

「フィリピン支社は設計を行うだけでなく、商社の役割も担っていたの。ネジに限らず、締結部品全般にわたる輸出商社の役割をね」

本社営業部の山田とフィリピン支社が連携し、客先のメーカーが、どこが一番加工に適しているかを調べることなく、最もメリットのある価格と納期を提供する締結ネットワークのサービスを構築。製造する機械やノウハウも異なる多品種のナットや座金《ワッシャー》、その他の周辺部品もワンストップで供給することを可能にしたのだ。

「商社の役割って……じゃあ、もうすでに神無月商事からは睨《にら》まれてたってこと？」

令子が小さく笑った。

「山田部長は、あなたが派手に動くことで神無月商事との亀裂が深まり、うちの輸出商社部門が展開しにくくなるのを恐れたのね。でも、途中からはそれを置いても、頑張ってるユウの応援に回ったみたいだけど」

「うちに輸出商社部門があったなんて……」

思わずそう呟《つぶや》いてしまう。すると、令子の顔から笑みが消えた。

「工場長はそれも嫌だったみたい。ネジ屋はひたすらネジをつくっているべきだと」

ふたりで黙り込んでしまった。しばらくして、ユウははっとする。

「あたしがカン結ネジ用のナットをつくる会社を探す時も、社内で訊《き》けば済んだことなんだよね」

「それはどうかな」と令子が言う。「ユウには、独自のネットワークづくりをしてほしかった。だから、カブラギ金属さんを探してきた時は嬉《うれ》しかったし、その後もサンライズスプリング、ほづみ合成工業所、花丘製作所といった会社とネットワークを構築していった。それは製造業界にとどまらず巴ブロックや能代土木などの建設業界にまで広がり、トンセグの松村社長からは今度もまたお仕事のご提案をいただいた」

「松村社長がね、うちの社名について〝ミツワネジとは、ネジ、座金、ナットの三つの調和から成るという意味かなと思った〟――そう言ってた」

すると令子は満更でもない表情で頷いていた。今日の彼女は体調がよさそうだ。

「わたしは、今後のミツワネジについて研究開発型メーカーにならなければと言った。そしてもうひとつ、ネジと締結部品のネットワークを広げる会社になってほしいの。だから、この地球にネジどめする仕事もぜひ受けてちょうだい。ユウのネットワークを駆使することで、ね」

「はい」

令子がやつれた顔に笑みを咲かせた。

「よかった、あなたが娘で。女同士だからこんなにたくさん話ができるんだもの」

「男の子だったらよかったんじゃないの？　勇《ゆう》なんて名前つけて」

令子がびっくりしたような表情をする。

「勇と名づけたのはおじいちゃんよ。わたしが女だったから、男の孫に勇《いさむ》とつけて会社を継いでほしかったのね」

そう言って、ゆっくりと首を振る。

「せめてこの字を当てたいという父に抗《あらが》いきれなかった。わたしは母親としての自信と威厳をとうとう抱けずじまいだったわ」

「だったら、おじいちゃんには自信と威厳があった？」

令子は黙っていた。

「あたしが入社したばかりの頃、暑気払いや忘年会があった翌日に〝ごちそうさま〟を言わない社員のことが問題視されてた。でも、それがなんだっていうの？　〝ごちそうさま〟を言わない彼らが薄っぺらな人間に見えて情けない？　がっかりした？でも、世の中には感情を素直に表現できない性格の人だっているよ。それとも渡された包みをすぐに開けて〝わあ、ステキ！〟って大喜びするようなもらい上手の人にだけプレゼントして、もらい下手な相手にはなにもあげたくない？　〝ごちそうさま〟を言わない社員はもらい下手な性格かもしれない。それとも、言い忘れたのかもしれない。そもそも、暑気払いや忘年会はなんのためにあるの？　社員同士のコミュニケーションをさらによくしたいという思いがあったからじゃない？」

「あなたのほうが上を行ってるね」

と母が言った。その声はどこか嬉しげでもある。

「ずっと上を」

「上も下も行ってない。あたしはママの娘だよ」

令子が今度は小さく頷いた。

「会社は、修さんが見てくれることになっている。修さんが最初から社長に就くべきだったんだから」

「ママがつくった姿なんだよ、今のミツワネジは。ママがすべてを後回しにして」

命さえも……。

「あなたの前には、なんのレールも敷いていない。あなたが自由に道をつくるの」

その道を築くため、ユウには向かわなければならないところがある。ENWの新潟支社で担当者に会うのだ。橋脚用アンカーボルトについて、〝業者の決定をコンペ形式にするよう発注元に掛け合ってもいい〟と松村は言ってくれた。だが、自ら足を運びアピールしなければ。しかも、神無月産業に発注を決めようとしている以上、急ぐ必要があった。

「行くね」

ベッドサイドのテーブルに置いたバッグを取り上げようとした。すると、令子がうつむき加減で言う。

「わたしの病気は、実の父を死に追いやった報いなのかもしれない」

「どうかしてる」

とユウは強い口調で返した。

「そんなこと言うママじゃないでしょ」

けれど、令子は下を向いたままで呟く。

「この頃、寂しい時があるの」

令子が自分の手もとを見つめていた。細くなった左手首には、患者認証のバーコードが刷り込まれたリストバンドが巻かれている。ユウは母を抱きしめた。彼女の体温を感じているうちに涙があふれてきた。

「ミツワネジさまですね。トンセグの松村社長から伺っています」

東日本道路株式会社（East Nippon Way Company Limited＝ENW）の新潟支社は、粉雪の

舞う新潟駅にほど近いビルの中にあった。ユウは上野から上越新幹線に飛び乗り、やってきた。

「ENWの本間《ほんま》と申します。せっかくお越しいただきましたのに、短い時間しか割くことができず申し訳ございません」

本間は慇懃《いんぎん》無礼なもの言いをする。四角い顔をして四角い黒縁の眼鏡を掛けていた。髪がワックスで四角く固められている。全体的に四角っぽい感じの人だ。年齢は四十代後半である。

「こちらこそ、貴重なお時間を頂戴し、恐縮です」

ユウは深々と一礼した。会議室の楕円《だえん》形の横長のテーブルの真ん中にふたりで向かい合って座る。本間の背後には、雪景色のオフィス街が広がっていた。薄暗いモノトーンの世界だ。傘を持ってこようなんて思いもしなかったけれど、新潟はやっぱり雪なんだとぼんやり思う。

「私《わたくし》も東京から転勤でこちらに来て知ったのですが、市の中心部は大雪が降るようなことはないのですよ。海が近いからでしょう。今日も少し舞う程度だと思います」

きっとユウが窓の外をちらりと見やったのに気づいたのだろう、本間がそう言った。

そして、本題に入る。

「佐渡海峡横断道は不可能とされていた工事です」

本間が澄ました表情のまま急に歌い始める。

「〽海は荒波　向こうは佐渡よ――この童謡ご存じですか？」

ユウはまごつきながら、「あ、いいえ」と応える。

「北原白秋が作詞した『砂山』です。これに歌われているとおり、荒波の日本海をトンネルと橋でつないで渡ろうというのですから、それは無理な話でしょう。最大流速は五ノット、潮流圧は毎秒七〇メートルの暴風に相当します。最大瞬間風速五〇メートルでたいていの木造家屋が倒れます。六〇メートルだと鉄塔が曲がることがある。それが七〇メートルと来た日には、あなた……」

本間はにやりとしたが、目は笑っていなかった。

「しかし長期の、そして徹底的な調査によって、やりようによってはこれが可能であると判断され、着工が来年四月に決まりました。なにしろ、工事事務所のスタッフは水深五〇メートルの現場確認のため、三ヵ月半で四百時間も海に潜った時期がありました。まあ、本工事にかかわらず、鎚音《つちおと》が響く現場では同様の労苦が人知れずあるのでしょう」

彼は瞬時もの思いにふけっている様子だったが、「おっと」と気を取り直した。

「そして無事竣工したとしても、橋脚が荒波に洗われ続けることは変わりません。また、高速道路を走る車の微振動にも常に耐える必要があります」

橋脚はずっと海中に立ち続けるのだ、とユウは改めて思う。

「さらに」と本間がぎろりとこちらを見据える。「新潟は、一九六四年にマグニチュード七・五の地震に襲われています。市内は地盤の液状化現象が目立ちました。我が国の歴史上、最大級の石油コンビナート災害をもたらした地震でもあります。化学消防体制が惰弱な時代でもあり、延焼した百四十三基の石油タンクが十二日間燃え続けたのです。さらには、日本で地震保険ができた直接的な要因となった地震としても知られておりますな。まあ、新潟に限らず日本列島のいずこにおいても、構造物は強度の地震に耐えうる必要があります」

そこで本間がひとつ咳払《せきばら》いした。

「こうした自然の驚異に耐える橋をつくるため、私《わたくし》どもENWは佐渡海峡横断道の橋脚と土台をつなぐ構造にアンカーボルトを採用することに決定しました。そして、大型ボルトをつくることができる数少ない企業の中から、設備と実績を踏まえて神無月産業さまに発注することを考えたわけです」

荒波と地震か。求められているのは強いネジなんだ。

「そのアンカーボルトをつくるための挑戦権を、ミツワネジにも与えていただけないでしょうか？」

単刀直入に希望を述べる。

「トンセグの松村社長からもそうした意見がありました」

と本間。ユウは、松村のその援護に乗じてさらに言う。

「当社の提案するボルトと比べていただき、予定どおり神無月産業さまの製品の品質が高ければ、それは社会の安全安心を保つうえでの具体的な証《あかし》になると考えます」

「逆もまたしかりで、お宅さまのほうが優れていれば、より社会の安全安心を保てる、と」

そう言葉を返すと、再び口もとだけでにやりと笑う。さらに、「いいでしょう」と本間が言うのを聞いて、一瞬ユウは耳を疑った。

「アンカーボルトの採用について、コンペ形式にして頂けるんですね？」

ユウが確認すると本間が厳かに頷いていた。

「佐渡海峡横断道という巨大プロジェクトのために、強靱《きょうじん》なアンカーボルトが欲しいのです。よいネジをつくれるというご提案があれば、伺うことにやぶさかではございません」

「ありがとうございます！」

ユウは急いで頭を下げた。

「二週間後にコンペを行いますので、橋梁《きょうりょう》用アンカーボルトを一本つくってください」

「二週間で⁉」

冷や水を浴びせられたような思いがした。

「コンペというのは、お宅さまが言い出したことです。もしもできないのなら、できるとおっしゃっている神無月産業さまに頼むまでのこと。工事にはまとまった数のアンカーボルトが必要です。いざ工事が始まって、納期に間に合わないでは済まされませんので」

「もちろん、ご用意します」

きっぱり応えると、ユウはENWのオフィスを辞した。そしていったん駅前まで引き返し、タクシープールで車に乗った。十分ほどで到着した日本海は、暗い鉛色《なまりいろ》をしていた。そこに吸い込まれるように降る雪を、ユウはコートの襟を立て防波堤の上から眺めていた。ベールがかかったように、遠くを見渡すことはできない。この向こうに佐渡があるのだ、と思っていた。

2

鉄の重いドアを引くと、女の悲鳴のような甲高《かんだか》い音が響き渡った。その音が癇《かん》に障《さわ》ったように頭の禿げた老人が振り返る。だが、その表情はすぐに緩んだ。

「おう、ユウちゃん久し振り」

「お久し振りです」

翌日、ユウが尋ねたのは長谷川螺子兄弟社だった。

「あんた、すっかりネジ屋らしい面構えになったな」

「長谷川社長がおっしゃった〝世の中のモノは常に不完全〟〝創造力は、誰にでも与えられている〟このふたつの言葉からどれほど力をもらったか、お礼を言いたかったんです。そして――」

研修の最終日「大《お》っきなボルトで、俺っちに役に立てることがあったら、いつでも来たらいい」と長谷川が言ってくれた。

「だから来ました」

「大っきいって、どれくらい大っきいんだい？」

と訊かれ、「日本海につくる橋の橋脚をネジどめしたいんです」と応える。

長谷川が目を見張っていた。

「そいつは確かにでっかいボルトだな」

埼玉県郊外にある新線駅から歩くこと七～八分ほど。住宅地を抜けると、あたりは工業地帯になった。そして、目的の工場に近づくにしたがいズーン、ズーンという重い音とともに足もとから地響きが伝わってきた。いったいなに？

ユウはタカトーインダストリー株式会社の巨大な工場を見上げた。地響きの発信源は、あきらかにこの工場の構内だ。「あそこがなければ、日本の産業が回らなくなる」——紹介してくれた長谷川がそう評した会社だった。

受付で来意を告げると、応接室に通された。しばらくすると、大柄な男性が入ってきた。六十代だろうか、しかし年齢を感じさせない岩のような体軀《たいく》の持ち主だ。彼が足を運ぶのと、構内の地響きがシンクロする。ネクタイなしのワイシャツの上にカーキ色の作業服を着て、グレーのパンツを穿《は》いていた。

名刺交換するとタカトーインダストリーの社長、高遠《たかとお》が告げた。

「長谷川社長の紹介ということで時間を取らせてもらったが、用件のみを言ってほしい。なにしろいそがしい身なんでね」

どこまでも素っ気ない口調だった。

「はい」

ユウは、来意を話した。

黙って耳を傾けていた高遠が、「つまり、橋脚を据えつけるため、コンクリートの基礎に埋め込むアンカーボルトをうちにつくれということだな？」そう確認してくる。

「アンカーボルトの加工だけをお願いに上がりました」

ユウの言葉に、高遠が眉根を寄せる。

「うちはあくまで加工のみで、設計はお宅が行うわけ？」

「当社の設計部で行いたいと思います」

するると、高遠の眉間のしわがいっそう深くなった。

「ミツワネジさんの名前は最近よく聞くね。カン結ボルト、カナシバリ、実にユニークなネジをつくっている。しかし、構造用アンカーボルトの設計となると、立つ土俵が違ってくるのでは？」

「カン結ボルトは、建設現場で活用してもらうために考案したネジです。その利点を認めていただいた、やはり建設現場からの声を受け、生まれたのがカナシバリです。このたび、構造用アンカーボルトに着手するのは、当社としてはきわめて自然な流れです」

「しかし、設計までで、つくることはできない」

ユウは頷く。

「橋梁用の長尺、太径のアンカーボルトを加工する設備と技術が、今のうちにはありません」

高遠がこちらを見据える。

「今のうちにはないということは、将来的にはありうるという意味かな？」

「あるいは」

凝視していた高遠の目が、ほんの少しだけ面白そうな色を帯びた。眉間のしわも消える。

「ほかのネジ屋にはない、お宅の持ち味とはなんだい？」

そう訊いてきた。

「業界の垣根を越えたネットワークです」

「ほほう」

「佐渡海峡横断道のコンペで競合相手となる神無月産業のような超大手に対し、中小企業が太刀打ちするにはネットワークを活《い》かしたモノづくりを行うしかないと考えます」

高遠がにやりとした。

「まずはお宅がアンカーボルトの設計図を用意してからだろう」

「設計図を起こせば、コンペに提出するボルトをつくっていただけるのですか？」

彼の口からはっきりした返事はなかった。

「海底を三メートル掘って、コンクリートを流し込み土台をつくる。土台と橋脚を結び付けるのが直径二〇〇ミリ、長さ六〇〇〇ミリのアンカーボルトだ。まさに大地と構造物をつなぐネジになる」

ＥＮＷからユウが預かって来た橋脚と土台の構造図面を眺めながら、白石が言った。

「太さが二〇センチで、六メートルもあるボルト。まるでロケットですね」

設計部でユウは呟いた。六メートルといったら、建屋の二階に届く高さだ。

「あの、単純なこと訊いていいですか？」

と、白石と五味の顔を交互に見やる。

「海の深さが変わっても、土台の三メートルというのは変わらないんですか？　つまり、海が深くなる分、橋脚が長くなっても」

「一緒だな」

と五味が応える。

「土台は一辺が三メートルの正方形。そして、ひとつの土台につき八本のアンカーボルトで橋脚とつなぐわけだ」

五味の説明に、白石が頷く。そして、さらに言葉を継いだ。

「土台側にはアンカーフレーム、橋脚側にはベースプレートという厚さ一〇〇ミリの金属板が装着されている。そこにアンカーボルトを通し、ナットで締めて固定する」

「その巨大なアンカーボルトとナットをタカトーインダストリーにつくってもらうわけですね」

とユウが言ったら、五味に、「それは、おいらたちがつくる図面が、高遠社長にお気に召していただいた時の話だろ」とたしなめられた。

「そういうことだな」

と白石が、例の口の端をわずかに斜めにする笑みを見せる。それを自信の笑顔と捉えたいユウだった。

「ともかく、おいらたちに求められてるのは強いネジをつくるってことだよな。橋をがっちりと支える、強固なネジを設計するよ」

と五味は丸刈り頭を撫《な》でていたが、「そうだ、スケールモデルをつくって、強度テストしません？」と白石に提案した。

すると、彼が頷く。

「設計が終わったら、すぐにトンビにスケールモデルの作成に取り掛かってもらおう。それを、検査部で強度テストしてもらう。データで強さを証明できれば、高遠社長もアンカーボルトをつくる気になってくれるさ」

そう、いつか令子が言っていたように、総がかりでモノづくりをしなければ。

3

数日後、ユウは再びタカトーインダストリーの工場を見上げていた。それは燃え立つような紅蓮《ぐれん》の夕焼け空を背景に建っていた。相変わらず、ズーンという重い地響きがしている。

高遠社長はユウが持参したアンカーボルトの図面を黙って眺めていたが、「こんなものはつくれん」と一蹴した。

ユウは図面を突き返されながらも、「なにがいけなんでしょう？」と食い下がる。

「教えてください、高遠社長！」

「そんなことも分からんで、橋梁用アンカーボルトをつくろうというのか？　人の命にかかわるボルトを」

ユウは思わず押し黙ってしまう。

「うちはな、これまで大型ボルトを専門に扱って実績を積んできた」

「〝あそこがなければ、日本の産業が回らなくなる〟と長谷川螺子兄弟社の社長がおっしゃっていました」

大柄で強面《こわもて》の高遠にぎろりと睨みつけられ、ユウは身がすくんだ。

「お宅とかかわれば、そうした信頼を失っちまうよ。お宅とかかわることで、橋梁用アンカーボルトなんて、初めてのものに手を出したばかりに、な」

と吐き捨てた。

「スケールモデルをつくって強度テストも繰り返しました！　強いボルトだと確信しています！」

ユウは必死に訴える。しかし、高遠はうんざりした表情のままだ。

「なぜ、橋梁をネジどめするのか？　まずその根本的なところを考えろよ」

「それは、しっかりとめるということでは？」

高遠が首を振った。

「まったく分かっていねえよ。そのことに気づかない限り、お宅には無理だ」

打ちひしがれたような思いのまま、病室の令子を見舞う。令子は眠っていることが多くなった。鎮痛剤が投与されているのだ。だが、今日は検温の時間で目を覚ましていた。入れ違いに小倉看護師が出ていった。顔見知りの彼女にユウは会釈した。

「地球にネジどめする仕事は進んでる？」

令子が訊いてくる。そして、点滴の腕に見飽きたように目をやった。

「大型アンカーボルトをつくれる会社に図面を持っていくんだけど、オーケーをもらえないの」

「そう」

窓の外で風が音を立てている。陽が落ちてから、北風が強くなった。

「コンペの期日も近づいているし、あきらめるしかないかもって思ってる。だって、うちが提案できないネジであっても神無月産業がつくれるのなら、それで佐渡海峡横断道というインフラが整備できるんだから」

「そう」

と再び令子が応える。ユウにはそれが意外だった。

「〝あきらめるなんてとんでもない。頑張れ〟って叱咤《しった》しないの？」

ユウの言葉に、ベッドに横たわっている母が薄く笑った。そして、窓の外で風に揺れる、すっかり落葉《らくよう》を終えたケヤキの裸木《はだかぎ》を見やった。

「わたしは強気一辺倒《いっぺんとう》でやってきた。けれど、よそでつくることでインフラが整うのなら、というあなたの考えもしなやかでいいと思うわ。あの枝のように」

夜空に向けて高く広げたケヤキの枝が風にしなう様子を、ふたりでしばらくじっと眺めていた。

「ただし、あなたがあきらめることで、もっといいネジができるはずだったのに、それがかなわずに整ったインフラなら、社会のためにならない。しなやかな考えではなく、ただの弱気の結果」

「そうだよね」

とユウは言ったあと、ふとあることに気がついた。そしてまた、窓の外で風にたわむ枝を見やる。

「もう一度挑戦するから」

ユウは令子を見返した。

再度考案したアンカーボルトの図面を届けたが、高遠は不在とのことだった。直接手渡せずに、応対した社員に預けてきた。もしかしたら、もう相手にされていなくて、高遠に居留守を使われたのかもしれないと思ったりした。

吾嬬町まで戻ってきて、駅の改札を抜け、土手の上を肩を落として歩く。立ち止まって、荒川を眺めた。西に陽が沈もうとしている。消波ブロックの上に猫がゆっくりと上がった。その時、スマホが震えた。タカトーインダストリーからの電話だった。

「図面見たぞ。明日、うちに来い」

「高遠社長、では――」

「コンペまでもう時間がねえんだ。明日は朝一《あさいち》から始めるぞ」

その言葉どおりタカトーインダストリーの始業時間の八時前に出向いたユウが応接室で待っていると、朝礼を終えたらしい高遠がやってきた。昨日、ユウが残した図面を携えている。

「このアンカーボルトの金属材料を炭素鋼《たんそこう》にしたのはなぜだ？」

いきなり訊かれる。

「伸びる性質があるからです」

ユウの応えに、高遠が無言で頷いた。そして、さらに訊いてくる。

「前に寄越した図面よりも、ボルトに切るネジ部分の長さが短くなってるな」

六メートルのアンカーボルトの両端は、橋脚側にあるベースプレートと土台側にあるアンカーフレームという巨大な金属板に、それぞれナットでネジどめされる。以前に提出した図面では、このネジ部分を長くとり、大きなナットで締めることで、橋と土台とをしっかりとつなぎとめることを重視していた。しかし、今回は、「ネジ切り部分を短くし、両端の間隔を長くすることでボルトにたわみを持たせたんです」ときっぱり言う。

前の図面で目指したのは強く硬いボルトだった。しかし、今度の図面に込めたのは、しなやかで粘り気のあるボルトだ。

「硬い硬い硬いの先には脆《もろ》さ。粘《ねば》い粘い粘いの先には柔《や》らかさってな。粘り気のある、伸びるボルトこそが、潮流だけでなく地震のような瞬間的に働く大きな引っ張り力に耐えられるんだ」

強さよりもしなやかさ——病室から見た北風にたわむケヤキの枝と、令子の言葉からそれを連想した。

「たとえば長谷川社長のUボルトは本物だ。どこにも真似《まね》できない」

なおも高遠が話を続ける。

「それなら、ほかのネジ屋にはないミツワネジの持ち味とはなんだ？　と、俺はあんたが初めて訪ねてきた時に訊いた。それで、あんたがもしも三〜六ミリのネジだと応えたんなら、それをつくってればいい、大型アンカーボルトになんぞ手を出すな、と追い払っただろう。ところが、ネットワークだという応えが返ってきた。こいつは面白いと思って、図面を見る気になったが、あんたたちは大型ネジってものが分かっていなかった。強いだけがネジではない。柔らかさもネジには必要なんだ」

ユウは、先ほど高遠が口にした「硬い硬い硬いの先には脆さ。粘い粘い粘いの先には柔《や》らかさ」という言葉を、胸の内で繰り返していた。

すると、高遠がこちらに向かって、「行くぞ」と表情を変えずに言った。

「は、はい！」

夢中で彼の大きな背中のあとに付いていく。事務棟を出る際に、高遠が玄関脇のラックにあるヘルメットをひょいと取り上げ、ユウに手渡した。それを被って、隣の工場へと向かう。巨大な工場の建屋は、三棟で構成されていた。その第一工場へと歩いていくと、例の地響きがどんどん近づいてくる。高い天井に鉄の梁《はり》が走る工場内に入り、その意味が分かった。縦に置かれた太い柱のような金属材に向け、ハンマーが杭《くい》打《う》ちのように垂直に落とされる。ズーン。

「あれは、アンカーボルトの材料になる鉄柱だ。その両端に強度を付けているんだ。叩《たた》いて、金属密度を上げることで強くする」

この鉄柱は五メートル級だろうか。太さも優に一五センチはあるだろう。機械の大きな車輪が回り、重いハンマーが打ちつけられる。ズーン。鉄柱の丸みを帯びた端が平らに形成された。

「フリクションプレス機という。こんな大きいのは、どこにでもあるわけではない」

ユウは啞然《あぜん》として作業の様子を眺めていた。端が平らになると、クレーンで吊って鉄柱の上下が入れ替えられ、再びハンマーが落ちる。ズーン。何度か打ち下ろされた。そして、ボルトの頭部が皿型に形成されると、ふたりの作業員がクレーンで吊って鉄柱をフリクションプレス機から外し、違うふたり組が新しい鉄柱をハンマーの下に運び入れる。するとプレス機の車輪が回り、ハンマーがまた打ちつけられる。ズーン。

「何回打ち下ろすか、その塩梅《あんばい》が勘どころなんだ。やり過ぎると、金属材を潰しちまうからな」

ユウは迫力に圧倒されていた。同じネジ屋でもうちとはぜんぜん違う。

「では、橋梁用アンカーボルトに取りかかるぞ」

高遠が社員に命じて六メートルの炭素鋼線材を持ってこさせる。太さ二〇センチのそれは、ひと際威圧するような存在感を示していた。まるで電柱とでもいった感じだ。

「重さはどれくらいあるんですか?」

思わず訊いてしまう。

「重量一・五トンだ」

ぽかんと口を開けているユウを見て、高遠がにかっと笑う。

「よし！」

彼の掛け声とともに大型ハンマーが打ち下ろされた。ズズーーンンン……。さらに大きな音が響き渡り、工場を振動させる。

「何本かつくって、一番いいのをコンペに出そう」

ハンマーが二度、三度と打ちつけられる。炭素鋼材の端が平らになると、六メートルの金属柱をクレーンを使ってひっくり返す。五本つくろうということになり、結局、金属柱の両端の強度を上げるプレス作業だけで午前中は終了した。

台座の上に横にして並べられた、両端が平らになった五本の炭素鋼材を点検するかのように眺め、時には触れたりもしていた高遠が、腕時計をちらりと見やった。それにつられて、ユウも自分の腕時計に目を落とす。十二時を五分ほど過ぎていた。先ほど昼を知らせるオルゴールが鳴って、周りにいた社員たちの姿は消えている。

「メシに行くぞ」

「え？　あ、はい」

勝手にどんどん決められてしまう。

「急がないと、もう並んでるかもしれんな」

早足で工場の外に出ていく高遠のあとに、遅れまいとついていく。

三面護岸した川に面した大衆食堂が見え、すでに行列ができていた。まるでタカトーインダストリーの社食とでもいった雰囲気で、同じカーキ色の作業服を着た男たちが連なっている。高遠とユウは、列の末尾に並ぶ。当たり前だが、社長も社員もここでは上下関係などない。同じように順番待ちして昼ごはんにありつく。

やっと店の中に入って、ふたつ並んで空いているカウンター席に座った。

「カツ丼、大盛りで」

高遠がカウンターの向こうの厨房にいる白衣姿の男性に声をかける。高遠と同じくらいの年齢で、おそらくこの店の主に違いない。互いに顔なじみなのだろうが、そうしたことをおくびにも出さない。きっとふたりともシャイなのだ。

「あんたは？」

と高遠に訊かれ、「同じで」とカウンターの中に告げた。「あ、あたしは普通盛りで」と慌てて付け足す。

「ここのはうまいんだ」

と高遠が言う。

「はい、楽しみです」

食いしん坊のユウは期待を込めてそう返した。朝早く家を出てきて、お腹が空いていた。

「昔な、先輩によくカツ丼をおごってもらったんだ」

懐かしそうな口ぶりだった。

「会社の先輩にですか？」

なにげなくそう訊いたら、「相撲《すもう》部屋の先輩だ」と意外な言葉が返ってきた。

「相撲部屋って、高遠社長、お相撲さんだったんですか⁉」

驚いて、つい大きい声を出してしまう。最初にタカトーインダストリーを訪ねた時「構造用アンカーボルトの設計となると、立つ土俵が違ってくるのでは？」と彼に突っぱねられたことを思い出す。やっぱり〝土俵〟とかっていうたとえがすぐ出てきちゃうんだ、と考えたりした。

高遠が照れたような顔で語り始めた。中学時代は野球に夢中だったという。ポジションは大きな体格を生かしてキャッチャーである。一方で相撲の大会に出れば向かうところ敵なしだ。野球か？　相撲か？　選択を迫られていた高遠は、中学卒業を目前に自ら進む道を決めた。大ファンだった横綱が引退し、東京で部屋を創設した。新弟子検査が行われることを知った高遠は、自ら親方に手紙を書いてこれに申し込む。

当日は、野球部の監督でもある担任の先生と、父親が同行してくれた。見事合格を果たした高遠は、教室で同級生の前に立ち、胸をポンポンと叩いて見せると、勇躍東京の部屋へと向かったのだった。中学のほうは、あとは卒業式に出るだけでよかった。

相撲部屋では朝六～十一時までの五時間が稽古《けいこ》に当てられる。そのあとは、食事である。新しい部屋で関取もいないし、見習いのようなもので高遠はちゃんこ番をする必要もなかった。

「まだ、お客さん扱いだったんだな」

と当時を振り返って言う。

ちゃんこ鍋はうまかったが、丼飯を三杯以上食べなければならない。稽古がきついと感じることはなかったが、この丼飯三杯にはまいった。メシはうまいと思って食うものであって、無理やり食わされるのが嫌なのだ。食事のあとは昼寝である。夕食前に、先輩にカツ丼を食べに連れていってもらうことがあって、これが、「うまかったんだ」と嬉しそうな顔になった。なるほど、そういうことかとユウは思った。

おおよそ楽しい毎日ではあったが、夜になって母から電話があるともういけない。ホームシックが募って、受話器を置いたあとも電話室から出られなかった。あふれる涙がおさまるのを待つのである。

本場所が近づくと、序の口デビューの番付を決めるための前相撲がある。その直前で、高遠はひと言の断りもなしに部屋を飛び出す。荷物を残したまま、逃げたのだ。一円も持たずに出てきたものだから、電車にも乗れない。埼玉の家に歩いてたどり着いた高遠は、母の涙を見た。親方から電話で、息子が失踪《しっそう》したと聞き、その身を案じていたのだ。

「たぶん逃げ出すと思ったんだろうな。担任の先生が、いざという時のために願書を出しておいてくれた」

そのおかげで高遠は地元の工業高校に入学。硬式野球部に入り、一年生から正捕手になりクリーンアップを打った。あらためて甲子園を目指すがかなわなかった。

「高校を出ると、俺は野球部のある会社に勤めて楽しくやってたんだ。だが、親父が死んで、おふくろから〝会社を継いでくれ〟と言われた時には、嫌だと言えなかった。あの、相撲部屋から逃げた時の、おふくろの涙を思い出してな」

カウンターの向こうから白衣の腕が伸びて、高遠とユウの前にカツ丼が置かれた。

「いただきます」

隣で高遠が両手を合わせてそう言うのを見て、ユウも倣《なら》う。高遠は、カウンターに置かれた容器から紅ショウガをとってカツ丼の端に載せると、わっしわっし食べ始めた。食べている途中で、やはりカウンターに置かれたラッキョウを取って載せたりしていた。

カツ丼はおいしかった。豚カツがジューシーで、衣《ころも》がかりっとしているところと、煮つけられてしっとりしているところのバランスがいい。とじた玉子も火が通りすぎておらず、ふるふるである。

ふと、彼がユウのほうを見た。

「あんた、いいな」

「はい？」

思わず箸を止めてしまう。

「いや、あんた、豚の脂身を残したりしないだろ。若い娘はそういう食べ方をするのが多いから。カツの衣を外したりな」

「豚肉は脂身がおいしいと思います」

ユウがしらっと言うと、高遠が薄く笑った。がっつり食べても、しっかり働けばカロリー消費できるというのがユウの精神だ。

午後は第二工場に作業現場を移した。ここで、両端に強度が付けられた炭素鋼の柱に、ネジが切られるようだ。

「橋梁用の太径アンカーボルトとなると、最大サイズのNC旋盤でも対応できない。そこで、このネジ切り盤を使う」

大きなネジ切り盤に寝かせて設置した金属柱がゆっくりと回り始める。そこに横から刃物を当ててネジ切りする。

「ネジ切り盤は構造が簡便なため、きちんとメンテナンスすれば長持ちする機械でもある」

「切削《せっさく》加工でネジ切りするわけなんですね」

ユウの中で急速に不安が広がった。

「設計段階でスケールモデルをつくった時には、転造盤《てんぞう》で加工しました。ですから検査段階で出た伸びや粘りを意識したデータも、切削ネジでは違ってくると思います」

ネジの材料になる線材は長手方向に繊維《ファイバー》が走っている。切削加工でネジを横に切るのは、金属繊維を断ち切るのと一緒であることを以前に青沼から聞いていた。

すると、高遠がこちらに顔を向ける。

「確かに、金属繊維が分断されることにより、断面欠損部が横からの力に対して折れやすくなるのが、切削ネジの短所だ。しかし、これだけの大型ボルトだと、太径の材料に対して断面欠損率が小さいため、その影響も小さくなる」

そう説明したあとで、ユウに対する表情がまんざら素人でもなさそうだといったものに変わっていた。

「これだけ大きなボルトをネジ切りするとしたら、とてつもなくでっかい転造盤が必要だ。丸ダイスの交換だって、人力でなんかできねえ。しかし、よくしたもんで、さっきも言ったとおりあまりに太いボルトだから、切削加工でも欠損率が小さい。巨人の脚に蚊《か》が刺したようなもんだ」

それを聞いてほっとしたユウの目に、工場の隅に大きな六角ナットが入ったケースが整然と並んでいるのが映った。

「うちはケースに社名を入れていない。会社のホームページも持たない。タカトーインダストリーをブランド化するのは製品だと考えている。それでも扱うボルトが特殊なだけに、商社を通さず、お客さまから直接注文が入る」

ここにも、固有のネジをつくるネジ屋がいた。

「さあ、ネジ切りを始めるぞ」

社員数人がかりで、六メートルの金属柱を大きなネジ切り盤に横向きに設置する。そして、金属柱がゆっくりと回り始めた。

五本のネジ切りが終わった時には、陽がだいぶ傾いていた。アンカーボルトとともに第三工場に向かったのだが、「いったいこれは⁉」中に入って、ユウは目を見張った。天井、壁、床、すべてが黒い煤《すす》で覆われていた。

「熱処理の作業場だ」

思わずきょろきょろと見回してしまう。

「あの炉に、ネジ切りしたアンカーボルトを入れる」

巨大な熱処理炉は、それ自体がひとつの工場のようにたくさんのパイプをまとっていた。

「一般的には金属材料を先に焼いたうえでネジ加工する。しかしそれでは、粒度《りゅうど》が変わってくる」

「リュウドですか？」

「金属内部の結晶粒度だ」

　と高遠が言う。

「工具や機械部品に用いられる鋼材は、焼入《やきい》れによって硬くなる。しかし、そのままでは脆く、割れなどが生じやすい」

「硬い硬い硬いの先には脆さ」

　今朝、高遠が呟いていた言葉が、思わずユウの口をついて出る。すると高遠がこちらを見、にたりとした。

「焼入れは通常、焼もどしとワンセットだ。八百度ほどで焼入れし、第二段階で、半分の四百度ほどで焼もどしすることで、鋼材に靭性《じんせい》を持たせる」

「靭性――つまり粘り強さですね」

　高遠が頷く。

「そして、この粘りこそが、アンカーボルトにもっとも求められるものなんですよね」

「そのとおりだ」

ユウは今度は心の中で「粘い粘い粘いの先には柔《や》らかさ」と呟いていた。

「硬さや粘りは熱処理によって生まれる。熱で金属内の結晶粒度の質が変わって、硬質化したり靱性強度が上がったりするわけだ。ところが、鋼材を熱処理しても、加工段階で結晶粒度が変化してしまう」

今度はユウも理解できた。

「焼もどしで粘りを持った鋼材も、加工段階でフリクションプレス機にかけ、重いハンマーで叩かれれば、金属内部の結晶粒度が変わって硬くなってしまう。加工硬化を起こすというわけですね」

「そういうことだ」

高遠が満足げな表情で応えた。

「貴社が熱処理工場を併設していることで、鋼材ではなく加工後のアンカーボルトに焼入れと焼もどしができるということ。これは確かに強みです。でも、今度のコンペの競合相手の神無月産業は当然、熱処理施設を自社内あるいは協力会社に抱えているはずです」

もはや高遠は苦笑いを浮かべていた。

「そうなると、熱処理炉を持ってることだけでは優位に立てないというわけだな」

ユウが頷き返す。

「熱処理の方法そのものに、相手との差別化を打ち出す必要があると思います」

「熱処理の方法を変えるってことか……」

高遠は難しい表情で腕組みしていた。ふたりでしばらく黙っていた。

ユウは、「あたしに考えがあるんです」と口にしてみた。

「ひと晩おいたカレーはおいしいって言いますよね。確かに、野菜やお肉から旨味が溶け出して味が違っています」

この娘はなにを言い始めたんだと高遠は怪訝《けげん》そうにしていたが、次にユウが持ち出した途方もない提案に驚愕《きょうがく》していた。

しかし、「そいつは確かにありだな」と彼が手を打った。

「では――」

「やってみよう！」

自分のアイディアが受け入れてもらえたのだ。ユウは大きく安堵《あんど》の息をつく。すると、高遠が声を上げて笑い、つられてユウも笑った。

「ところで」

彼が真顔に戻っていた。

「ほかのネジ屋にないお宅の持ち味は、業界の垣根を越えたネットワークだと言ったな。そのネットワークが、うちになにをもたらしてくれるのかな？」

「それは──」

ミツワネジが起こした図面の橋梁アンカーボルトが、タカトーインダストリーによって加工された。熱処理が済んだその大型アンカーボルトに、今、黒いシート状のソフトプローブが巻きつけられていた。

「──それは検査体制です」

ユウは応えた。

「協力関係にあるネットワーク企業が独自開発した検査機により、これまで以上の精度の高い検査を可能にします」

そして今日、ユウは自分の言葉を実践するために、松村に超音波検査を依頼していた。

「セラミックに樹脂の溝を入れようという発想は、なんとも斬新だ」

と感心しきりの高遠に対し、「プローブを曲げようとしたのではなく、柔らかい音が伝わるのではとの考えから偶然に生まれたものなんです」と謙遜《けんそん》する松村は、社長自らが横浜から埼玉郊外まで足を運んできた。「タカトーインダストリーさんの工場をぜひ見学させていただきたくて」と目を輝かせる。

ケースに社名を入れず、会社のホームページも持たず、製品こそが会社の顔と考える高遠と、「つくるだけでなく、きちんとできているか」に強いこだわりを見せる松村には相通じるものがあるのだろう。鋭く曲がったかぎ鼻の細身の松村と、大柄で朴《ぼく》訥《とつ》な高遠は風貌がではなく、どこか似ている。それは、モノづくりを突き詰めようとする真摯《しんし》な姿勢においてにほかならない。ユウ自身も同じくそうありたかった。地球にネジどめする仕事のチームの一員として。……いや、チームの一員なんておこがましい。改めて理解した。このふたりは、あたしを、ミツワネジを導き育ててくれようとしたんだ、と。

アンカーボルトを覆うソフトプローブとつながれたモニターには、きれいな波形が映し出されている。五本つくった試作品は、すべて同等の品質だった。どれをコンペに提出しても遜色《そんしょく》ないということだ。

炉から取り出した時、アンカーボルトは煤まみれだった。最終の仕上げ加工の前に、タカトーインダストリーの社員に混じりユウは煤落としをした。真っ黒になったユウを見て、高遠が大笑いしていた。

4

終業後、ユウが病室を訪れると、やはり母は眠っていた。ユウはコートを着たまま、ベッドの横の椅子に腰を下ろす。

しばらくして、母が目を覚ました。ゆっくりとこちらを見ると、「来てたのね」と微笑《ほほえ》む。ユウは小さく頷いた。

「あなたが幼い頃の夢を見てた」

呟くようにそっと言う。

「あなたの隣にサリーがいるの」

「サリーが？」

驚いて言葉を返す。

「そう」

令子がまた少し笑顔になる。そして、その笑みが消えた。

「あなたは、サリーに育てられた」

ねえ、なぜ、サリーを辞めさせたの？　そう訊きたかった。けれど、弱り切った母を責めるようなことはできない。

「〝ママ、今日学校でね〟――そんなふうに〝ママ〟って、呼びかけるたびにあなたが成長する時期、わたしは一緒にいてやれなかった」

ユウはなんと言っていいか分からない。代わりに訊いてみたいことがあった。

「今さらだけど、あたしがミツワネジに採用されたのは、娘だからなの？」

「あなたが戦力になると考えたからよ」

よかったと思った。改めてよかった、と。

すると、今度は令子のほうが尋ねてきた。

「地球にネジどめはできそう？」

また同じことを訊く。コンペが明日であることは、昨日ここに来た時に伝えていた。けれど、「明日がコンペ」ともう一度言う。

「そうなの」

母も初めて知ったように応える。薬で意識が曖昧《あいまい》になっているのかもしれなかった。

「なら、もう帰ったほうがいい。明日のためにゆっくり休まないと」

「あと少ししたら帰るから」

ユウは応える。

「だから、安心して眠って」

令子が笑みを浮かべ、ゆっくりと目を閉じた。彼女が眠ったあとも、ユウは傍らでじっと座り続けていた。やがて修がやってきて、ユウの隣に黙って腰を下ろした。

ＥＮＷ新潟支社の総合研究所は、新潟港近くにある産業団地の広大な敷地内にあった。ユウは新潟駅から路線バスに乗車してやってきた。工業団地内にもバスの停留所が幾つかあり、そのうちのひとつ、指定された『35号棟前』で下車すると、北の町の空気がしんと頬に触れた。今日はよく晴れ渡っている。朝露に濡れた落ち葉のにおいがしていた。

35号棟は、かまぼこ型をした屋根の巨大な格納庫といった古い建屋だった。まだこんな建物があるんだと思っていると、間もなく高遠が社員ふたりと大型トレーラーで乗りつけた。

「研究所付属のこの施設は、太平洋戦争時は軍用機の製造拠点だったそうだ」

と高遠が教えてくれる。平山管材がつくったスポーツサイクル、ゼロファイターは零戦《ゼロせん》の主翼となる超々ジュラルミンが使われていたことを思い出す。

いつものようにワイシャツの上にカーキ色の作業服を身に着けた高遠が、社員らとともに作業に取りかかる。トレーラーで運んできた橋梁アンカーボルトを、緩衝材《かんしょうざい》で養生《ようじょう》したままクレーンで施設内に運び入れた。

コンペは午前十時からである。その三十分前にもう一台の大型トレーラーが到着した。トレーラーの側面に〔㈱神無月産業〕とあった。作業服というよりも、洗練されたデザインの動きやすそうな光沢のある紫色のユニフォームを身に着けた男たちふたりが降り立った。彼らも六メートルのアンカーボルトを運び入れようとしていた。

最後に降りた年配者はでっぷりとしており、ユニフォームのお腹が前に突き出ていた。真っ白な髪を角刈りにしたその男は、青沼だった。

――工場長！　すでに工場長でなくなった人をそう呼んでしまう心が悲しい。

青沼はユウを一瞥《いちべつ》すると、すぐに目を逸らし、「北関東からこうしてやってくるだけで骨が折れる」こちらにも聞こえるようにうそぶいた。

「だいたいが、うちに決まってたところが、もっといいボルトをつくれるなんぞと言ってコンペに持ち込むとはな。やっぱりかないませんて時には、恥を知れってもんだ」

それに呼応して、神無月産業の若い社員らが嫌なにやにや笑いを浮かべた。

35号棟内に緩衝材を解いた二本の橋梁アンカーボルトが台座に置かれ、スーツ姿の男たちが居並んだ。そのうちのひとり、四角い顔に四角い黒縁眼鏡をかけた男性は本間だった。

「この建物は戦後、連合国軍最高司令官総司令部《GHQ》に接収された際には、ダンスホールとして使用されたとも伝えられております。なにしろ大きなアンカーボルトを二本並べるとなると、こうした施設しかございませんでした」

相変わらず慇懃《いんぎん》無礼なもの言いである。

「両者のアンカーボルトの品質につきましては、当研究所で厳密に審査させていただきます。また、審査に当たっては、武蔵小金井《むさしこがねい》大学理工学部創生科学科の小机有三《こづくえゆうぞう》教授に監修をお願いしてあります。今日は小机教授が東京からお見えになられておりますので、ご紹介申し上げます。先生どうぞ」

「小机です」

本間に紹介された禿《は》げた長い頭の老教授は、痩せて座高の高いダチョウのような人物だった。身体に馴染《なじ》んだ感じの茶のツイードのスーツを着込んでいる。

「それでは後日、審査結果をお知らせいたします。本日は遠路足をお運びいただきまして、誠にありがとうございました」

本間がそう打ち切る。わざわざこうしてやってきたっていうのに、それだけ!? と思った時だ、小机が口を開いた。

「せっかくだから、コンペの参加企業さんにちょっと質問させてもらってよろしいですかな?」

「は、まあ……」

本間は迷惑そうだったが、むげにできないといった感じに応じる。

「えーと、神無月産業さん。お宅のセールスポイントはなんでしょう?」

すると、青沼が咳払《せきばら》いした。

「群馬に本社工場を構える神無月産業は、近辺に多くの兄弟会社があります。その中には熱処理工場もあり、鋼材ではなく、加工したアンカーボルトを熱処理することが可能です。じっくりとした焼入れと焼もどしが可能というわけです」

やはり熱処理工場を備えていることをアピールしてきたか、とユウは思った。

「なるほど、加工後に熱処理することで、金属内の結晶粒度に影響を及ぼさないということですな」

という小机の言葉に、「いかにも」と青沼が自信たっぷりに応える。

「それではミツワネジさんとタカトーインダストリーさんほかから成る、混成チームはいかがですかな？」

高遠とユウは目を見交わし、頷き合った。

「熱処理施設は、加工を行うタカトーインダストリーさんも備えています」

とユウは主張する。

「加工後に熱処理を行うことはもちろんですが、我々はそこに独自の方法を採用しました」

ユウの言葉に、青沼がうろたえていた。

「熱処理といえば、焼入れと焼もどしがスタンダードだ！」

そう反論する彼を、ユウは見やってから説明を続ける。

「採用したのは、焼入れしたアンカーボルトを長時間かけて冷却する方法です。夕方に炉で焼入れして、ひと晩じっくりと冷まし、翌朝に炉から出すといった手間と時間をかけました」

これが、高遠に提案した「ひと晩おいたカレー」である。

「炉にひと晩寝かせ、徐々に冷却することで、焼入れで密になっていた金属内の結晶の間に均一な隙間《すきま》をつくり出します。この隙間が、炭素鋼という材料自体が持つ伸びる性質をより引き出すわけです。焼ならし、とでも申しましょうか」

粘い粘い粘いの先には柔らかさ、だ。

「伸びて、粘りのある、柔《やわ》らかな強靱さを備えたアンカーボルトが、震災から橋梁を守ります」

青沼が、「なにが焼ならしだ！　炉で長時間冷やすというなら、うちでもできるぞ！」興奮して訴える。

しかし実際には、炉をひと晩中占有するのは簡単ではなかった。そんなことをされては仕事が滞ると反対する熱処理工場の社員らを高遠が説得し、スケジュールをやり繰りすることでやっと実現したのだ。高遠はトップダウンで頭ごなしに意思決定を押しつけなかった。それは、大衆食堂の列にひっそりと並ぶように。

「だいたい、ミツワネジは小さいネジをつくるネジ屋じゃないか！」

なおも青沼がそう吼《ほ》える。

「だからこそネットワークを組んだんです」

とユウは応じた。

「自分の会社だけではできない仕事をするために。熱処理についてもそう。昔ながらにばかりこだわっていないで、新しいことをしなければ」

顔を紅潮させた青沼が歯噛《はが》みしていた。

そこで小机が、「焼もどしと焼ならし、どちらがアンカーボルトに有効であるかは数値結果を待つとして、三社から成る混成チームというのは、やはり、ちと心配なところがありますな」と言い、こちらに視線を向けた。

小机の言葉に、ENWの職員らが頷いていた。

「まったくです」

とそこで本間も口を開く。

「トンセグさまの推薦もありましたし、ミツワネジさまの直訴もあってコンペ形式を受け入れたわけです。ところが、参加されたのはミツワネジさま単体ではなく、複数の会社だったことに戸惑いを覚えています」

すかさず高遠が、「あんた方の心配や戸惑いとは、チームが縦割りになる危険をはらんでいるということかな?」と発言する。「であれば、ご心配無用。三輪さんというチームリーダーが、しっかりとプロジェクト管理をしているので」

彼の言葉に勇気を得て、ユウはさらにネットワークが持つ意味を述べた。

「今回はタカトーインダストリーさんが加工を、トンセグさんが検査を担当し、設計を行う当社とネットワークを構築しています。検査には、最新鋭の超音波検査機を用います。しかし機械とは別に、ネットワーク企業それぞれがプロフェッショナルな仕事を行うだけでなく、研ぎ澄まされた人の目によりお互いの仕事を確認し合います。それこそつくるだけでなく、きちんとできているかをお互いに点検し合うわけです。それこそが、社会の安全、安心を担保することにつながります」

「お疲れさん」

「お疲れさまでした」

35号棟を出た高遠とユウは、ひとまずお互いに労《ねぎら》い合った。

「〝審査結果は数日後に〟などと言っていたが、二社のアンカーボルトの数値の差はすぐに出る。明日にも連絡があるだろう」

「明日にも――」

とユウが言葉をもらすと、高遠が頷いた。

「我々は力を尽くした。それでも敗れたのなら、競争相手である神無月産業のボルトが社会の安全、安心を託すに足るということだろう」

「そうですね」

とユウは応えてはみたものの、やはり負けたくなかった。バッグからスマホを取り出して眺めると、修のケイタイからの着信履歴が何件もあった。不吉な予感がし、「失礼」と高遠に断ってから電話する。修が出た。

「ユウ、ママが……」

父から話を聞いて電話を切ると、居ても立ってもいられなかった。

「どうしたんだね？」

高遠に訊かれる。

「母が危篤《きとく》状態なんです。入院先の病院で」

ユウの言葉に驚いていた高遠だったが、すぐに引き締まった表情に戻った。

「急ぎ戻らんと。バスなど待っておる場合じゃないぞ」

「タクシーを呼びます」

ユウが応えると、「来い」有無を言わせぬ調子で命じる。そして、停めていたトレーラーに向かう。ユウは黙って従った。高遠が運転席に乗り込むと、ユウにも乗るように目で示す。頷くと、ユウも助手席に乗り込んだ。

向こうでアンカーボルトの緩衝材を取りまとめている社員ふたりに高遠が、「おまえらは適当に戻ってこい。どこかで、へぎそばでも食ってな」と言い置き、トレーラーを発進させた。もとが農道の道は狭く入り組んでいる。だが、高遠の運転は巧みで、大型車両を自在に操っていた。ハンドルを握る彼は、母の病気についてなにも訊いてこなかった。ユウも無言で、ただひたすら両手を強く握り合わせていた。冬の陽を飛行機雲が追いかけてゆく。

海岸沿いの道路に出ると、彼方に横たわる佐渡を望むことができた。その時だけ彼が、「佐渡海峡横断道の橋から眺める日本海の夕陽は、きっときれいだろう」とひと言呟いた。

高遠が新潟駅のロータリーにトレーラーを停めた。

「さあ、行け」

「ありがとうございます」

ユウはトレーラーを降りると、新幹線改札に向かって走った。

「待ってて！」——その願いどおり、昏睡《こんすい》状態の令子はたくさんのチューブにつながれながら、ユウが病院に到着したあとも七時間生き続けた。その間、彼女は何度か目を開けた。視線の先に手をやり、なにか振り払うような仕ぐさをすることもあった。

そして、荒川がそそぐ東京湾の干潮に当たる午後十時三十四分に息を引き取った。

翌日、ミツワネジのユウのメールアドレスにENWから審査結果を知らせるメールがあった。それはお祈りメールではなく、橋梁アンカーボルトの採用通知だった。

最終章　キャンパス

そのクッキングスタジオは、渋谷駅に直結したショッピングセンター最上階のレストラン街にあった。ガラス張りで、レストラン街のコンコースからも教室内が見渡せる。

教室の前方にいる講師は、薄い褐色の肌の東南アジア女性だった。黄色いエプロン姿で、黒い髪をやはり黄色いバンダナで覆っている。教室内だけでなく、外側のコンコースにも大きなテレビモニターがあって、デモ中の彼女の手もとを映し出す。講師の女性がとても丁寧にカツオだしを取るのを、ユウはモニターとガラス越しに交互に眺めていた。

講師は英語で授業を進めている。三十人ほどの受講生の男女はすべて外国人だった。講師は水で戻したかんぴょうを煮て、キュウリを板摺《いたずり》し、巻き寿司をつくり始めた。

講師の実演が終わると、受講生が巻き寿司づくりに挑む。講師とふたりの日本人の助手が受講生の間を回り、レクチャーした。

今、受講生らは自分たちがつくった料理を賑《にぎ》やかに試食中である。ガラスの向こうで講師が、ふとこちらを見ると満面の笑みを浮かべた。ユウも大きな笑みを返す。すると、ガラスに映った自分の顔に、母の形見のような片えくぼができた。講師が助手になにか言うと、ドアを開けてコンコースに出てくる。春というより初夏のような陽気の日だった。水色のワンピースを着たユウのもとに、彼女がどんどん歩いてきた。

「巻き寿司は人気が高いの」と日本語でユウに話しかける。「和食の基礎だし、見た目も華やか。彼らは酢飯がとても好きで、サーモンのデコレーションケーキ寿司なども盛り上がる」

ユウは、「あたしが誰か分かるの？」と英語で返した。自分は硬い表情になっていたかもしれない。だが、彼女のほうは相変わらず笑顔のままだ。そうして今度は英語で言って寄越す。

「上手なのね、英語が」

それで、ユウも笑うことができた。

「あなたが見せたディズニー映画が英語に親しむきっかけになった」

「あなたのママが、勉強にならないから吹き替えはダメだと。字幕で見せると、幼いあなたは英語を〝嘘《うそ》の言葉だ〟って言ってた」

「字幕の漢字が読めなくて、シンバの台詞《せりふ》を日本語に同時通訳してくれたよね」

「シンバ――『ライオン・キング』ね？」

とウインクする。そして、「『星に願いを』を一緒に歌ったわね」と言う。

「『ピノキオ』でしょ？　耳で覚えた片言の英語で歌った」

互いにしばらく見つめ合っていた。

「オー、マイ・リトルガール」

彼女がハグしてくれた。

「サリー」

「ねえ、よく顔を見せてちょうだい」

サリーの両手がユウの頰を包む。そのあとで、ユウの左頰のえくぼを指でそっと突《つつ》いた。この片えくぼが、今は母からのギフトだと思えるようになっていた。

「大人になったわね」

「十二年振りかな」

「わたしは老《ふ》けたけど」

サリーは三十七、八歳になるのだろうか。

「そんなことない。若いし、キレエ」

確かに彼女は美しかった。くりっとした大きなアーモンド形の目は変わらないが、その輝きにあふれるような自信が加わっている。

「ママは――レーコサンは元気？」

英語だが、令子のことはさん付けで呼んでいた。

「三ヵ月前に亡くなったの」

「まあ！」

驚いているサリーに事情を話した。そして、病院のサイドテーブルの引き出しから、令子が書いたメモが出てきたことも。そこには〔ユウ／ごめんね／ありがとう／Sally's cooking class〕とあった。

「入院中のママとたくさん話をすることができた。だから今は勘違いだって分かるけど、サリーはあたしのベビーシッターを解雇されたと思ってた。ママの差し金で、あなたのご主人も一緒に」

サリーは穏やかに微笑むと語り始めた。

「わたしの祖国は、わたしにとって理想の国とはいえなかった。ひと握り、いいえ、ひとつまみの人だけが富を握り、大半の人々は貧しい暮らしをしていた。わたしはいつも、自分が本当に暮らしたい場所を探していたの。分かってくれるかしら?」

分かるような気がする、とユウは応えた。

「ミツワネジのフィリピン支社で働くチャンスを得、ステキなハズバンドと出逢《であ》った。十九歳の時に、そのハズと一緒に日本にやってきた時、もしかしたら探していたわたしの暮らしたい場所かもしれないとも思ったわ。かわいいリトルガールのベビーシッターにもなれたし。ところが、あなたが小学校の五年生になった年だった」

バカンスで、新條とニュージーランドの海辺のペンションに宿泊した。経営するファミリーが、目の前の海でとったアワビ、カキ、鯛《たい》などをサーブしてくれる。シンプルだが温かな家庭料理を味わいながら、サリーは旅人としてでなく、この地にまぎれもなく溶け込む自分を感じていた。

そして決心した、ニュージーランドに移住することを。なにをするかも決めた。日本人の家庭の味をこの地に広めるのだ。それは、世話になった日本と令子への恩返しとして。そのための足がかりに、まずは日本で始めてみよう。在日、訪日の外国人に和食を教える料理教室を開くのだ。

「わたしは料理をレーコサンに習ったのよ」

「ママに⁉」

それは意外な話だった。

「レーコサンの料理は、特別に凝ったものではなかった。塩加減や調味料の量もテキトー」

ユウは思わず声を上げて笑った。サリーも笑っていた。笑っているうちに、視界がぼやけてしまう。サリーの目も光っていた。

「でも、なにより、だしをしっかり取るのがおいしさの秘訣《ひけつ》だった。ユウにも、インスタントではないものを食べさせたいと、あなたが眠ったあと、帰宅したレーコサンから料理の手ほどきを受けたの。私が習ったのは日本料理というより、あなたのことを心から思う母親の味だった」

日本の母の味を英語でレッスンし、世界に広めたいという思いを伝えると、令子は理解してくれた。本格展開するには、夫である新條の経営手腕が必要だった。令子にしてみれば痛手だったろうが、認めてくれた。そればかりでなく、準備の足しにと退職金も過分に支払ってくれた。

サリーは、令子の口伝えのレシピを、ひと品二十分で簡単に仕上がるようにマニュアル化した。誰にでもつくれるように塩加減をメジャーで、煮炊きの時間もきっちりと数値化したのだ。だしの取り方は毎回実施。きちんとだしを使うことでさまざまなおいしい和食になることを紹介する。だしを取るレクチャーは、外国人受講者にも好評だった。

新條も企業とのタイアップを推し進めるなどしてサポートしてくれた。旅行会社のツアーの一環で訪日外国人を受け入れたり、日本語スクールの課外アクティビティーで留学生に教えたりする。

「彼らにとって、料理教室は習うというよりイベント。気持ちを盛り上げ、手取り足取り一緒に料理し、〝エクセレント！〟と盛り上げることが大事なの」

日本人向けに認定講師の養成スクールも開講し、『サリーの料理教室』をパテント化。拠点をニュージーランドに移してからも、時々来日する。講師候補生へは、「外国の皆さんは流暢《りゅうちょう》な英語で日本料理が習いたいのではない、六〇パーセントがジェスチャー」と伝えている。そして、「単に料理講師になるのではなく、いかにビジネスとして拡大していくかがカギ」であるとも。そのために、企業とタイアップできるよう共に企画書を練り、マスコミにアピールするコツを伝授する。その人の持っている優位性や、地域性に合わせて一緒に個性的な講師像を創り出していく。そうやって手塩にかけた講師たちが、「ぐっと成長する瞬間が見えた時には、本当に嬉《うれ》しい」と言う。

「日本のお弁当って、BENTOとして海外でも人気なのね。教え子の講師が提案したキャラ弁を、教室で一緒にデモした時は最高に幸福を感じた」

その時、「ママ、そろそろお片付けよ」と十歳くらいの女の子が出てきて声をかけた。

「娘なの。ナオミよ」

とユウに紹介した。ナオミは旧約聖書にも出てくる名前だが、日本風でもあるのでハーフの彼女をそう名づけたのかもしれない。美しい少女だった。

「ユウです。あなたのママに、あたしが幼い頃お世話になったの」

ナオミとユウは笑みを交わしながら握手した。

「一緒に来日したの。ナオミがわたしの教室を受講するのは初めての体験なのよ」

そういえばさっき外から眺めていて、教室の隅のテーブルに、十代の少女がひとり混じっていることが気になってはいた。

「ではまた」

と、サリーがナオミとともに教室に戻ろうとして振り返った。

「毎年クリスマスに、レーコサンとカードを交換していたの。そこにいつも、あなたのことが書いてあったわ。〝一緒の会社にいるのが誇らしい〟と」

ユウは胸がつまりそうだった。けれど、平気そうな顔で、「ありがとう。サヨナラ」とだけ言った。

そのままユウは、横浜に足を延ばすことにした。今日は年に一度の大学のホームカミングデーで、現役学生スタッフのキャンパスツアーやさまざまなイベントが開催される。懐かしい構内を、ぶらりと歩きたくなったのだ。こういうことでもないと、卒業生はなかなか若者たちの集う学び舎《や》に侵入しづらい。って、サリーの言葉じゃないけど、あたしも老けたか……。

バスを降りると、濃い緑のにおいに包まれた。懐かしい風景の中を歩き、9号館五階に張り出したアトリウムの丸テーブルの前に座る。ガラス張りの空間に明るい陽射しが降りそそいでいた。

ユウは、そっとまぶたを閉じる。そして、この場から巣立ってのちの日々に思いを巡らす。多くの出会い、そして別れ。母との別れの悲しみが胸から消えることはないだろう。しかし今この瞬間、心は穏やかでうとうととまどろんでしまいそうだ。

「なんだ、居眠りしに母校にやってきたのか?」

声がして目を開ける。

「リョッペー」

ポロシャツ姿の良平が見下ろしていた。

「ミツワネジを受けるって、おまえから聞いたのもここだったよな」

「あんた、なにしてんの？」

「なにって、ホームカミングデーじゃないか。ちょっと懐かしくなって来てみたんだよ」

と言ってから、「いいか、ここ？」と丸テーブルの向かいを示す。ユウが頷くと腰掛けた。その彼に向けて、「葬儀の時はありがとう」と、今度は神妙な顔で礼を述べる。母の葬儀に良平が参列したのは取引先の社員として？　それとも友人として？　まあ、両方か。

「大道寺主任な、カブラギ金属に出向してから、マタナットを商社を通さず独自に売りたいって表明した」

良平の言葉に、思わず笑みがこぼれた。

「カブラギ金属さんも、お客さまから直接注文が入る固有のネジをつくってるってことなんだよ。大道寺さんは自分がネジ屋になって、それが分かったんでしょ」

良平が頷く。

「うちも商社として、扱うネジのルートを整理することにした。ネジ屋さんとは共存共栄だしな」

そのあとすぐに、「仕事の話はここまでにしよう」と宣言した。

「賛成」

とユウも同意する。

「遥香ってさ、勤めた輸入家具商社をすぐに辞めたって知ってるか？」

加納遥香は、ユウも最終面接まで残ったその会社が扱う家具が、過剰な森林伐採に加担していることを理由に最終面接辞退をフェイクした。

「今は、うちの大学の院に通って、森林保護のための研究をしているらしい」

彼女は自分の携わった仕事に、真に疑問を抱くようになったということか。

「おまえのほうはどうなんだ？」

「どうって？」

「海外支社への転勤とかないのか？」

実は、修新社長からそんな提案があったのだ。しかし「構築したネットワークをこのまま少しずつ広げてみたいから」と希望を伝えていた。

「海外勤務は当分ないな」

と応えたら、「よかった」と良平がもらす。どういうこと？

「ところでさ」と彼がおずおず切り出した。「今度、飲みに行かないか？」

「遥香と三人で？　いいよ」

「いや、ふたりで。なんならこれからだっていいんだけど」

アトリウムの開いた天窓から吹き込む風が、ユウの肩までの髪を揺らす。

「おまえが闘う姿を横から眺めてて、感心したっていうか、その、いいなって思ってさ。俺、なんとなく仕事してたとこあったから」

リョッペーはいったいなにを伝えようとしているのだろう？

「それに、あのアズマって喫茶店で、おまえに泣かれたろ。ああいうシチュエーションに弱いんだよな。なんか、守ってやらなきゃ、って気持ちが湧いてきちゃってさ」

「もう、そういうこと言うかな」

ユウは頰がかっと熱くなる。良平も照れ笑いを浮かべていた。そうして思う――守る？　あたしを？　どういうこと？

「ネジ屋と商社だろ。なかなか誘いづらくて。今日も、ここに来れば会えるかもって来たんだ」

「あたしがホームカミングデーで大学に来るのが分かったっていうこと？」

「今のおまえなら絶対に来てるって思った」

「無駄足になったかもだよ」

すると、良平がこちらを真《ま》っ直《す》ぐに見る。

「無駄足でもいいさ」

その言葉がユウの胸にじゅっと染みた。

「でも、こうして会えただろ」

彼が微笑む。ユウには自分がいる世界の色合いがちょっぴり違って見えてくる。

「じゃ、飲みに行っちゃう？」

と言ったら、良平のほうはもう立ち上がっていた。

自分は、ひと目盛りだけでも成長できただろうか？　と思いながらユウも立ち上がる。そうだったらいいな。螺旋《らせん》を描きながら上昇していきたい。そう、ネジのように。

あとがき

作中に登場するカン結ボルトはゼン技研株式会社のゼスナーボルトを、カナシバリは株式会社東京衡機のハイパーロードスプリングを、マタナットはハードロック工業株式会社のハードロックリムを参考にさせていただきました。また、ユウが唱える「世の中のモノは常に不完全」は、ハードロック工業・若林克彦社長の著書『絶対にゆるまないネジ―小さな会社が「世界一」になる方法』の中の「世の中のモノは常に〝不完全〟だからです。当然、そこには改良の余地があります。」を参考にしています。執筆にあたり、多くのプロフェッショナルのお力を拝借しました。深く感謝しています。

作中で事実と異なる部分があるのは、意図したものも意図していなかったものも、すべて作者の責任です。

株式会社NCネットワーク・内原康雄社長／専修大学就職部就職課の皆さん／株式会社ミズキ・水木太一社長／有限会社三栄螺子製作所・羽島昭吉社長／有限会社早川ネジ製作所・早川晴男社長／日本電鍍工業株式会社・伊藤麻美社長／小松ばね工業株

式会社・小松節子会長／小松ばね工業株式会社・小松万希子社長／株式会社タカシマ・林嘉孝さん／株式会社タカシマ・西田修平さん／株式会社タカシマ・宮澤康介さん／株式会社タカシマ・大上真代さん／有限会社浅井製作所・浅井英夫社長／大陽ステンレススプリング株式会社・横山正二会長／大陽ステンレススプリング株式会社・堺谷豊社長／大陽ステンレススプリング株式会社・小林良弘相談役／大陽自動機製造株式会社・牧野邑男専務／株式会社青戸製作所・小澤英樹社長／アップコン株式会社・松藤展和社長／ジャパンプローブ株式会社・小倉幸夫社長／株式会社みづほ合成工業所・後藤敏公社長／株式会社ヒューテック・藤原多喜夫社長／富士電子工業株式会社・渡邊弘子社長／株式会社浅野・浅野誠社長／HILLTOP株式会社・山本昌作副社長／HILLTOP株式会社東京オフィス・静本雅大支社長／吉原ゆり子さん／わしょクック株式会社・富永紀子社長

（肩書はすべて取材当時）

解説

華恵

上野歩さんの前作『キリの理容室』でも、仕事を始める新米の女の子の、奮闘する様子が描かれていた。主人公のキリは、一人前の理容師になり、女性のお客さんにもきてもらえるような理容室を開拓していく。

読みながら、私が十代の頃に少しだけ通った理容室の清潔感や、理容師たちの職人のようなまなざしを思い出した。そして、久しぶりに理容室の扉を開けた。

そして、今また、理容室へ通っている。

女性の担当理容師に、美容室との違いや、理容師さんになった経緯を聞くと、時折、上野さんの作品の「キリ」を思い出す。私も、自分なりの仕事の目標に向けて頑張ろう！　と清々《すがすが》しい前向きな気持ちになってくる。

ちなみに後からわかったことだが、私の担当理容師は、上野さんが小説を書くために取材をした理容師の、弟子の一人だった。

遠くだけど、繋《つな》がっている。

上野さんの本は、出会いをくれた。

今回の小説は、ネジの話だ。さすがに縁がない分野だろう。そう思って読み始めたが、ハッとするところがあった。

主人公の女の子、ユウと、同期の青年、辻が電車に乗っているシーン。辻がユウに、ネジについて語りだす。日本におけるネジの起源は、十六世紀。種子島にポルトガル人が火縄銃を持ち込んでからだという歴史を語り、電車のネジについても触れる。

「土足が往き来するこういう場所って、ネジの溝にも汚れが詰まるでしょ。掃除する時、プラスよりマイナスのほうが掻《か》き出しやすいってわけ。ほかにも、風呂場なんかの水回りがそうだね。溝に水垢《みずあか》なんかの汚れが詰まって、それが原因で錆《さ》びついたりしないように」

へー！　と、身を乗り出して読み進めた。自分が当たり前のように乗っている交通機関の細部に、こだわりがある。形がプラスかマイナスか、それだけのことが、突き詰めたら、人の命を守るため、ということにも繋がるだろう。職人や開発者の汗と知恵に、私は日々、守られているのだ。

やっぱり上野さんの作品は、日常にさりげない変化を与えてくれる。

そして、主人公が、悩みながらも仕事の困難に立ち向かっていく姿を読むと、自分自身の仕事の悩みにヒントを与えられることもある。

例えば、仕事における、孤独との向き合い方。

私はラジオパーソナリティーやエッセイストなどとしての仕事をしているが、一人で各現場に顔を出し、終われば帰宅して一人で本を読んだり、資料を読んだり、勉強したり、原稿を書いたりする。

いわゆる職場の「同期」がいない。

それを、友人に話したことがある。すると、その寂しさを埋めるべく、友人を紹介してもらったり、飲み会に誘ってもらえたりするようになった。そういう場はもちろん楽しい。でも、帰宅後の寂しさは、前以上に募る。人の中にいる方が、違いを感じて、辛《つら》くなることもある。

本作の主人公、ユウも、最初に修行で行った工場でも、自分が勤めることになる会社の工場でも、一人だと感じることはある。周りの人に距離を置かれることもあるし、自分でひたすら頑張らないと抜けられない試練だってある。

でもユウは、孤独で寂しくなることはない。そんなことより、常に目の前のことに、熱中しているのだ。

ご飯を食べている時や仕事とは関係ない話をしている時でも、どうしても頭を離れない、仕事の内容が頭にある。なんてことない会話の中に、急にヒントを見つけ、ピーンときたら、すぐに行動に移す。

自分自身に置き換えると、今、こうして仕事をしている時は、寂しさを感じない。この原稿に集中しているから、携帯が鳴っていても、応答したいとも思わない。こういう熱中の状態がもっと続いたらいいのに。そしたら私も、ユウの友達になれるかな。

ユウの、親との向き合い方にも憧れる。彼女が入った工場は、両親の会社なのだ。それも、厳格な母親が社長であり、就職試験時の面接官なのだ。

私は、仕事を親に見せるのが苦手だ。

子供の頃は母に文章を習った。でも大人になってから、見せなくなった。親のＯＫラインと、世間のＯＫラインは違う。それぞれの厳しさは、その時によって異なるが、より深く、長く、言葉が刺さるのは、親の指摘の方だ。

ユウだって、思春期の頃には母親やその会社とは距離を置いてきた。でも、就職時に向き合うようになり、会社に入る。そしてユウが仕事に慣れてきた頃に、母親は病気になってしまう……。

ユウのように、親と真正面から、正直に向き合ってみたい。面接試験の時のユウの言葉は特に恰好《かっこう》いい。

令子が面白くもないといった顔でさらに質問を寄越す。

「もしも、あなたが当社の社長に就くとしたなら、どんな経営者になりますか？」

来た！　と思った。石渕に言われていた想定質問だ。

「今ある会社を一度破壊します」

母親の本音を読んで、求めている回答を言うなんてできない。だから、自分の思うままを口にしていた。

それまでにこりともしなかった令子が初めて面白そうな顔になった。

「スクラップアンドビルドではないですが、新しく構築します。あくまで前社長の二世ではなく、自分一世として社を展開していくでしょう」

親が気にいるかどうかわからない言葉を、思うままに口にする時、勇気が必要だ。

そして、それが正直かどうか、親が誰よりもちゃんと見抜くのだろう。

こんな親子関係に、憧れる。

そろそろ原稿を書き終えるが、パソコンを閉じたら、私は携帯を開いて友人や仕事関係のメッセージを見て、またしても思うのだろう。
ユウからも、メッセージが届いていたらな、と。
[今、ここまで、開発進んだの！」
[うまくいかないの。でもやるだけやってみる！」
そういう、熱中人《ねっちゅうじん》の言葉が、携帯に届けば、私も頑張れる。
ユウは、職種も違うし、同期でもない。
でも、同志に、なりたい。

（はなえ　モデル、エッセイスト）

主要参考文献

門田和雄著『トコトンやさしいねじの本』日刊工業新聞社
門田和雄著『絵ときねじ基礎のきそ』日刊工業新聞社
山本晃著『ねじのおはなし』日本規格協会
若林克彦著『絶対にゆるまないネジ―小さな会社が「世界一」になる方法』中経出版
長谷川裕著『五反田駅はなぜあんなに高いところにあるのか――東京周辺　鉄道おもしろ案内』草思社
藤森照信著『建築探偵の冒険・東京篇』筑摩書房
中谷充宏著『人事の本音がわかれば転職面接は必ず受かる!』秀和システム
山本昌作著『ディズニー、NASAが認めた遊ぶ鉄工所』ダイヤモンド社

――本書のプロフィール――

本書は、小学館文庫のために書き下ろされた作品です。

小学館文庫

就職先《しゅうしょくさき》はネジ屋《や》です

著者　上野《うえの》　歩《あゆむ》

二〇一九年三月十一日　初版第一刷発行

発行人　岡　靖司
発行所　株式会社　小学館
〒一〇一-八〇〇一
東京都千代田区一ツ橋二-三-一
電話　編集〇三-三二三〇-五八一〇
　　　販売〇三-五二八一-三五五五
印刷所 ―――――― 図書印刷株式会社

この文庫の詳しい内容はインターネットで24時間ご覧になれます。
小学館公式ホームページ　http://www.shogakukan.co.jp

ISBN978-4-09-406613-5